Julia Arden

Laß mich in dein Herz

Julia Arden

Laß mich in dein Herz

Liebesroman

édition el!es

Internet: www.elles.de

E-Mail: info@elles.de

Umschlaggestaltung und Satz: graphik.text Antje Küchler, Ferrette

Druck: Nørhaven Paperback A/S, Dänemark

ISBN 3-932499-46-8

Personen

Andrea Jordan	Richterin am Amtsgericht
Gina Gilbach	Trainerin in einem Selbstverteidigungsstudio
Judith Mahler	Ginas beste Freundin
Carmen Jordan	Andreas Schwester
Stefan	Andreas Referendar

und andere

1.

Da waren sie wieder, diese tiefblauen Augen. Seit zwei Wochen begegneten sie ihr Tag für Tag in der Verhandlung. Andrea dachte jedes Mal unwillkürlich an die klare Oberfläche eines Gebirgssees. Und wie jedes Mal schalt sie sich auch jetzt dafür. *Wohl zu viele Heimatfilme gesehen, was, Andrea?*

Ihr Blick wanderte weiter, über die Zuschauer im Verhandlungssaal und fast automatisch zurück zu dem Blau, das sie wie schon so oft festhielt. Die Frau, zu der dieses Paar Augen gehörte, saß am selben Platz wie die Tage zuvor, in der hintersten Zuschauerreihe, genau am Mittelgang. Sie war jung, wahrscheinlich noch nicht einmal dreißig. Immer, wenn ihre Blicke sich trafen, überkam Andrea das unbestimmte Gefühl, die Frau würde jeden Moment aufstehen, zu ihr kommen und ihr Gesicht streicheln. Das war jedenfalls die Botschaft, die ihre Augen aussandten. Die Frau gab sich nicht die geringste Mühe, Interesse am Prozeß vorzutäuschen. – Ihr Interesse galt der Richterin, die ihn führte. Andrea hatte nicht lange für diese Erkenntnis gebraucht.

Auch jetzt huschte ein Lächeln über das Gesicht der Frau, als Andreas Blick ihren Blick kreuzte. Trotz ihrer Ungeniertheit, oder gerade deswegen, konnte Andrea sich von diesen Augen nicht losreißen. Erst als sich der Staatsanwalt lautstark und sehr befremdet räusperte, bemerkte sie die absolute Stille, die im Saal herrschte. Alle warteten darauf, daß sie die Verhandlung fortführte.

Andrea hatte keine Ahnung, was in der letzten halben Minute gesagt worden war. Es war ihr außerordentlich peinlich, daß sie den Zeugen unter einem Vorwand, den alle sicherlich als solchen erkannten, bitten mußte, seine Aussage zu wiederholen.

Den Rest der Verhandlung zwang Andrea sich mit aller Gewalt, nicht mehr zu der fremden Frau hinzusehen. Doch sie spürte deren Blick, wurde unter ihm zunehmend nervöser, beinah ungehalten. Andrea war heilfroh, als sie die Verhandlung schließen konnte.

Das erste Mal war Gina wirklich ins Gericht gekommen, um sich die Verhandlung anzusehen. Der Fall interessierte sie beruflich. Eine Frau hatte ihrem Mann, der sie offensichtlich mißhandelte, Rattengift ins Essen gemischt. Ihm mußte im Krankenhaus der Magen ausgepumpt werden. Körperverletzung, sagte der Staatsanwalt. Der Rechtsanwalt widersprach: eine Verzweiflungstat. Die Frau sei das eigentliche Opfer.

Und dann hörte Gina *diese* Stimme vom Richterstuhl. Gina hätte nie geglaubt, daß ihr so etwas einmal passieren würde. Aus heiterem Himmel, *peng!*, saß da die Frau, die ihr den Atem verschlug. Die Verhandlung war vergessen. Es existierte nur noch die Stimme und die Frau, der sie gehörte. Gina wollte sie einfach nur so lange hören, wie es irgend möglich war. Daß sie die andere dabei regelrecht anstarrte, wurde ihr erst bewußt, als sie bemerkte, wie diese unwillig die Stirn runzelte und Gina dabei ansah. Sehr verwirrt ansah … Sie interpretierte den Ausdruck in Ginas Augen durchaus als das, was er war: ein begehrender Blick von einer Frau für eine andere. Warum verwirrte die Frau das?

Nach der Verhandlung fand Gina mit dem *Ich-habe-den-Schlüssel-der-Richterin-aus-Gerichtssaal-soundso-gefunden*-Trick beim Pförtner *ihren* Namen heraus. Andrea Jordan. Seitdem saß Gina in jeder öffentlichen Verhandlung, die Andrea führte, nahm jede Einzelheit von ihr in sich auf. Die ernsten, aufmerksamen Augen, das angespannte Gesicht, die gerade, fast steife Körperhaltung.

Aber seit heute morgen hatte Gina ein Problem. Bislang hatte sie

Judith und Christiane überreden können, ihre Trainingsgruppen zu übernehmen. Nun hatten die beiden beschlossen, zu streiken.

»Unternimm etwas oder laß es!« lautete die deutliche Ansage.

Leicht gesagt! Was sollte sie denn tun? Auf Andrea zugehen und sie um ein Rendezvous bitten? In den Verhandlungen konnte sie ihr zulächeln, sich die romantischsten Begegnungen mit ihr ausmalen. Aber danach stahl Gina sich lieber davon. Sie traute sich nicht, Andrea anzusprechen. Denn würde sie es tun und bekäme eine Abfuhr, bräche ihre wundervolle Phantasiewelt, in der sie seit zwei Wochen lebte, wie ein Kartenhaus in sich zusammen.

Das würde sie nun allerdings trotzdem tun, weil ihre Freundinnen sie vor diese grausame Alternative gestellt hatten.

Sei kein Feigling, Gina! Was kann denn passieren?

Na, was schon? Sie kann nein sagen. Sie *wird* nein sagen! Gina klopfte nervös mit der Hand aufs Geländer. Sie hatte die Verhandlung während der Urteilsbegründung verlassen. Nun stand sie wartend auf dem Flur.

Jetzt kam Andrea den Gang entlang.

Gina schluckte. Ihr Mund war mit einem Mal ganz trocken. Gleich würde Andrea an ihr vorbeigehen! Gina nahm allen Mut zusammen und stellte sich ihr in den Weg, so daß Andrea gezwungen war, sie entweder umzurennen oder stehenzubleiben. Stirnrunzelnd entschied Andrea sich für letzteres.

Gina versuchte krampfhaft, die Leere aus ihrem Hirn zu vertreiben. Vergeblich. Kein Wort kam über ihre Lippen. Wie auch? Bei dem Vakuum in ihrem Kopf.

Hastig kramte Gina den Kugelschreiber aus der Innentasche ihrer Lederjacke hervor. Ein Stück Papier! Ein Königreich für ein Stück Papier! Irgend etwas, worauf man schreiben konnte! Verzweifelt wühlte Gina in ihren Taschen.

Plötzlich tauchte ein Terminkalender in ihrem Blickfeld auf. *Sie* hielt ihn ihr hin!

Gina nahm den Kalender, schrieb ihre Telefonnummer in die aufgeschlagene Seite. Mit zitternder Hand und unsicherem Blick gab sie den Kalender zurück.

Andrea ging ohne ein weiteres Wort einfach weiter.

Gina verließ euphorisch das Gerichtsgebäude. *Ich habe es getan. Ich habe ihr meine Telefonnummer gegeben!*

Den Rest des Tages wartete Gina voller Hoffnung. Am Tag darauf auch. Am dritten Tag mischte sich die erste Ernüchterung in Ginas Euphorie, am vierten blieb nur noch Enttäuschung. Andrea rief nicht an. Es war genauso gekommen, wie Gina es befürchtet hatte.

Ihr Traum war ausgeträumt.

Andrea blätterte zögernd in ihrem Kalender. Seit Tagen vermied sie es, diese bestimmte Seite aufzuschlagen, doch heute konnte sie nicht umhin, einen Termin dort einzutragen. Sie starrte auf die Telefonnummer.

Seit dem Tag, da die Frau ihr die Nummer in den Kalender geschrieben hatte, blieb sie verschwunden. Sie kam nicht mehr in die Verhandlungen. Dafür tauchte sie desto öfter in Andreas Gedanken auf. Besonders die ausdrucksstarken Augen, die so eindeutig zeigten, was sie begehrten.

Das kann dir egal sein, Andrea! Du willst niemanden kennenlernen!

Nein, das wollte sie ganz sicher nicht. Sie wollte allein bleiben. Mit sich, ihrer gewohnten Umgebung – und der Erinnerung an Maren. Das war alles, was sie hatte. Alles, was sie brauchte.

Lang genug hatte es gedauert, bis sie sich wieder im Leben zurechtfand, nach dem Unfall, ohne das Liebste, das sie je gehabt und so schmerzhaft verloren hatte.

Die Gedanken an Maren waren mittlerweile nicht mehr so qualvoll wie vor vier Jahren, kurz nach ihrem Tod. Mit der Zeit waren sie sogar ein Quell der Kraft für Andrea geworden und deshalb ein wichtiger Teil ihres Lebens. Ihre Trauer hatte begonnen sich langsam zu wandeln. Zunächst in Ausgeglichenheit, später sogar in Lebensfreude.

Anfangs hätte Andrea das nicht für möglich gehalten. Und es kam ihr wie ein Verrat an Maren vor, als sie wieder den Wunsch verspürte zu lachen, einen Witz zu machen, andere verschmitzt zu piesakken, kurzum, als sie wieder ins Leben zurückfand. Sie wollte sie nicht wahrhaben, diese lapidaren Worte: *Die Zeit heilt alle Wunden.*

Und doch schien es so. Aber, dessen war Andrea sich sicher, eines würde sie immer tun: sich die Erinnerung an Maren bewahren.

Denn diese Erinnerung füllte sie aus. Eine andere Frau als Maren würde es nie geben. Die acht Jahre, die sie miteinander verbracht hatten, waren einzigartig, unwiederbringlich.

Dennoch konnte Andrea nicht leugnen, daß sie sich in letzter Zeit ab und an einsam fühlte. Außerdem war Selbstbefriedigung nicht gerade ein aufregender Ersatz für bestimmte körperliche Bedürfnisse, die der Mensch nun einmal hatte.

Gina seufzte, als das Telefon klingelte. Das war sicherlich wieder Judith, die sie zu irgend etwas einladen wollte, um sie von ihren trüben Gedanken abzulenken. Es war ja auch verrückt. Seit Tagen schmachtete sie einer ihr völlig fremden Frau hinterher.

Gina gab zu, daß sie, wenn sie so etwas bei einer anderen sehen würde, verständnislos mit dem Kopf geschüttelt hätte. Das machte den Kloß, der in ihrem Bauch lag und auf ihre Stimmung drückte, aber auch nicht kleiner.

»Ja?« meldete sie sich ohne jeden Elan.

»Ähm ... hier ist ... die Frau mit dem Terminkalender.«

Gina plumpste auf den nächstbesten Stuhl. *Sie* war es! Tatsächlich. Diese Stimme erkannte sie unter tausenden!

»Hallo?« fragte es am anderen Ende, verwirrt durch die ausbleibende Antwort.

»Ja.« In Ginas Kopf herrschte wie schon bei der letzten Begegnung mit Andrea absolute Leere.

»Sie ... du erinnerst dich?« fragte die andere unsicher.

Erinnern? Das war die Untertreibung des Jahrhunderts!

»Ja.« *Wenn du deinem Vokabular nicht bald ein paar Worte hinzufügst, wird es schwierig, Gina!*

»Fein.«

Schweigen.

Sag doch was, Gina! Gleich wird sie wieder auflegen!

»Rufe ich in einem ungünstigen Moment an? Störe ich?«

»Nein! Nein.« *Du machst echte Fortschritte, Gina!* »Ich bin nur überrascht«, brachte sie endlich ihren ersten zusammenhängenden Satz hervor. »Ich hatte schon nicht mehr damit gerechnet, daß du anrufst.«

»Ich ... war mir nicht sicher, ob ich es tun sollte. Eigentlich – bin ich es immer noch nicht«, gestand Andrea.

»Gut.«

»Wie bitte?«

»Ich meine: Gut, daß du es getan hast.«

Das Gespräch gestaltete sich so zäh, daß Andrea beinah schon bereute, angerufen zu haben. Zumal sie selbst nicht so recht wußte, warum sie es tat. »Ich glaube, es war keine so gute Idee«, sagte sie etwas enttäuscht.

»Nein, bitte! Leg nicht auf!« erwiderte Gina hastig.

Der flehende Ton in ihrer Stimme hielt Andrea tatsächlich davon ab. Anscheinend war es nicht falsch gewesen, ihre Zweifel zu äußern. Die Reaktion war zumindest vielversprechend.

»Ich weiß, das klingt jetzt furchtbar ungeschickt«, sagte Gina verlegen, »aber ... hast du Lust bei mir vorbeizukommen?« Sie konnte kaum mehr sprechen, so trocken war ihr Hals. Und Andrea antwortete nicht! »Ich koche uns etwas«, ergänzte Gina schnell. »Ich kann gut kochen!«

Sie verstummte und wartete. Mehr konnte sie nicht tun. Das Herz schlug ihr dabei bis zum Hals. »Kommst du?« Mit angehaltenem Atem harrte sie auf Andreas Antwort. Es dauerte eine halbe Ewigkeit.

»Ja.«

Gina schluckte. Dann räusperte sie sich. »Meine Adresse ...«, stammelte sie und brachte es daraufhin tatsächlich zustande, Andrea ihre Anschrift zu nennen.

»Bis gleich«, sagte Andrea.

Gina hörte das Knacken in der Leitung und legte den Hörer langsam ab. *Sie hat tatsächlich ja gesagt! Ach, du heilige Sch. . .ande.*

Panik befiel sie. Sie lief ins Bad, warf ihre Sachen achtlos in die Ecke, duschte. Vor dem Kleiderschrank dann die Qual der Wahl. *Nur nicht aufdonnern! Hemd und Jeans genügen.* Sie zog sich halb im Laufen an, riß die Tür vom Kühlschrank auf. *Kochen! Oje. Was willst du denn machen?* Sie erinnerte sich an die Steaks im Gefrierfach und ließ warmes Wasser in die Spüle laufen, um das Fleisch aufzutauen.

Eine Stunde später waren die Steaks gebraten, die Kartoffeln gekocht, der Salat angerichtet, der Tisch fertig gedeckt. Nur zwei Kerzen standen in der Mitte, es gab keine aufwendige Dekoration.

Ginas Puls schlug mindestens hundertfünfzig Mal in der Minute. Nicht wegen der kurzen Zeit, in der sie alles hergerichtet hatte, sondern in der freudigen Erwartung, das jeden Moment Andrea in der Tür stehen würde. Nervös schaute sie zur Uhr. Halb acht durch. Vor reichlich einer Stunde hatten sie miteinander gesprochen.

Na gut, auch Andrea brauchte ihre Zeit. Sich umziehen, die Fahrt – *du weißt ja nicht, von wo Andrea kommt* – das dauerte eben. Vielleicht stand sie trotz der späten Stunde noch in einem Stau. *Ja genau, das war's!*

Gina setzte sich und schaltete den Fernseher an, um sich abzulenken. *Sie wird schon kommen.*

Das Vorabendprogramm wurde von der Tagesschau abgelöst, diese wiederum von einem Spielfilm. Gina schaute immer öfter zur Uhr. Als es schließlich auf neun zuging, konnte sie ihre Selbsttäuschung nicht länger aufrechterhalten. Um diese Zeit gab es auf den Straßen nun wirklich keine Staus mehr. Und Andrea hätte anrufen können, um zu sagen, daß sie später kam. Der Grund, warum sie es nicht tat, lag auf der Hand: Andrea würde die Verabredung nicht einhalten. Heute nicht und niemals.

Gina ging einfach ins Bett. Ihr fehlte jeglicher Antrieb, den Tisch abzuräumen oder das Essen in den Kühlschrank zu stellen, um es vielleicht am nächsten Tag aufzuwärmen. In ihrem Kopf schwirrten immer wieder die gleichen sinnlosen Fragen herum: *Warum hat sie überhaupt angerufen? Warum gesagt, daß sie kommen würde, wenn sie es nie vorhatte?*

Am nächsten Tag meldete Gina sich krank. Sie wollte mit niemandem sprechen, saß bis zum Abend vor dem Fernseher, ließ sich berieseln und hing ihren deprimierenden Gedanken nach.

Natürlich wußte Gina, daß sie so nicht ewig weitermachen konnte. Irgendwann würde Judith auftauchen, durchschauen, daß sie gar nicht krank war, ihr eine Standpauke halten und sie mitschleppen.

Warum war Liebeskummer eigentlich keine anerkannte Krankheit? Das war unfair! Führte er nicht, wie andere Krankheiten auch, zu einer erheblichen Beeinträchtigung des körperlichen Wohlbefindens? Schränkte er etwa nicht die Leistungsfähigkeit ein? Und es gab nicht mal Medikamente dagegen!

Das Klingeln an der Tür riß Gina aus ihren philosophischen Gedanken. Sie seufzte. Wenigstens einen Tag Ruhe hätte Judith ihr gönnen können. Sie erhob sich träge von der Couch und ging zur Wohnungstür, um zu öffnen.

Doch draußen stand nicht Judith.

»Hallo.« Ein schuldbewußter, bittender Blick. »Tut mir leid wegen gestern.«

Gina war zu keiner Erwiderung fähig. Sie bewegte sich auch nicht. Weder um Andrea hereinzulassen, noch um ihr die Tür vor der Nase zuzuknallen. Was sie eigentlich tun sollte. Aber nie und nimmer konnte. Schließlich fand sie wenigstens zur Sprache zurück. »Das Essen ist jetzt kalt.«

Andrea schmunzelte unwillkürlich. »Das dachte ich mir.«

Gina stand immer noch mitten in der Tür.

»Läßt du mich rein?«

Gina trat zur Seite.

Andrea betrat ihre Wohnung, und Gina schloß die Tür hinter ihr. Sie ging an ihr vorbei ins Wohnzimmer und drehte sich um.

»Das einzig Warme, was ich heute anzubieten habe, wäre Tee«, sagte sie lächelnd.

»Es … es tut mir leid«, wiederholte Andrea. »War es sehr schlimm?«

»Ich habe ungefähr drei Stunden gekocht, und dann mußte ich alles wegwerfen«, sagte Gina.

»O Gott!« Andrea blickte entsetzt.

Gina lächelte immer noch. »Einiges war am nächsten Tag noch zu gebrauchen«, sagte sie.

»Es … Ich weiß nicht, was ich sagen soll.« Andrea hob ratlos die Hände. »Außer daß es mir schrecklich leid tut.«

»Das hast du schon gesagt«, bemerkte Gina.

»Ich weiß.« Andrea seufzte. Irgendwie hatte sie sich das alles anders vorgestellt.

Gina wandte sich ab und ging in die Küche. Andrea hörte, wie sie dort hantierte. Sie wußte nicht, was sie erwartet hatte. Vielleicht, daß Gina sofort über sie herfiel. Oder ein erotisches Spielchen. Eben irgend etwas in Richtung wilder, hemmungsloser, unverbindlicher Sex. Aber sie war nicht darauf gefaßt gewesen, daß Gina in die Küche ging und Tee kochte. Es war einfach schon zu lange her. Sie hatte all diese Rituale fast vergessen. Das Sich-Kennenlernen, das Sich-langsam-aneinander-Herantasten. Sie sollte sich erst einmal beruhigen.

Suchend blickte sie durch den Raum und setzte sich dann aufs Sofa. War das zu eindeutig? Wäre ein Sessel –?

Gina kam zurück und stellte Tassen und Teekanne auf den Couchtisch. »Ich sehe, du hast es dir schon gemütlich gemacht«, sagte sie.

»Ich … Ja.« Andrea wußte nicht, war das nun richtig oder falsch.

»Schön«, sagte Gina und goß Tee ein. Er dampfte aus den Tassen und verschaffte beiden noch eine letzte Verschnaufpause.

Obwohl Andrea es ihr nicht ansah, klopfte Gina das Herz so sehr, daß sie irgend etwas tun mußte, egal was, um ihre Gedanken zu ordnen und ihrem Puls Zeit zu geben, sich zu normalisieren. Das Teekochen hatte nicht wirklich geholfen, obwohl sie das gehofft hatte.

Andrea war einfach zu … schön, zu attraktiv, eine reine Versuchung, obwohl sie nur ganz züchtig auf dem Sofa saß.

Gina schluckte. Am liebsten hätte sie sich die Lippen befeuchtet, aber sie fürchtete, das könnte zu anzüglich erscheinen. Warum hatte Andrea sie angerufen? Warum hatte sie sich zum Essen einladen lassen? Warum war sie dann nicht gekommen … dafür aber jetzt? Was erwartete sie? Sie sah kühl und abwartend aus, wie im Gerichtssaal.

Gina hingegen wußte nicht, wo sie mit all den Gefühlen hinsollte, die sie überfluteten. Sie setzte sich Andrea gegenüber und nahm eine Tasse. »Ich würde dich gern küssen.«

Ach du je! Das war ihr so herausgerutscht. Es war eher ein Gedanke gewesen, nichts, was hätte über ihre Lippen kommen sollen. Aber nun war es eben geschehen.

Andrea schaute sie an. Es war ihr keine Überraschung anzusehen. Aber auch keine Zustimmung.

»Ich … Andrea …« Zum ersten Mal sprach Gina diesen Namen aus, nicht nur in Gedanken, las ihn nicht nur auf einer Tafel im Gericht. Es war wundervoll – wie ein Gedicht.

Andrea war verzaubert von der Sanftheit in Ginas Stimme. Sie wußte nicht, was sie erwartet hatte, aber eben nicht das: diese

Sanftmut, diese Süße. Vielleicht hatte sie auf etwas Fordernderes gehofft, da sie sich selbst nicht entscheiden konnte.

Gina fühlte, daß alles, was jetzt noch übrigblieb, Taten waren, keine Worte. Da Andrea nichts erwiderte, ging sie zu ihr, zog sie hoch und strich mit einer sanften Berührung ihrer Lippen über Andreas Mund. Dann zog sie sich zurück.

Andrea stand völlig hilflos da. Sie fühlte sich, als hätte man ihr etwas unglaublich Schönes geschenkt, um es ihr sofort wieder zu entziehen. Von einem Moment zum anderen fiel sie in ein tiefes, schwarzes Loch. Aber da waren Ginas sanfte blaue Augen, die sie aus diesem Loch herauszogen. Andrea verspürte nur noch den Wunsch, sich an Gina zu lehnen, und bevor sie sich dessen richtig bewußt wurde, tat sie es auch schon. Ganz automatisch. Ohne weiter darüber nachzudenken. Es fühlte sich gut an.

Gina konnte immer noch nicht glauben, daß das gerade wirklich passierte. Schüchtern strich sie über Andreas Hals, ihren Rücken. Dann rückte sie wieder von Andrea ab.

Andrea seufzte sehnsüchtig. Sie legte ihre Hand sacht auf Ginas Wange, verhielt einige Sekunden und ließ ihre Finger dann nach hinten in Ginas Nacken gleiten. Sie zog ihren Kopf langsam zu sich heran.

Sie küßten sich. Behutsam, zärtlich. Immer wieder unterbrochen von kurzen Momenten, in denen sie sich ansahen und eine die andere zu ergründen versuchte.

Wohin wird das führen? Wie weit will sie gehen? fragte sich Andrea. *Wie weit will ich gehen?*

Warum ist sie heute doch gekommen? Was erwartet sie? dachte Gina.

Sie spürte Andreas Hände über ihre Seiten streichen, hinab zur Taille und wieder aufwärts.

»Du fühlst dich gut an«, flüsterte Andrea dicht neben ihrem Ohr.

Gina durchfuhr es siedendheiß.

Erneut fanden sich ihre Lippen zum Kuß. Andrea tastete sich vorsichtig mit der Zunge vor. Zu ihrer Überraschung öffnete Gina sich ihr sehr bereitwillig. Sie überließen sich eine herrliche Weile ihrem zärtlichen Spiel.

»Ich hätte nie gedacht, daß ich mich heute abend noch so fühlen würde«, japste Gina irgendwann atemlos.

»So? Wie fühlst du dich denn?« fragte Andrea vorwitzig.

»Gierig.«

»Oh!« entfuhr es Andrea.

Nun schon etwas mutiger geworden begann Gina Andreas Hals zu erkunden.

Die erschauderte, als sie Ginas Zunge auf ihrer Haut entlangschlängeln fühlte. Sie stöhnte leise unter Ginas Liebkosungen und legte den Kopf zurück.

Gina verstand die Aufforderung, wanderte nach vorn. Arbeitete sich sehr, sehr langsam hoch zu Andreas Mund, wo sie sehnsüchtig erwartet wurde.

»Was machen wir hier eigentlich?« fragte Andrea aufgewühlt.

»Nun, was immer es ist, ich würde sehr gern damit weitermachen«, sagte Gina, ganz in Gedanken versunken, während ihr Mund wieder Andreas Hals hinunterwanderte und diesen mit kleinen, sanften Kußtupfen übersäte.

Und ich könnte ewig so weitermachen! dachte sie, überwältigt von dem Glücksgefühl, das sie beherrschte.

Andrea hielt Ginas Gesicht fest, legte ihre Hände auf Ginas Wangen, schaute in die schimmernden Augen. *Weiter mit dem oder weiter mit mehr?* Sie streichelte mit den Fingern an Ginas Hals entlang, wendete aber nicht am Kehlkopf, wie es Gina getan hatte, sondern wanderte weiter hinab und zeichnete eine Linie zwischen Ginas Brüsten.

Gina atmete tief ein. Während sie Andreas Blick gefangenhielt, knöpfte sie den obersten Knopf ihres Hemdes auf.

Andrea legte ihre Hand auf Ginas. »Das war keine Aufforderung«, sagte sie. »Du mußt das nicht tun.«

»Ich will es aber. Und ... bist du nicht deswegen gekommen?«

Eine gute Frage, dachte Andrea. Weswegen war ihr Wagen heute wie von selbst zu Gina gefahren statt nach Hause? Nach dem gestrigen Telefonat hatte sie sich energisch zur Ordnung gerufen und die Sache ad acta gelegt. *Du fährst natürlich nicht zu ihr! Und du rufst sie nicht wieder an! Wozu auch? Du willst keine Affäre, schon gar keine Beziehung.* Und für One-night-stands hatte sie noch nie etwas übrig gehabt.

Dennoch stand sie jetzt hier vor Gina, fasziniert von den tiefen, blauen Seen ihrer Augen, ihren weichen, fordernden Lippen, die sie erneut zu einem endlosen Kuß einfingen und alle Gedanken an das

Warum auslöschten.

Ginas Finger öffneten fast unbemerkt den Knopf an Andreas Hose, und Andrea spürte, wie Ginas Hand sich schüchtern hineinschob und fragend die Mitte zwischen ihren Beinen berührte.

Auf einmal konnte sie sich nicht mehr beherrschen, weil die Flammen in ihr hochloderten. Erregt umfaßte sie Ginas Po, drückte deren Körper fest gegen sich und rieb sich stöhnend an ihrer Hand.

»Wo ist das Bett?« fragte sie mit heiserer Stimme.

»Da oben.« Gina deutete die Wendeltreppe hinauf, die zu einer Galerie führte.

»O nein!«

Gina kicherte über den entsetzten Ton in Andreas Stimme. »Es ist nicht so weit, wie es aussieht.« Sie zog langsam ihre Finger weg. »Und dafür dann sehr viel bequemer«, setzte sie verheißungsvoll hinzu.

Sie nahm Andreas Hand und zog sie mit. Andrea umfing Gina von hinten und küßte ihren Nacken. Streichelnd und küssend schoben sie sich gegenseitig die Treppe hinauf.

Die Galerie war das Schlafzimmer. Gina dirigierte Andrea zum Bett. Sie fielen darauf, lagen umschlungen.

Gina knöpfte ihr Hemd weiter auf.

Andrea hielt erneut Ginas Hand fest. »Laß mich das machen«, bat sie.

Sie drehte Gina auf den Rücken, setzte sich auf sie. Langsam, aufreizend langsam, öffnete sie Ginas Hemd, hob sich kurz an, um es aus dem Hosenbund zu ziehen, und öffnete dann den letzten Knopf. Sachte schob sie den Stoff zur Seite, legte erst Ginas Bauch, dann ihre Brüste frei. Sie umfaßte die weichen Hügel, die genau in ihre Hände paßten. *Wie angegossen*! stellte sie in sich hineinlächelnd fest.

Jetzt zerrte Gina an Andreas Bluse. »Zieh sie aus«, verlangte sie. »Und dann komm her. Ich will dich auf mir spüren.«

»Dazu müßte ich dich loslassen. Gibt es keine andere Möglichkeit?«

Gina grinste, hob ihren Oberkörper an.

Andrea stellte erstaunt fest, mit welcher Leichtigkeit Gina das tat. Offenbar war sie sehr sportlich. *Nun ja*, dachte Andrea. Das, was sie bisher hatte sehen können, sah sehr athletisch aus.

Gina saß jetzt aufrecht vor ihr, öffnete die Knöpfe von Andreas Bluse, streifte sie ihr ab. Der BH folgte. »Zufrieden?« fragte Gina, entledigte sich auch ihres Hemdes, umfaßte Andreas Schultern und zog sie mit sich hinab. Ihre Brüste trafen sich.

»Sehr ...«, seufzte Andrea.

Sie nahmen beide die wundervolle Weichheit der anderen auf, rieben sich aneinander. Schließlich rutschte Andrea so weit nach unten, daß ihr Gesicht in Höhe von Ginas Brüsten war. Hingebungsvoll begann sie, die Brustwarzen mit ihrer Zunge zu umspielen.

Gina stöhnte und wand sich genießerisch unter Andrea. Durch diese Bewegungen entfachte sie in Andrea ein regelrechtes Feuer. Ihr Spiel um Ginas Brüste wurde immer heftiger. Sie leckte und sog an ihnen, bis sich die dunklen Knospen steif aufrichteten.

»Gefällt dir das?« fragte Andrea.

Als Antwort preßte Gina verlangend ihre Hüften gegen Andreas Körper, griff in ihr Haar, zerwühlte es.

Andrea glitt hoch zu Ginas Mund.

»Hör nicht auf!« flehte Gina.

»Ich hatte nicht die Absicht«, murmelte Andrea.

Erhitzt küßten sie sich.

Jetzt fühlte Gina, wie Andreas Hände zielgerichtet an ihr nach unten glitten. Mit einer schnellen Handbewegung öffnete Andrea den Knopf von Ginas Hose, zog den Reißverschluß auf. Mühelos fanden ihre Finger Ginas empfindlichste Stelle und rieben kreisend den durchnäßten Stoff, der sie bedeckte. Gina stöhnte lauter, genoß den Druck der Finger, hob sich ihm in immer heftiger werdenden Bewegungen entgegen.

Andreas Hand wanderte ein kleines Stück nach oben, um sich unter den Rand des Slips zu schieben, und dann zurück zu dem Punkt, den sie kurz zuvor verlassen hatte. Sofort nahmen die Finger ihre Tätigkeit wieder auf. Nur diesmal intensiver, fester.

Ginas Erregung steigerte sich, bis sie nicht mehr an sich halten konnte. »Geh rein ...«, bettelte sie. »Bitte!«

Andrea glitt mit zwei Fingern in Gina hinein und kreiste in der Nässe, zunächst sehr langsam, dann immer schneller.

Ginas Stöhnen ging allmählich in stoßweises Keuchen über. Ihre Hüften hoben und senkten sich. Sie genoß die immer größer werdende Lust. Und als Andrea sie dann heftig, beinah roh, küßte, brach es aus ihr heraus. Gina flüsterte erregt Andreas Namen, flehte sie an, wimmerte förmlich.

Und Andrea trug sie sicher bis zur Erlösung aus ihren wundervollen Qualen.

Erschöpft sank Gina in sich zusammen.

Es dauerte ein paar Minuten, bis sie sich wieder bewegte.

»Ich dachte schon, du schläfst«, meinte Andrea spöttisch.

Gina drehte sich träge auf die Seite, so daß sie Andrea anblicken konnte, und stützte sich mit einem Ellenbogen auf. »Wenn wir unsere Hosen ausziehen würden, könnten wir uns ganz spüren«, flüsterte sie und strich sanft mit dem Finger über Andreas Brust. Trotz des eben erlebten heftigen Orgasmus reizte sie bereits wieder der Gedanke an ein neues Spiel.

»Ich habe dich eben voll und ganz gespürt«, erwiderte Andrea lächelnd.

»Aber ich dich nicht. Ich fürchte, ich war mehr mit mir selbst beschäftigt«, gab Gina zerknirscht zu.

»Ja, den Eindruck hatte ich auch«, grinste Andrea frech.

Gina robbte auf Andrea hinauf und begrub sie ganz unter sich. Es folgte ein Kuß, dessen Glut Andrea den Atem raubte. »Ich mache es wieder gut.« Gina sprang vom Bett auf, Hose und Slip landeten auf dem Fußboden und, schwupp, saß sie wieder neben Andrea, nestelte am Knopf ihrer Hose, öffnete den Reißverschluß. »Du mußt mir ein wenig helfen«, sagte sie.

»Und wenn nicht?«

Gina senkte den Kopf, küßte Andreas Bauchnabel und arbeitete sich langsam aufwärts zu ihren Brüsten, ihren Schultern, ihrem Hals. »... wirst du es sicher bereuen ...«, raunte sie Andrea ins Ohr und legte sich auf sie.

Beim Gedanken daran, was ihr schon bei dieser harmlosen Lage entging, kam Bewegung in Andrea. »Warte«, sagte sie, schob Gina mit einem bedauernden Blick von sich, stemmte ihr Becken hoch und streifte eilig die Hose ab.

Gina verfolgte die Szene amüsiert. »Du änderst deine Meinung aber schnell.«

»Wenn es die Situation erfordert ...«

Sie lagen jetzt beide auf der Seite, so daß eine die andere betrachten konnte. »Du bist noch schöner, als ich es mir vorgestellt habe«, flüsterte Gina.

»Nun ja, für eine Fastvierzigerin geht es wohl«, erwiderte Andrea salopp.

Diese Art der Konservation behagte ihr nicht. Sie hatte keinen Traumkörper, dessen war sie sich bewußt. Gina sollte sich nicht bemühen, ihr irgendwelche Komplimente zu machen. Eine kleine Unmutsfalte bildete sich auf ihrer Stirn.

Gina bemerkte es verwundert. Sie kroch dichter an Andrea heran. »Das meine ich ernst. Du bist schön.« Ihre Lippen strichen über Andreas Hals, und ihre Hand strich langsam an Andreas nacktem Körper entlang. Nur der Hauch einer Berührung.

Ein Kribbeln durchfuhr Andrea. Sie spürte, wie sie eine Gänsehaut bekam, und zog Gina auf sich, um das Frösteln mit deren Wärme zu vertreiben. Eine Weile lagen sie so.

»Dreh dich um«, forderte Gina schließlich leise. Sie stützte sich auf und hob ihren Körper an, so daß Andrea sich auf den Bauch rollen konnte. Dann senkte sie ihren Körper wieder, ganz langsam.

Andrea spürte Ginas Brüste zwischen ihren Schulterblättern. Ginas Küsse bedeckten ihre Schultern. Nachdem sie diese ausgiebig erkundet hatte, rutschte sie ein Stückchen hinunter, so daß ihre Lippen Andreas Rücken hinabwandern konnten.

Andrea stöhnte wohlig, als plötzlich sanfte Bisse ihre Haut reizten. »Ich schmecke sicher nicht so gut wie das, was du gestern gekocht hast.«

»Nein. Du schmeckst viel, viel besser.« Gina gluckste. »Und außerdem bist du immer noch warm.« Sie knabberte munter weiter an Andrea herum.

Andrea seufzte genießerisch. »Der menschliche Körper kühlt bekanntlich selten aus.«

»Ach ja?« Gina konzentrierte sich ganz darauf, Andreas weiche Haut zu liebkosen. »Jetzt, wo du es sagst ...« Ihre Zunge fuhr spielerisch an Andreas Wirbelsäule entlang. »... fällt es mir auch wieder ein.« Sie schob sich noch ein wenig abwärts, um mit ihrem Mund Andreas Taille mit Küssen bedecken zu können. Ihre Hände streichelten Andreas Seiten. »Dafür ...«, ein erneuter Biß, »... wird er sehr schnell heiß.« Ginas Hände glitten unter Andreas Körper, umfaßten ihre Brust. Andrea wand sich leicht. Gina schob sich langsam an Andrea hoch. Die drehte sich unter ihr und empfing sie mit einem leidenschaftlichen Kuß.

Beide erlagen sie erneut dem Rausch der Weichheit und Wärme der anderen, preßten sich so eng wie möglich aneinander, rieben sich, als wollten sie miteinander verschmelzen. Ihre Körper klebten schweißgebadet aneinander. Irgendwann richtete Gina sich auf, so daß sie auf Andreas Beinen saß. Andrea wollte protestieren, doch da fühlte sie bereits, wie Ginas Hände die Innenseiten ihrer Schenkel streichelten und dabei sanft gegen ihre Mitte drückten. Sie drängte sich Gina entgegen. Beinah hätte sie aufgeschrien, als sich plötzlich Ginas Finger auf ihre Scham legten und die Lippen in kreisförmigen Bewegungen massierten. Ihr Körper nahm den Rhythmus auf, bewegte sich mit. Ihr Stöhnen wurde lauter.

Andreas deutliche Reaktion spornte Gina an. Schnell fuhren ihre Finger in Andrea hinein, schauten sich neugierig in ihr um, zogen sich dann aber wieder zurück. Noch bevor Andrea enttäuscht aufseufzen konnte, kamen sie wieder, drangen diesmal tiefer vor.

»Nicht wieder weggehen«, flüsterte Andrea. Es war ein einziges Flehen.

Ginas Finger antworteten mit einer innigen Liebkosung des warmen, nassen Fleisches, das sie umgab, gingen über in ein gleichmäßiges Kreisen.

Andrea fühlte, wie sich die Hitze in ihr zusammenzog, sie tiefer und immer tiefer durchdrang.

Ginas Finger bewegten sich schneller, drückten das Fleisch fester.

Andrea keuchte. Ihr Körper bäumte sich auf. In ihrem Kopf hatte nur ein Gedanke Platz. »Noch mehr …«, verlangte sie. »Bitte … bitte … o ja … ja … das ist genau richtig …«

Ihr Becken senkte sich wieder, begann Ginas Fingern entgegenzustoßen. Ihrem Mund entrangen sich kurze, abgehackte Laute, die Gina nicht verstehen konnte. Sie zeigten an, daß Andrea die Kontrolle über sich völlig verloren hatte.

Andrea spürte die Hitze in sich unerträglich werden. Wie ein Feuerball, der jeden Moment zerbersten würde. Aber statt in der erwarteten heftigen Explosion entlud sich die Hitze in einer wohligen Welle, die ihren Körper langsam von innen nach außen überschwemmte. Eine Welle, von deren pochendem Zentrum aus sich weitere, neue Wogen bildeten und in ihr ausbreiteten. Die nächsten

Minuten erlebte sie im Gefühl einer angenehmen Schwäche, außerstande, sich zu bewegen oder etwas zu sagen.

Gina legte sich neben sie und nahm sie in den Arm.

So schliefen sie ein.

Andrea kämpfte gegen die Bleigewichte auf ihren Lidern an. *Verdammt,* dachte sie träge, *du wolltest doch nicht einschlafen!* Sie zwang sich, die Augen zu öffnen. Es dauerte eine Minute, bis sie sich an die Dunkelheit gewöhnt hatte. Ginas schmales, weiches Gesicht zeichnete sich neben ihr ab, das zerwühlte blonde Haar. Sie betrachtete die junge Frau nachdenklich, während sie schlief, als ob nichts ihr geschehen könnte.

Wie ein Baby, dachte Andrea. Sie seufzte. So gut, wie sie sich vor wenigen Stunden in diesem Bett noch gefühlt hatte, so erbärmlich ging es ihr jetzt. Kaum daß sie in der Lage war, einen ersten klaren Gedanken zu fassen, hätte sie am liebsten alles ungeschehen gemacht.

Es war jedes Mal dasselbe. Maren war seit vier Jahren tot, und noch immer hatte sie jedes Mal, wenn sie mit einer Frau schlief, hinterher das Gefühl, sie würde Maren betrügen.

Das erste Mal, als sie diese Erfahrung gemacht hatte, glaubte sie noch, es wäre einfach nicht genug Zeit vergangen, ihre Gefühle für Maren wären noch zu stark. Sie glaubte schon damals nicht, daß sie Maren jemals vergessen würde, aber daß sie irgendwann eine andere Frau finden und mit ihr glücklich werden könnte, das glaubte sie schon.

Damals! Sie hatte sich mit dem zweiten Versuch sehr lange Zeit gelassen. War bereit gewesen, ganz auf ihn zu verzichten. Schließlich dachte sie, die richtige Frau gefunden zu haben –, bis sich am Morgen danach das Schuldgefühl einstellte.

Sie konnte nichts dagegen tun, nur gehen, um sich und der anderen eine zermürbende Beziehung zu ersparen. Eine Beziehung, die auf Sand gebaut war, solange Andrea sich im Herzen nicht frei fühlte.

Gina kannte sie nicht einmal. Sie war einfach der Faszination einer unbekannten Frau erlegen. So weit war es schon mit ihr gekommen. Bisher hatte sie sich wenigstens noch etwas mehr Zeit gelassen, aber diesmal … Sie wußte selbst nicht, wie es geschehen war, konnte es sich nicht erklären. *Und deshalb solltest du jetzt besser schnell von hier verschwinden!* ermahnte sie sich.

Möglichst jedes Geräusch vermeidend stand sie auf, suchte ihre Sachen zusammen und zog sich an. Ihr Blick fiel erneut auf Gina, die in diesem Moment zufrieden im Schlaf seufzte. Unwillkürlich huschte ein warmes Lächeln über Andreas Gesicht. Sie widerstand nur schwer dem Drang, Ginas Wange zu streicheln. Doch um unbemerkt verschwinden zu können, durfte sie sie nicht wecken.

Leise schlich sie zur Wendeltreppe. In der Dunkelheit übersah sie jedoch den Hocker neben dem Bett. Dumpf schlug er auf dem Teppich auf. Sie hielt erschreckt inne.

Gina bewegte sich. Ihre schläfrige Stimme fragte verwundert: »Du willst gehen? Es ist mitten in der Nacht.«

»Ja, ich muß.« Andrea stand verlegen an der Treppe.

»Verstehe, dein Mann kommt gleich von der Nachtschicht.« Es sollte ein Scherz sein, aber Andrea lachte nicht. Gina schluckte den Kloß in ihrem Hals hinunter. So war das also. Andrea hatte nur ein kurzes, anonymes Abenteuer gesucht.

Na, was hast du denn gedacht? Sie kommt zu dir, ihr schlaft miteinander und lebt glücklich bis an euer Lebensende? – Ja, so ähnlich.

Andrea kam zurück zum Bett, beugte sich zu ihr, küßte sie sanft auf den Mund. »Es war sehr schön mit dir.«

Das ist alles? schrie es in Gina. *Du läßt mich einfach so hier liegen?* Sie wagte einen verzweifelten Versuch. »Vielleicht sehen wir uns ja einmal wieder. Du kannst mich ja anrufen.«

»Ja, vielleicht«, sagte Andrea. Es klang wie: *Sicher nicht.*

Gina schaute Andrea nach.

Als die Tür unten ins Schloß fiel, sank sie zurück in ihr Kopfkissen. Schnell schloß sie die Augen.

Doch die Tränen fanden trotzdem ihren Weg.

2.

Auf dem Weg in ihr Büro schaute Andrea wie immer zuerst im Zimmer ihres Referendars vorbei.

»Guten Morgen, Stefan«, begrüßte sie ihn. »Bringen Sie mir bitte die Akte für die Zehn-Uhr-Verhandlung?«

»Liegt schon auf Ihrem Tisch«, erwiderte der junge Mann beflissen.

Andrea lächelte in sich hinein. Sie hatte eigentlich nichts anderes erwartet.

»Rechtsanwalt Bachmann hat um einen Termin gebeten«, teilte Stefan ihr mit.

»Wie nett. Nachdem er vorgestern nichts Besseres zu tun hatte als kurzfristig abzusagen, hat er es nun auf einmal eilig.« Andrea runzelte die Stirn.

»Versteht sich von selbst. Ich habe ihm gesagt, Sie haben um neun ein paar Minuten für ihn Zeit.«

»Sie sind zu gutmütig, mein Lieber.«

Stefan errötete. Er hatte sich immer noch nicht an den lockeren Umgangston seiner Chefin gewöhnt. Er verehrte sie.

Andrea wußte das, und dieser Umstand bereitete ihr ein wenig Sorge, weil sie fürchtete, Stefan würde über dieser Schwärmerei seine Arbeit und damit seine Ausbildung vernachlässigen. Doch bisher zeigte er sich absolut zuverlässig.

Pünktlich um neun klopfte es an die Tür ihres Büros.

»Ja?« rief sie.

Bachmanns breite Statur zeigte sich in der Tür. »Guten Tag, Frau Richterin«, begrüßte er sie freundlich mit ruhiger Stimme. Er trat herein und auf ein Nicken von Andrea setzte er sich.

Sie sah ihn an. »Guten Tag, Herr Bachmann. Was kann ich für Sie tun?«

Bachmann lächelte. »Einer meiner Mandanten, Herr Bolt, hat ein Problem, dessen Lösung Sie sehr vereinfachen könnten.«

Andrea runzelte leicht verwundert die Stirn. »Wenn sie einen Vergleich anstreben, warum kommen Sie damit zu mir, statt sich an die Staatsanwaltschaft zu wenden?«

Bachmann hob bedauernd die Hände. »Da war ich. Aber leider ohne Erfolg. Dort hält man die Beweislage für eindeutig. Was sie aber keinesfalls ist. Ich wende mich deshalb an Sie, um der Staatskasse unnötige Kosten zu ersparen.«

»Wie rücksichtsvoll von Ihnen.« Andrea konnte den Spott in ihrer Stimme nicht unterdrücken. Das wäre das erste Mal gewesen, daß ein Verteidiger aus diesem Grund bei ihr vorsprach.

»Sehen Sie, Frau Richterin, als Herr Bolt Herrn Feiler bedauerlicherweise einen leichten Kinnhaken versetzte, was Herr Bolt zutiefst bedauert und wofür er sich gern bei Herrn Feiler entschuldigen möchte, handelte er in dem Glauben, Herr Feiler belästige seine Freundin. Es war ein Schlag im Affekt.«

»Einen leichten Kinnhaken?« fragte Andrea. »Herr Bachmann, Sie vergessen, daß ich die Akte kenne. Herr Bolt ist Berufsboxer. Sein *leichter Kinnhaken* hatte auf Herrn Feiler die Wirkung eines Baseballschlägers. Herr Feiler mußte im Krankenhaus genäht werden. An der Stirn und an der Lippe. Des weiteren hatte er zwei gebrochene Rippen. Was schließen Sie daraus, Herr Rechtsanwalt?« Sie fixierte Bachmann mit strenger Miene.

Bachmann zuckte die Schultern. »Mein Mandant hat –«

Andrea hob die Hand und unterbrach ihn. »Ihr Mandant hat mehr als einmal zugeschlagen«, stellte sie fest. »Und laut Aussage des Geschädigten handelt es sich bei der Auseinandersetzung zwischen den beiden Herren um eine schon länger andauernde Rivalität. Es sieht also eher danach aus, als hätte Ihr Mandant Herrn Feiler bewußt verprügelt. Also handelt es sich um Körperverletzung.«

»Das ist ja durchaus möglich, ich meine, daß die beiden sich nicht grün sind.« Bachmann versuchte es mit gespielter Einsicht. »Aber Herr Feiler ist in Folge des Kinnhakens einfach unglücklich gefallen«, behauptete er dann, in der Hoffnung, daß die Richterin sein Zugeständnis positiv bewerten würde. »Dabei hat er sich die Verletzung an der Stirn und die gebrochenen Rippen zugezogen. Das können Sie unmöglich meinem Mandanten anlasten.«

Andrea seufzte. »Sie nutzen die Tatsache aus, daß es keinen Zeugen für den Vorfall gibt. Also gut. Ich komme Ihnen etwas entgegen. Wenn Sie es schaffen, daß sich Ihr Mandant mit Herrn Feiler einigt, will sagen, Herr Feiler seine Anzeige zurückzieht, und Herr Bolt ein Schmerzensgeld von, sagen wir, eintausendfünfhundert Euro ...«

Bachmann wollte widersprechen, doch Andrea winkte ab.

»... eintausendfünfhundert Euro an Feiler zahlt, dann empfehle ich die Einstellung des Verfahrens. Und ich will von Ihrem Mandanten nie wieder nur das geringste hören.«

Bachmann schnaufte.

»Wenn Sie oder Ihr Mandant Probleme mit meiner Entscheidung haben, können Sie gern den Prozeßverlauf abwarten.«

»Na schön«, stimmte Bachmann zu. »Ich werde mit meinem Mandanten reden. Er wird nicht begeistert sein.«

»Erläutern Sie ihm die Alternative. Eine Verurteilung wegen Körperverletzung. Das Strafmaß können Sie ihm ausrechnen.«

»Sie sind ein harter Brocken«, schniefte Bachmann, sah aber so unzufrieden gar nicht aus.

»Ich weiß. Guten Tag«, sagte Andrea und zeigte damit an, daß die Unterhaltung für sie beendet war.

»Einen schönen Tag auch Ihnen, Frau Richterin.« Bachmann ging.

Andrea wandte sich wieder den Unterlagen der bevorstehenden Verhandlung zu.

Gina seufzte genervt. Sie hätte es wissen müssen. Judiths Neugier kannte keine Grenzen. *Selbst schuld, Gina! Warum hast du die Klappe nicht halten können? Ging es dir nicht auch so schon schlecht genug?* Jetzt mußte sie sich von Judith auch noch Löcher in den Bauch fragen lassen.

»Sie wollte sich unbemerkt wegschleichen? Wie geheimnisvoll!« Gebannt hingen Judiths Augen an den Lippen ihrer Freundin.

»Nicht im geringsten. Sie ist verheiratet und mußte nach Hause, damit ihr Mann nichts mitbekommt. Ich werde sie nicht wiedersehen.«

»Hat sie das gesagt?« Judith starrte sie interessiert an.

»Hörst du mir nicht zu? Sie ist verheiratet!« Gina stöhnte noch genervter als zuvor schon.

»Na ja, sie wäre nicht die erste Frau, die … sich umorientiert.«

»Den Eindruck machte sie nicht. Sie wußte, was sie wollte. Eine Nacht, nicht mehr!« Gina betonte letzteres nicht nur für Judith, sondern auch für sich selbst. *Du bist vielleicht nicht besonders fit, aber das ist sonnenklar. Andreas Abgang war eindeutig. Du brauchst nicht auf ihren Anruf zu warten.*

Gina blickte Judith von der Seite an. »War wohl mal wieder die falsche Traumfrau. Schon vergeben.«

Judith seufzte, als sähe sie gerade eine dramatische Szene in einem Liebesfilm. »Und? Schlimm?«

»Ich muß zur Trainingsstunde«, sagte Gina, ohne darauf einzugehen.

»Also schlimm«, stellte Judith fest. Sie strich tröstend über Ginas Wange. »Wenn du jemanden zum Reden brauchst, weißt du ja, wo du mich findest.«

»Danke. Aber eigentlich will ich das Ganze lieber vergessen statt darüber zu reden.«

Gina verließ schnell den Raum.

Während sie die Frauengruppe anleitete, wanderten ihre Gedanken dennoch automatisch zu Andrea, zu dem Abend mit ihr.

Sie war so glücklich gewesen, als Andrea plötzlich in der Tür gestanden hatte. Hätte sie da erst fragen sollen: »Wie stellst du dir unsere gemeinsame Zukunft vor?«, bevor sie sich auf sie einließ?

Reden konnte man ja später noch. Das lief nicht weg.

Hatte sie gedacht. – Aber da hatte sie sich wohl getäuscht.

Andrea ging so unerwartet, wie sie gekommen war. Und hatte sich seitdem nicht wieder gemeldet.

Sie war zurück bei ihrem Freund oder Mann. Und da würde sie auch bleiben. Vielleicht hatte sie nur einmal ausprobieren wollen, wie es mit einer Frau war. Vielleicht probierte sie das auch öfter.

Was ging das sie an!

Wütend starrte sie um sich, bis sie bemerkte, daß die Frauen aus ihrer Trainingsgruppe sie ganz irritiert ansahen.

Sie zwang ein Lachen in ihr Gesicht. »So soll es natürlich nicht aussehen beim Training«, verkündete sie in lockerem Ton. Daß sie den noch draufhatte, war wirklich ein Wunder … »Wiederholen wir noch einmal die Partnerübung?« fragte sie in die Runde. »Und danach dann Einzeltraining.«

Die Frauen nickten und wandten sich wieder ihren Übungen zu.

Wenn das so weitergeht, halten die mich noch für gestört, dachte sie. *Bin ich ja auch – irgendwie.*

Und trotz aller Anstrengung konnte sie sich nicht von Andreas Bild lösen.

Gegen fünf Uhr schaute Stefan ein letztes Mal in Andreas Büro. »Ich gehe dann jetzt, wenn Sie nichts weiter für mich haben.«

Andrea blickte kurz von ihren Akten auf. »In Ordnung, Stefan. Schönen Feierabend.«

Er ging, und sie wandte sich erneut den Unterlagen auf ihrem Schreibtisch zu. Doch ihre Konzentration ließ sie mit einem Mal im Stich. Den ganzen Tag über hatte der Trubel im Gericht ihr dabei geholfen, einen bestimmten Gedanken auszusperren. Nun, da sie allein war, klopfte er sofort wieder an. Sie dachte an die vergangene Nacht – wie und wo sie sie verbracht hatte.

Sie erinnerte sich an die traurigen Augen, die ihr entgegengeblickt hatten, als sie sich davonschleichen wollte. Es war nicht zu übersehen gewesen, was in ihnen geschrieben stand.

Ja schon, aber soll ich aus Mitleid noch einmal mit ihr schlafen?

Mitleid? Also wirklich, Andrea, wenigstens ein bißchen Ehrlichkeit, wenn ich bitten darf. Es war ja wohl kein Mitleid, warum du mit ihr geschlafen hast!

Na gut, dann war es eben bloße, niedrige Begierde.

Was auch immer, sie konnte Gina nicht helfen. Wenn die sich mehr erhoffte, war das ihr Problem.

Das Telefon klingelte.

»Jordan«, meldete sich Andrea.

Nichts tat sich am anderen Ende.

»Hier Jordan«, wiederholte Andrea in der Annahme, sie sei nicht verstanden worden. Oder war es etwa …

»Gina?« Weiterhin Stille.

Sie wollte gerade auflegen, da drang eine rauhe, haßerfüllte Stimme an ihr Ohr.

»Von diesem Augenblick an habe ich dich im Visier. Ich beobachte dich Tag und Nacht. Ich werde alles über dich wissen, du nichts über mich.« Leiser Atem. »Ich nehme dir dein Leben, wie du mir meins genommen hast. Was dir bleibt, wird ein Alptraum sein. Diesmal bestimme *ich*, wie die Sache läuft!«

Ein Knacken in der Leitung. Aufgelegt.

Andrea ließ die Hand mit dem Hörer sinken. Was war das denn? Sie mußte erst einmal umschalten. Es dauerte einige Sekunden, bis sie sich darüber klar wurde, was gerade geschehen war. Es war nicht der erste Anruf eines vermeintlich zu Unrecht Verurteilten. So etwas kam öfter einmal vor. Dennoch. Dieser hier war anders. Nicht die übliche Flut von Kraftausdrücken und Beleidigungen. Kein spontaner Ausbruch, der in dem Moment, da die Worte fielen, dem Verärgerten Befriedigung verschaffte, und das war es dann. Dieser Anruf enthielt eine sehr konkrete Drohung und war voller Haß.

Sie lehnte sich in ihrem Stuhl zurück und atmete ein paarmal möglichst ruhig durch. *Keine Panik. Nichts wird so heiß gegessen, wie es gekocht wird. Der Mann ist zwar eindeutig einen Tick verrückter als die anderen, aber die Wahrscheinlichkeit, daß er loszieht und seine Drohung wahrmacht, ist doch eher gering. Er wollte dir nur einen gehörigen Schrecken einjagen.* Was ihm zugegebenermaßen gelungen war.

Sie packte ihre Tasche. Es hatte keinen Sinn, sich wieder den Akten zuzuwenden. Falls vor dem Anruf noch eine geringe Chance bestanden hatte, sich irgendwie konzentrieren zu können, war dies jetzt in jedem Fall unmöglich. Sie würde lieber nach Hause fahren.

Sie verließ das Gerichtsgebäude. Die frische Luft tat gut, machte den Kopf wieder klar, befreite sie sowohl von den Gedanken an Gina als auch an den Anruf.

Sie war fast an ihrem Wagen angekommen, da stutzte sie plötzlich. Er sah irgendwie komisch aus. Sie ging näher heran – und fluchte inbrünstig. Ihr Auto stand auf vier Plattfüßen! Beim näheren Hinsehen stellte sie fest, daß nicht einfach nur die Luft abgelassen worden war. Jemand hatte die Reifen aufgeschlitzt.

Damit war eines klar: Es handelte sich nicht um einen harmlosen Dummenjungenstreich. Hatten halbstarke Jugendliche ihrem Nachmittag mit dem Aufschlitzen von Reifen einen Kick verpaßt? Ein Betrunkener seinen Frust abreagiert? Wie groß war die Wahrscheinlichkeit, daß an ein und demselben Tag mehrere voneinander unabhängige Personen – erst der Anrufer, dann der oder die Reifenschlitzer – ausgerechnet sie trafen? Die Chance war gleich Null.

Als sie das erkannte, wurde ihr schlecht. Denn es bedeutete, daß die kaputten Reifen auf das Konto des rachsüchtigen Anrufers von vorhin gingen. Die Plattfüße waren seine Warnung: *Paß auf. Ich meine es ernst.*

Andrea erschauerte bei der Erinnerung an den Haß in der Stimme des Mannes. Er hatte gesagt, daß er ihr Leben in einen Alptraum verwandeln würde. Sie wollte sich gar nicht vorstellen, was alles passieren konnte, wenn er seine Drohung in die Tat umsetzte.

Nur eines war sicher: Sie konnte sich vor willkürlichen Attacken wie diesen hier nicht schützen.

3.

Am nächsten Tag kurz nach Mittag klopfte es an ihrer Bürotür. Stefan trat ein. »Ich habe die Informationen, die Sie wollten.«

»Machen Sie es nicht so spannend.« Andrea lehnte sich zurück und sah ihn an.

»Zwei der Entlassungen in den letzten vier Wochen betreffen Männer, die Sie verurteilt haben.«

»Ja?« Sie hob die Augenbrauen.

»Der erste, Mario Kanter, verurteilt zu drei Jahren wegen Fahrerflucht und fahrlässiger Körperverletzung mit Todesfolge. Der Unfall ereignete sich unter Alkoholeinfluß. Kanters Frau ließ sich während seiner Haftzeit von ihm scheiden. Der Mann nahm das Urteil damals an. Aber vielleicht hat sich seine Einstellung während der Haftzeit geändert. Vielleicht haben sich Wut und Verzweiflung in ihm aufgestaut, die er jetzt gegen Sie richtet.«

Andrea nickte. »Und der andere?« Sie beugte sich vor.

»Thomas Valentin. Sie erinnern sich? Der Fall machte damals Schlagzeilen. Valentin hatte seine frühere Partnerin über ein Jahr lang zu Hause oder am Arbeitsplatz angerufen und mit sexuellen Kraftausdrücken beschimpft. Er lauerte ihr auf, stieg mit einem Nachschlüssel in ihre Wohnung ein und hängte in ihrer Wohngegend beleidigende Plakate auf. Selbst die Zuteilung von Geheimnummern half der Frau nicht, Valentin konnte sie ausfindig machen. Wie, das blieb ungeklärt. Die Frau ging mit einer Unterlassungsklage gegen ihn vor. Mit Erfolg. Er ignorierte jedoch das Urteil. Die Zuwiderhandlung wurde mit einer Geldstrafe von achthundert Mark geahndet. Auch das beeindruckte Valentin wenig. Mit einem Aushang, auf dem er die Frau als *männersuchend* beschrieb, verbreitete er ihre Telefonnummer, so daß sie von obszönen Anrufen Unbekannter heimgesucht wurde. Schließlich verfolgte er sie mit seinem Auto, als sie mit ihrem neuen Freund einen Motorradausflug unternahm, und drängte sie in voller Fahrt auf die Gegenfahrbahn. Nur mit Mühe konnte sie einen Unfall abwenden. Wegen der massiven Verfolgung und Belästigung erkannten Sie auf Körperverletzung, Beleidigung, Hausfriedensbruch und gefährlichen Eingriff in den Straßenverkehr. Valentin verweigerte die Psychotherapie und mußte deshalb für achtzehn Monate in Haft.«

»Ja, ich erinnere mich. Ein sehr krasser Fall von Stalking, klassischer Liebeswahn. ›Ich weiß, du liebst mich!‹, rief er dem Opfer immer wieder von der Anklagebank aus zu.«

»Möglich, daß Valentin die Zielperson gewechselt hat und sich an Ihnen für das Urteil rächen will.« Stefans Stimme klang besorgt. »Wenn er hinter dem Anruf steckt, sind Sie wirklich in Gefahr. Der Mann ist aggressiv. Und ein Psychopath.«

»Wo sind Kanter und Valentin zur Zeit gemeldet?« Andrea beschränkte sich mit Absicht auf die formalen Aspekte, um die Unruhe, die sie langsam erfaßte, zu verdrängen.

»Beide hier in Berlin. Kanter in Hohenschönhausen, Valentin in Schöneberg. Soll ich einmal nachfragen, wo sie arbeiten?«

Andrea nickte. »Tun Sie das.«

Nachdem Stefan ihr Büro verlassen hatte, konnte sie sich nicht mehr beherrschen. Sie stand auf und lief unzufrieden auf und ab. Natürlich mußte sie herausfinden, wer der Anrufer und damit mutmaßlich auch der Reifenschlitzer war. Doch was nützte das?

Zwar war die Tatsache, daß ihre Autoreifen zerstochen worden waren, unbestreitbar, aber die Anzeige, die sie schon allein wegen der Versicherung erstattet hatte, war mangels Zeugen wenig aussichtsreich.

Sie konnte nichts tun. Nur abwarten. Das beunruhigte sie am meisten. Sie zweifelte nicht, daß Valentin weitere Attacken folgen lassen würde.

Während der Heimfahrt schaute Andrea immer wieder instinktiv in den Rückspiegel. Der VW hinter ihr hielt Abstand. Sie konnte den Fahrer des Wagens nicht erkennen. Folgte er ihr? Oder war er ein harmloser Teilnehmer im abendlichen Berufsverkehr? Andrea bog an der Ampel rechts ab. Der VW fuhr geradeaus weiter.

Andrea schimpfte vor sich hin. Das waren ja tolle Aussichten für die nächste Zeit! Ständige Angespanntheit gepaart mit übertriebener Nervosität. Die besten Voraussetzungen für einen baldigen Nervenzusammenbruch. Sie mußte sich zusammenreißen, durfte sich nicht kirre machen lassen. Das war genau das, was der Anrufer bezwecken wollte. *Denk an etwas anderes, Andrea. An etwas Angenehmes. – Ha! Leicht gesagt. An was?*

Urplötzlich tauchte ein blaues Augenpaar in ihren Gedanken auf. Eine zärtliche Hand, die ihren Rücken streichelte. Andrea spürte weiche Haut, fordernde Lippen. Ein wohliger Schauer lief über ihren Rücken. Sie lächelte wider Willen in sich hinein. Diese Nacht würde sie wohl nicht so schnell aus ihrem Kopf bekommen.

Kein Wunder. So etwas passierte ihr nicht alle Tage. Während ihr Bewußtsein mit Zweifeln und Selbstvorwürfen rang, hatte ihr Körper einfach nur auf Ginas Berührungen reagiert. Und zwar sehr heftig. Hinterher empfand sie es als Verrat an Maren. Aber es nicht zu tun, wäre Verrat an ihrem Körper gewesen.

Nun ja. Es war eben passiert. Und ganz gewiß war es nicht unangenehm gewesen. Noch immer war sich Andrea nicht klar darüber, warum sie zu Gina gefahren war. Ginas Blicke allein konnten es doch nicht gewesen sein. Also war es körperliche Schwäche? Lag es daran, daß sie schon so lange nicht mehr mit einer Frau zusammengewesen war? Nein. Wohl nicht. Sie konnte sich beherrschen. Also eine Art magische Anziehung? Wie bescheuert das klang. Und doch fand sie keine andere Erklärung.

Bereust du die Nacht?

Ja, seufzte sie innerlich. Weil es nicht ihre Absicht gewesen war, eine Affäre einzugehen. Weder für kurze noch über längere Zeit. Und nein, weil es eine Nacht gewesen war, in der sie völlig gelöst sein konnte. Wenigstens für den Augenblick.

4.

Schon am nächsten Vormittag brachte Stefan die Bestätigung ihrer Vermutung. »Es ist zu 99,9 Prozent Valentin.«

»Woher wissen Sie das?« Andrea wandte sich ihm zu.

»Ich habe mit seiner Ex-Freundin gesprochen. Sie ist jetzt verheiratet und hat ein sechs Monate altes Kind. Angesichts von Valentins Entlassung war sie sehr nervös. – Bis vor vierzehn Tagen. Gleich am Tag seiner Entlassung tauchte Valentin bei ihr auf. Er war völlig ruhig und erklärte, daß er ihr nicht nachtrage, daß sie sich einem anderen Mann zugewandt habe – man beachte –, nachdem *er*, Valentin, so plötzlich aus ihrem Leben verschwunden sei. Was nicht seine Schuld gewesen wäre und schon gar nicht seine Absicht, aber das hätte sie ja nicht wissen können. Andere seien daran schuld, daß ihre Liebe zerstört worden sei. Es sei zwecklos, vergangenen Zeiten nachzutrauern. Sie solle ihr Leben leben.«

»Das ist kein Beweis«, warf Andrea ein. »Man könnte das auch als Einsicht werten.«

»Ich fürchte, Sie haben nicht richtig zugehört.« Die wachsende Besorgnis um seine glühend verehrte Chefin stand dem jungen Referendar ins Gesicht geschrieben.

»Das habe ich durchaus«, widersprach Andrea ruhiger, als sie sich fühlte. »Valentin läßt von seiner Ex-Freundin ab. Die Frau kann endlich wieder aufatmen.«

Stefan wollte etwas erwidern.

Andrea winkte ab. »Und«, fuhr sie fort, »er hat einen neuen Schuldigen gefunden.«

Stefan nickte. »Dreimal dürfen Sie raten, wen er wohl damit gemeint hat.«

Andrea seufzte. »Da gibt es nicht viel zu raten.«

»Sie müssen sich vor ihm schützen«, verlangte Stefan mit Nachdruck.

»Es ist leider nahezu unmöglich, sich vor einem Stalker zu schützen.« Andrea stand auf und verschränkte die Arme, während sie nachdenklich vor sich hinblickte. Sie atmete tief durch. »Der beste Schutz ist, ihn konsequent zu ignorieren und parallel dazu sämtliche Beweise für seine Belästigungen oder Übergriffe zu sammeln. Und alles zur Anzeige zu bringen, damit ein Protokoll aufgenommen wird, so daß eventuell ein Verfahren gegen ihn eingeleitet werden kann.«

»Und wenn er Sie nun überfällt?«

Genau diese Frage stellte auch ihre Schwester Carmen, als Andrea sie am Abend besuchte und von der unliebsamen Angelegenheit berichtete.

»Ich bin eine gute Sprinterin. Ich laufe weg«, erwiderte Andrea.

»Ich sage so etwas nur ungern«, meinte Carmen. »Du weißt, ich hasse Gewalt. Aber vielleicht wäre es besser, du trittst einmal kräftig an die richtige Stelle. Du weißt schon, welche ich meine. Und überhaupt. Was hältst du von einem Selbstverteidigungskurs?«

»Ich und Karate? Du machst Witze«, wehrte Andrea ab.

»Warum? Und wer spricht von Karate? Ich sagte *Selbstverteidigung*. Das kann jeder lernen. Bei mir um die Ecke gibt es eine Schule, die sehr gut sein soll. Wir könnten hingehen und uns die Sache mal ansehen.«

»Ich denke darüber nach«, sagte Andrea.

Gina seufzte. Ungefähr zum hundertsten Mal an diesem Tag.

Judith verdrehte genervt die Augen. »Ruf sie endlich an, verdammt noch mal!« Sie schloß die Tür ihres Umkleideschranks.

Gina rubbelte mit dem Handtuch ihr nasses Haar trocken. »Das bringt doch nichts. Wahrscheinlich wäre es ihr nur peinlich.«

»Na und? Daran hätte sie denken müssen, bevor sie mit dir in die Kiste gehüpft ist.« Judith lehnte sich abwartend an die Wand.

»Was soll ich ihr denn sagen? Daß ich sie vermisse? Daß ich nachts von ihr träume?«

»Nur nachts?« warf Judith spöttisch ein.

»Wenn sie mich nicht sehen will – und sie hat offensichtlich nicht den Wunsch –, kann ich mich ihr schlecht aufdrängen.« Gina warf das nasse Handtuch in ihre Sporttasche und zog resolut den Reißverschluß zu.

»Also, ich weiß nicht, was ich davon halten soll«, meinte Judith kopfschüttelnd. »Erst ruft sie tagelang nicht an. Plötzlich doch. Ihr verabredet euch, sie kommt nicht. Dann kommt sie doch, schläft mit dir und verschwindet wieder. Wenn du mich fragst, sei froh, daß du die Frau los bist. Du bist ohne sie besser dran.«

»Das tröstet mich im Moment wenig.« Gina seufzte.

»Laß uns noch einen Kaffee trinken gehen«, schlug Judith vor, als sie den Umkleideraum verließen.

Im gegenüberliegenden Restaurant griff Judith das Thema dann sofort wieder auf. »Wirklich, Gina, diese Andrea ist nichts für dich. Ganz offensichtlich weiß sie nicht, was sie will. Du solltest sie dir so schnell wie möglich aus dem Kopf schlagen.«

»Wie soll das denn gehen? Ich beschließe mal eben, nicht mehr an sie zu denken, und schon habe ich sie vergessen?« seufzte Gina. »Ich liebe sie!«

»Blödsinn! Du kennst sie doch gar nicht. Du redest dir da was ein«, erwiderte Judith unwirsch.

»Ich fühle mich so schlecht, weil ich mir etwas einbilde?«

»Ja. Das Ganze existiert nur in deinem Kopf.«

»Wenn es nur in meinem Kopf existieren würde, dann hätte ich Kopfschmerzen. Ich würde eine Tablette nehmen, und alles wäre vorbei. Ich probiere das gern nachher zu Hause aus, aber ich fürchte, der Erfolg wird ausbleiben.« Gina grinste schief, und Judith schüttelte verständnislos den Kopf.

Gina rührte geistesabwesend in ihrem Kaffee. Judith hatte ja vollkommen recht, wenn sie sie für verrückt hielt. Sie kannte Andrea nicht. Jedenfalls nicht in dem Sinne, den man langläufig unter *kennen* verstand. Gab es das? Daß man eine Frau nur sah und sich in sie verliebte? Vielleicht verwechselte sie das Gefühl in sich mit etwas anderem? Möglicherweise war es nur Begehren. Aber fühlte sie eine solche Leere nur aufgrund enttäuschten körperlichen Begehrens?

Andrea erinnerte sich hundertprozentig, daß sie am Morgen die Wohnungstür abgeschlossen hatte. Jetzt stand sie einen Spalt offen. Eingedenk der Vorkommnisse der letzten Tage begannen in ihr alle Alarmglocken zu läuten.

Vorsichtig stieß sie mit dem Fuß die Tür auf. Es lag das gewohnte Bild vor ihr. Sie zögerte und lauschte. Nichts zu hören. Zögernd betrat sie den Flur. In äußerster Anspannung, bereit, auf jeden Laut hin aus der Wohnung zu flüchten, schlich sie langsam von Zimmer zu Zimmer.

Alles lag und stand an seinem Platz. Niemand außer ihr war da. Hätte die Wohnungstür nicht offengestanden, hätte nichts darauf hingewiesen, daß jemand in der Wohnung gewesen war. Derjenige – ziemlich sicher handelte es sich um Valentin – hätte einfach nur die Tür hinter sich zuziehen müssen. Ein Versehen?

Kaum anzunehmen. Valentin vergaß nicht, die Tür zu schließen, nachdem er sorgfältig darauf geachtet hatte, in der Wohnung keine Spur seiner Anwesenheit zu hinterlassen. Es war Absicht. Er wollte sie wissen lassen: *Auch in deiner Wohnung bist du nicht vor mir sicher.*

Andrea begab sich zum Telefon und rief die Polizei.

Nach fünfzehn Minuten klingelte es, zwei Beamte standen in der Tür. »Frau Jordan?«

Andrea nickte. »Ja.«

»Was ist passiert?« erkundigte sich der ältere der beiden.

»Ein Einbruch«, sagte Andrea.

»Was fehlt denn?«

»Nichts. Aber als ich nach Hause kam, stand meine Wohnungstür offen. Es war jemand hier.«

Der andere Beamte sah sich das Türschloß an. »Nichts zu sehen«, stellte er fest.

»Ich weiß genau, daß ich abgeschlossen hatte«, versicherte Andrea.

»Und Sie sind wirklich ganz sicher?« Die Beamten hatten oft genug mit Fällen zu tun, in denen das nicht der Fall war. Sie hatten eine skeptische Routine entwickelt, um unnötige Ermittlungen zu vermeiden.

Andrea wurde wütend, weil sie sich nicht ernstgenommen fühlte. Das war sie nicht gewöhnt, schon gar nicht von solch kleinen Beamten, die ihr sonst auf einen Blick hin gehorchten. »Ich bin Richterin am Amtsgericht«, informierte sie die Polizisten entschieden, »ich weiß genau, was ich tue.«

»Jordan«, wiederholte der ältere. »Sie sind Richterin Jordan?«

»Genau.« Andrea sah ihn gebieterisch an.

Der Beamte nickte und gab seinem Kollegen einen Wink. »Wir befragen mal die Nachbarn, ob die jemand gesehen haben. Wenn er sich an der Tür zu schaffen gemacht hat ...« Die beiden verschwanden im Hausflur.

Nach zehn Minuten waren sie wieder da. »Nichts. Vielleicht haben Sie ja heute morgen aus Versehen die Tür doch nicht richtig zugezogen?« Der Beamte sah sie an, als ob er meinte, sie hätte nun Zeit genug gehabt, darüber nachzudenken, und wäre zu genau diesem Schluß gekommen.

»Ich habe abgeschlossen«, wiederholte Andrea ärgerlich. »Wie jeden Tag.«

»Ich fürchte, wir können hier nichts weiter tun«, sagte der Polizist. »Keine Spuren, keine Hinweise, und von den Nachbarn hat auch niemand etwas gesehen. Es gibt keinen Anhaltspunkt, daß überhaupt ein Fremder hier war.«

»Ich möchte, daß Sie ein Protokoll aufnehmen«, sagte Andrea.

»Ein Protokoll?« Der Beamte räusperte sich. »Eigentlich sind wir in solchen Fällen nicht dazu ermächtigt –«

»Ich ermächtige Sie.« Andrea fixierte ihn mit einem durchdringenden Blick. »Ich werde von einem Mann verfolgt, der sich wegen eines Urteils, das ich gegen ihn gefällt habe, an mir rächen will. Ich bin mir sicher, daß er hier eingebrochen ist. Keine Ahnung, wie. Aber er war hier. Ich möchte, daß Sie die Spurensicherung herbeordern.«

»Die Spurensicherung? Also ich weiß nicht ...« Der Beamte warf einen Blick in Andreas Wohnung. *Welche Spuren sollen die denn sichern?* war ihm deutlich am Gesicht abzulesen. *Hier ist doch gar nichts.* Er blickte wieder auf Andrea. *Richterin oder nicht, Frauen ab einem gewissen Alter wurden einfach leicht hysterisch.*

Andrea sah ihm die Ablehnung an und seufzte. »Ich habe vor wenigen Tagen bereits Anzeige gegen Unbekannt erstattet, weil die

Reifen meines Autos zerstochen worden waren«, erklärte sie geduldig. »Das können Sie nachprüfen. Und so wenig wie die zerstochenen Reifen Einbildung waren, ist auch dieser Einbruch Einbildung. Er war hier. Ich weiß es.«

Sie versuchte ihre innere Erregung zu überspielen und die ganze Sache professionell zu betrachten. Einbrüche waren nichts Ungewöhnliches, wenn man es mit Stalkern zu tun hatte. Der Verfolger wollte dem Opfer damit seine Macht demonstrieren. Es hätte noch schlimmer kommen können. Hätte sie ein Haustier gehabt, wäre es jetzt wahrscheinlich tot gewesen.

Die Beamten ließen sich von ihren Argumenten überzeugen und benachrichtigten die Kollegen von der Spurensicherung. Diese traf einige Zeit später ein und stellte Andreas Wohnung mit Akribie auf den Kopf. Sie untersuchten Türen und Fenster, Bodenfasern wurden auf Klebestreifen gezogen und alles, was nur im entferntesten eine Spur enthalten konnte, in Plastiktüten verpackt.

Andrea versuchte währenddessen, die Aktionen so zu betrachten, als ob sie nicht zu ihrem eigenen Leben, sondern zu dem eines Geschädigten gehörten würden, dessen Fall sie als Richterin bearbeiten mußte. So hielt sie eine gewisse Distanz und konnte fast in berufsmäßiger Neugier mit der Sache umgehen.

Als die Spurensicherung jedoch wieder abgezogen war, alle Koffer eingepackt und ihre Wohnung verlassen hatte, konnte sie diese professionelle Distanz nicht mehr so einfach aufrechterhalten. Sie lief unruhig in der Wohnung umher, getrieben von einer Mischung aus Frustration und Angst.

Wie war Valentin in die Wohnung gekommen? Er konnte keinen Schlüssel haben.

Sei doch nicht so naiv, Andrea. Valentin kommt direkt aus dem Gefängnis. Einbrecher gibt es dort wohl mehr als genug. Wo konnte er bessere Lehrmeister finden und lernen, leise und unbemerkt in eine Wohnung einzudringen?

Sie blieb stehen und erstarrte. Ja, so war es wohl.

Und zum ersten Mal spürte sie das, was ihr viele Opfer schon beschrieben hatten, sie bisher aber nicht nachvollziehen konnte: Wie es sich anfühlte, wenn jemand in die eigene privateste Sphäre eindrang, wenn das Gefühl der Sicherheit, das man mit der eigenen Wohnung, den eigenen vier Wänden verband, durchlöchert wurde. Hier, wo sie sich hatte zurückziehen können, wo sie sich immer sicher und geborgen gefühlt hatte, hatte ein Mensch seine Spuren hinterlassen, der sie bedrohte, der nichts von dem, was ihr wichtig war, respektierte.

Und er konnte es wieder und wieder tun.

5.

Der Redeschwall des Ingenieurs der Sicherheitsfirma nahm kein Ende. Er war voll in seinem Element. Der frühe Morgen tat dem keinen Abbruch.

»Wir bauen unsere Sicherheitssysteme meistens in Eigenheime und Erdgeschoßwohnungen wie dieser hier ein. Es ist ein einfaches System, ganz leicht zu bedienen. Auf Knopfdruck per Handsender oder beim Auf- und Zuschließen Ihrer Haustür schalten Sie Ihre Alarmanlage ein und aus. Und Sie haben eine komfortable, sprechende Alarmzentrale: Sie sagt Ihnen, welchen Befehl sie von Ihnen empfangen hat. Und sie erinnert Sie sogar beim Weggehen, ob zum Beispiel noch ein Fenster offensteht. Fehlbedienung ist praktisch ausgeschlossen. Aber das ist noch nicht alles. Wir können die Melder in zwei Gruppen aufteilen, damit Sie auch bei Anwesenheit diejenigen Räume überwachen lassen können, in denen sich gerade niemand aufhält. Oder Sie können sich im ganzen Haus bewegen, gleichzeitig aber Türen und Fenster überwachen. Die Anlage nimmt sogar auf Haustiere Rücksicht.«

»Sehr gut. Aber in diesem Fall nicht notwendig.« Andrea konnte sich ein Grinsen über den Eifer des Mannes nicht verkneifen.

»Bewegungsmelder erfassen sich bewegende Temperaturfelder und erkennen so sich bewegende Personen im überwachten Bereich«, erklärte er weiter. »Kontaktsender dienen speziell der Überwachung von Türen, Fenstern und so weiter. Fadenzugmelder für Rolläden, eine Sirene, zur Abschreckung sichtbar angebracht, verjagt im Ernstfall durch die Lautstärke des Alarmsignals den Einbrecher und alarmiert die Nachbarschaft, Rauchmelder alarmieren bei Brand und starker Rauchentwicklung, haustechnische Melder für Kühltruhen- oder Netzausfall. Die Zentrale, Kern des Ganzen, überwacht das alles. Und per Telefonwahlgerät wird eine ständig besetzte Notrufzentrale über Meldungen wie Einbruch, Brand, Notruf oder technische Alarme informiert. Alternativ ist eine Aufschaltung auf Freunde oder Bekannte möglich.«

Andrea lächelte leicht. Bis gestern hätte sie es nicht für möglich gehalten, daß sie so etwas einmal benötigen würde. Es wäre ihr allzu aufwendig erschienen. Selbst jetzt noch erschien es ihr albern. Was, wenn es doch nur Einbildung gewesen war? Nein, das war es nicht! Sie wandte sich wieder an den beflissenen Ingenieur. »Wann können Sie die Installation vornehmen?«

»Wenn Sie wünschen, in zwei Tagen. Sie müssen nur sagen, welche der Systemteile Sie haben möchten.«

»Komplettlösung«, erwiderte Andrea. Wenn schon, denn schon. »Und ich möchte, daß zusätzlich Videokameras installiert werden. Sie sollen sich automatisch anschalten, wenn Alarm ausgelöst wird.« Sie mußte Beweise sichern.

Zum ersten Mal stockte der Mann. »Das ist nicht ganz billig.«

»Das spielt im Moment keine Rolle«, sagte Andrea. »Wichtig ist, daß die Wohnung rund um die Uhr überwacht wird. Lückenlos.«

Der Ingenieur nickte. »Kein Problem.« Er rechnete kurz und zeigte ihr das Ergebnis. Es war eine stolze Zahl. »Das ist ein Festpreis, unabhängig von der Anzahl der Einsätze«, ergänzte er. »Und wenn Sie sich bedroht fühlen, können Sie jederzeit anrufen. Dann kommt sofort ein Security-Team vorbei.«

»Gut.« Andrea nickte. »Dann kommen Sie also übermorgen und bauen die Anlage ein. Um welche Uhrzeit werden Sie anfangen?«

»Sagen wir acht Uhr? Es wird aber den Tag über dauern.« Er wartete mit erhobenem Stift, um den Termin einzutragen.

Andrea holte ihren Kalender. Es paßte. Übermorgen stand keine Verhandlung auf dem Plan. »In Ordnung. Ich werde mir den Tag freinehmen.«

Andrea verließ das Amtsgericht heute zeitig. Sie fuhr erst zum Einkaufszentrum, dann zu ihrer Schwester. Auf dem Weg zu ihr kam sie an dem Selbstverteidigungsstudio vorbei, von dem Carmen ihr erzählt hatte. Sie überlegte. Alarmanlage hin oder her, was, wenn Valentin sie außerhalb der Wohnung überfiel? Carmen hatte so unrecht nicht, wenn sie meinte, flinke Füße reichten da nicht aus. Valentin konnte sie in eine Falle locken, so daß keine Möglichkeit zur Flucht bestand. Und dann?

Andrea parkte den Wagen in der Nähe von Carmens Wohnung und ging die Straße zurück zu dem Studio. Sie betrat es, noch etwas unentschlossen, und sah sich um.

Ein junges Mädchen stand hinter einem halbkreisförmigen Tresen und lächelte sie freundlich an. »Möchten Sie sich anmelden?«

Andrea ging zu ihr. »Das weiß ich noch nicht. Ich möchte mich erst einmal informieren.«

»Dann gehen Sie am besten ins Büro«, schlug das Mädchen vor. »Dort finden Sie eine der Trainerinnen. Sie beantwortet Ihnen all Ihre Fragen.«

»Danke. Wo ist das Büro?« fragte Andrea.

»Den Gang hinunter, linke Seite.«

Andrea durchquerte den Eingangsbereich und ging den angezeigten Weg entlang, bis sie eine Tür mit der Aufschrift *Büro* fand. Sie klopfte.

»Herein«, rief eine Frauenstimme.

Andrea öffnete die Tür. Der Raum war dank großer Fenster sehr hell. Andrea sah eine blonde Frau vor einem Regal, die gerade einen Ordner zurückstellte. Genauer gesagt sah sie nur den Rücken der Frau.

»Guten Tag. Mein Name ist Jordan. Ich möchte mich gern über die angebotenen Kurse ...« Der Rest des Satzes erstarb Andrea auf den Lippen.

Die Frau hatte sich umgedreht. Andrea sah direkt in Ginas mindestens ebenso überraschtes Gesicht.

Im ersten Impuls wollte Andrea das Büro sofort wieder verlassen.

»Hallo. Schön dich zu sehen«, hörte sie Gina da sagen.

Andrea blieb verwundert stehen und blickte in Ginas Gesicht. Sie fand darin nicht die Spur eines Vorwurfs. *Sie muß doch sauer sein! Wenigstens verärgert! Du hast dich nicht wieder bei ihr gemeldet! Warum ist sie so nett?*

»Hallo«, erwiderte sie unsicher.

»Du bist nicht hier, weil du mich gesucht hast.« Eine Feststellung. Gina hob dennoch fragend die Augenbrauen.

»Nein, bin ich nicht«, bestätigte Andrea.

»Dann gehe ich davon aus, daß du an einem Kurs teilnehmen

möchtest.« Gina ließ sich nichts anmerken, obwohl ihr Herz bis zum Hals klopfte. Ihre Freude über das unverhoffte Wiedersehen und die darauffolgende Enttäuschung, daß dieses Wiedersehen nur dem Zufall geschuldet war, hielten sich für einen Moment die Waage.

Doch dann siegte die Freude. *Hauptsache, sie ist da!* Gina lächelte. Wenn sie jetzt den Fehler machte, Andrea mit Vorwürfen zu überschütten, war die Chance vertan, sie für länger als eine Minute im Raum zu halten. Andrea würde gehen, und Gina sähe sie nie wieder. Das war das Letzte, was Gina wollte. Der Zufall hatte Andrea hierhergeführt. Diesen Zufall gedachte Gina zu nutzen. Unbedingt!

Andrea stand unentschlossen da. »Das wollte ich, aber ... Ich denke, das ist unter diesen Umständen keine gute Idee.«

»Wie du meinst.« Gina lächelte immer noch.

Andrea zögerte. Sie sollte gehen! Statt dessen versuchte sie, zu erklären. »Ich ... ich habe mich nicht gemeldet, weil ...«

»Du bist mir keine Erklärung schuldig. Es war doch nur eine Nacht«, unterbrach Gina sie. *Zumindest für dich. Und es ist wohl besser, du glaubst, für mich war es auch nicht mehr.*

»Nicht wahr? Es hatte keinerlei Bedeutung«, meinte Andrea nervös. Offenbar nahm Gina die Sache gar nicht so tragisch, wie sie befürchtet hatte. »Vergessen wir es einfach.«

Gina seufzte innerlich. »Ja. Vergessen wir es einfach.« Während sie das sagte, versuchte sie ihr klopfendes Herz ebenfalls davon zu überzeugen. Es war nicht mit ihr einer Meinung.

Sie wechselte das Thema und erklärte in geschäftlichem Ton: »Falls du also an einem Kurs teilnehmen möchtest, erläutere ich dir gern, wie dieses Studio arbeitet.«

Andrea wußte, daß sie ganz bestimmt nicht in dem Studio einen Kurs absolvieren wollte, wo sie mit einer der Trainerinnen eine Affäre gehabt hatte. Sie würde sich zwangsweise jedes Mal, wenn sie das Studio betrat, daran erinnert fühlen. Dennoch nickte sie.

Gina begann zu erklären. »Die Basis unserer Selbstverteidigung bildet das *Taekwondo*. Um besonders effektiv zu sein, haben wir jedoch auch in anderen Kampfsportarten Techniken entliehen, vor allem beim Boxen, *Aikido* und *Jiu-Jitsu*. Ergänzt werden die Kampftechniken je nach Altersgruppe durch Information, Rollenspiele, Übungen, Gespräche, Ausdauer- und Krafttraining und Entspannungstechniken.«

»Das hört sich vernünftig an.« Andrea zögerte einen Moment. »Wie schnell kann man so etwas lernen? Ich meine, effektive Selbstverteidigung.«

Gina musterte sie kurz. Wozu brauchte Andrea so etwas? Es schien ihr wichtig zu sein, wenn sie so drängte. »Die Technik kann man schnell lernen«, sagte sie. »Aber wenn du hier im Training nach kurzer Zeit alles beherrschst, ist das noch lange keine Garantie dafür, daß du das draußen, bei einem Ernstfall, auch einsetzt. Viele Frauen haben Probleme damit, andere zu verletzen, selbst wenn es ein Angreifer ist, der ihnen Böses will. Indem man immer und immer wieder die Techniken wiederholt, werden diese hoffentlich zu einem Reflex antrainiert. Das ist das Ziel.«

Andrea nickte.

»Wollen wir dann jetzt über deinen Trainingsplan sprechen?« fragte Gina.

»Ich ...« Andrea schwankte.

»Oh, verstehe.« Gina nickte. Es war Andrea peinlich. Bei so einem Training war körperlicher Kontakt nicht zu vermeiden. »Ich gebe Christiane Bescheid. Du kannst an ihrer Trainingsgruppe teilnehmen«, bot sie an.

»Was willst du ihr sagen?« Andrea wirkte immer noch verunsichert.

Du bist so süß! Das würde ich dir am liebsten sagen. Aber das würde Andrea wohl gleich zur Flucht veranlassen. Gina gewann ihre Selbstsicherheit zurück, weil Andrea gar nicht mehr so groß und stark erschien, so selbstsicher und unerreichbar.

»Daß es mich nervös macht, eine Frau zu unterrichten, deren Körper sich im Liebesspiel an meinen gepreßt hat«, sagte sie neckend. »Deren Stimme immer noch heiß flüsternd in meinen Ohren klingt. Soviel erotischer Spannung während der Arbeitszeit bin ich nicht gewachsen.« Sie grinste frech.

»Sehr witzig«, preßte Andrea leicht säuerlich hervor, spürte aber gleichzeitig, wie Röte in ihrem Gesicht aufstieg.

Gina schmunzelte belustigt über Andreas Verlegenheit. »Keine Sorge. Mir fällt sicher etwas weniger Verfängliches ein. Also?«

Andrea seufzte. Die Situation war wirklich grotesk. Gina hatte, wenn auch mehr im Scherz, den Nagel auf den Kopf getroffen. Leicht gesagt: *Vergessen wir es einfach.* So einfach war das eben nicht!

Das beste wäre, sie stände jetzt auf, bedankte sich und ging. Es gab genug Selbstverteidigungsstudios in Berlin. Sie würde sich eben ein anderes suchen.

Gina wartete. »Schwere Entscheidung?«

Andrea sah in ihre spöttisch blitzenden Augen. Doch hinter dem Spott sah sie noch etwas anderes: Wärme. Sie kämpfte mit sich. Sie konnte sich Gina gut als Trainerin vorstellen, immerhin besser als irgendeine andere, ihr fremde Person. »Hättest du denn Zeit dafür?« fragte sie so neutral wie möglich.

Gina zuckte nur mit den Schultern. »Das ist mein Job. Ich zeige Frauen, wie sie sich verteidigen können.« Keine Spur von Spott mehr in ihrer Stimme. Nur Sachlichkeit.

Das beruhigte Andrea. Gina sah die Sache ganz professionell. Gut. Unter diesen Voraussetzungen konnte sie sich durchaus mit dem Gedanken anfreunden, den Kurs hier zu absolvieren. Angesichts des Zeitdrucks, unter dem sie stand, konnte sie Gina vielleicht sogar bitten...

»Da wäre noch etwas. Wäre es möglich ... ich bräuchte sozusagen eine Art privaten Crashkurs.« In dem Moment, da Andrea es sagte, bereute sie es schon. Natürlich würde Gina wissen wollen, wieso. Und richtig ...

Ginas Augen musterten sie aufmerksam. »Bedroht dich jemand?«

Andrea wich aus. »Das kann man so nicht sagen.« Es war besser, Gina wußte nicht zu viel über die Hintergründe.

»Hast du Probleme mit deinem ... Mann?« Gina versuchte ihre Stimme möglichst neutral klingen zu lassen, obwohl sie die Vorstellung von Andrea mit ihrem Mann ... im Bett ... das eine oder andere Mal verfolgt hatte.

Andrea zögerte kurz. »Nein«, antwortete sie.

»Was ist es dann?« Gina ließ nicht locker.

»Darüber will ich nicht sprechen, Gina.« Andrea zog sich verstimmt in ihr Schneckenhaus zurück. War vielleicht doch keine so gute Idee gewesen, hier mit Gina ...

Oh, Vorsicht. Ich muß eine andere Taktik versuchen. Sonst verschwindet sie doch noch. Ginas Herz zog sich leicht zusammen bei dem Gedanken. »Je mehr ich über die Art der Bedrohung weiß, desto gezielter und damit wirkungsvoller ist das Verteidigungstraining. Das leuchtet dir doch ein, oder?« argumentierte sie schnell.

»Das leuchtet wohl jedem ein«, mußte Andrea zugeben.

»Und?« Gina musterte Andreas Gesicht eindringlich.

Andrea gab nach. »Kennst du den Ausdruck *Stalking*?«

Gina sah sie betroffen an. »Allerdings«, sagte sie. »Bist du sicher?« Ein kalter Schauer lief ihr über den Rücken bei dem Gedanken daran, was das für Andrea bedeutete, wenn es wirklich so war.

»Ich leide nicht an Paranoia, falls du das andeuten willst.« Andrea hatte es langsam satt, so behandelt zu werden, als ob sie sich das alles nur einbildete. Ihre Stimme klang ärgerlich.

»Schon gut.« Gina legte beschwichtigend eine Hand auf Andreas Arm. »Weißt du, wer es ist?«

Andrea fühlte die Wärme, die Ginas Hand ausstrahlte. »Ich habe einen ziemlich konkreten Verdacht.« Sie zog ihren Arm weg. Sie konnte es einfach nicht mehr länger aushalten.

Gina betrachtete sie nachdenklich. »Wie gefährlich schätzt du die Person ein? Ich meine, würde sie dich wirklich angreifen? Oft terrorisieren Stalker ihre Opfer hauptsächlich psychisch.«

»Er ist bereits in einem anderen Fall verurteilt worden. Von mir.« Andrea schluckte angestrengt. »Damals hat er seine Ex-Freundin verfolgt. Das ging so weit, daß er versuchte, sie mit dem Auto von der Straße zu drängen. Ich verurteilte ihn zu achtzehn Monaten Freiheitsentzug. Er hätte das vermeiden können, wenn er sich zu einer psychotherapeutischen Behandlung bereitgefunden hätte. Aber das hat er verweigert.«

Ginas Gesicht verdunkelte sich zunehmend. »Das heißt, er ist psychisch gestört und will sich jetzt an dir rächen«, stellte sie fest. »Er ist gewaltbereit und ziemlich unberechenbar.«

»So ist es«, bestätigte Andrea.

»Dann schlage ich vor, wir beginnen mit dem Training so schnell wie möglich. Gleich morgen. Wann hast du denn Feierabend?«

»Ich kann gegen sieben hier sein«, entgegnete Andrea.

Sie nickte Gina zu, drehte sich um und verließ das Büro.

Als sich die Tür hinter Andrea schloß, schaute Gina ihr noch eine Weile nach. Dann mußte sie sich erst einmal setzen. Das alles war doch ziemlich viel auf einmal. Andrea tauchte nicht nur völlig überraschend hier bei ihr im Studio auf, sie würde auch hier trainieren. Mit ihr, Gina!

Natürlich war der Anlaß kein erfreulicher. Aber für den Bruchteil einer Sekunde war Gina diesem Kerl, der Andrea verfolgte, fast dankbar. Immerhin hatte er Andrea zu ihr gebracht. Sie würden sich näherkommen. Warum sollte sich nicht doch noch etwas entwickeln?

Vergiß es, Gina! ermahnte sie sich sofort. *Und deute die Zeichen!*

Die waren unmißverständlich. Andrea war weder in sie verliebt noch sonst irgendwie interessiert. Sie kam, weil sie sich Hilfe in einer Sache erhoffte, die nichts mit ihnen beiden zu tun hatte. Andrea lebte in einer Beziehung. Nie würde sich zwischen ihnen beiden mehr als Freundschaft entwickeln – wenn überhaupt.

Und Gina wußte, *Freundschaft* war nicht das, was sie von Andrea wollte.

Carmen sah ihre Schwester verständnislos an. »Du läßt sie glauben, du bist verheiratet?«

»Es ist besser so. So ist es unkomplizierter.« Andrea wand sich etwas unter Carmens Blick.

Carmen schüttelte den Kopf. »Für mich hört sich das eher komplizierter an. Warum um alles in der Welt tust du das?«

»Damit sie sich keine Hoffnungen macht.« Andrea kniff trotzig die Augen zusammen. »Nicht daß ich denke, sie macht sich welche. Aber es ist sicherer so.« Sie runzelte die Stirn. Sie wollte dieses Thema nicht weiter erörtern. Das führte zu nichts.

»Warum hast du solche Angst davor, daß mehr daraus werden könnte?« fragte Carmen.

»Ich habe keine Angst«, widersprach Andrea.

Doch Carmen kannte ihre Schwester besser. Sie brachte die Sache auf den Punkt: »Maren ist seit vier Jahren tot. Es ist ganz natürlich, daß du dich wieder verliebst.«

»Ich bin nicht verliebt! Es war eine schöne Nacht, nicht mehr«, beharrte Andrea.

»Ja, weil du sofort abgehauen bist«, warf Carmen ein. »Du unterdrückst jedes aufkommende Gefühl für eine andere Frau, weil du es als Verrat an Maren empfindest. Aber das ist Unsinn.«

»So, ist es das? Und warum fühle ich mich jedes Mal so schlecht, sobald ich mich mit einer Frau einlasse?«

Carmen lachte leicht. »Aus genau dem Grund, den du eben bestritten hast: weil du Angst hast.«

»Ich weiß nicht, was du meinst«, behauptete Andrea.

Carmen seufzte. »Ich weiß, es ist schwer. In dem Moment, in dem du zuläßt, daß du dich neu verliebst, läßt du auch die Möglichkeit eines neuen Verlustes zu. Deshalb wehrst du dich dagegen.«

»Ich wehre mich überhaupt nicht!« Andrea widersprach fest. »Es ist nur so, daß ich für keine andere Frau das fühlen kann, was ich für Maren gefühlt habe.«

»Das sollst du ja auch gar nicht.« Carmen strich Andrea mitfühlend durchs Haar. »Aber du könntest dennoch lieben, anders als bei Maren und trotzdem genauso tief.«

»Das bezweifle ich.« Andrea preßte die Lippen zusammen.

Carmen seufzte. Es hatte keinen Sinn. Andrea weigerte sich strikt, an die Möglichkeit zu glauben, sich wieder verlieben zu können. Carmen wollte Andreas Verlust nicht abschwächen. Ganz gewiß nicht. Auch sie hatte Maren gern gehabt. Aber so konnte es nicht ewig weitergehen. »Ach, Andrea.« Carmens Stimme klang müde. »Du kannst doch nicht bestreiten, daß du dich nach jemandem sehnst. Und das ist auch ganz normal.«

Andrea funkelte Carmen böse an. »Ich sehne mich nach niemandem! Absolut nicht. Laß mich in Ruhe damit!«

Auf der Fahrt nach Hause beherrschte Andrea der Gedanke, daß Valentin sie beobachtete. Sie lebte ständig mit dem Gefühl, daß er da war.

Sie stöhnte. Wie lange würde das noch so weitergehen? Permanent lebte sie in Erwartung einer neuen Attacke. Und sie konnte sich nicht davor schützen. Auch die Polizei konnte es nicht, vorausgesetzt, sie würde überhaupt etwas in dieser Richtung unternehmen.

Sie wußte nicht, was Valentins kranker Verstand als nächstes hervorbringen würde. Bis jetzt war alles noch ziemlich harmlos. Jedenfalls jedes einzelne Ereignis für sich. Die Summe war es nicht mehr. Die hatte dieselbe Wirkung wie ein tropfender Wasserhahn, wenn man versuchte einzuschlafen. Ein einzelner Tropfen war unbedeutend. Aber das anhaltende, monotone Geräusch dieser unbedeutenden Tropfen zerrte an den dicksten Nerven.

Du mußt etwas unternehmen, Andrea! Dich nicht nur verteidigen, sondern angreifen! Aber wie? Und würde sie Valentin damit nicht in die Hände spielen? Das war es ja, was er wollte: sie zu Handlungen provozieren. Das ermöglichte ihm eine neue, höhere Stufe des Terrors. Das Opfer verkroch sich nicht, sondern forderte seinen Peiniger heraus. Ein Spiel am Rande der Eskalation. *Sein* Spiel! Valentins Rache wäre perfekt, hätte er noch die Genugtuung, daß er sie manipulieren konnte, ihr Leben mitbestimmte.

Nein! Es wäre absolut falsch, ihm diese Genugtuung zu verschaffen. Die Versuchung war groß, aber sie durfte ihr nicht nachgeben. Sie mußte auf der Hut sein, durfte sich nicht provozieren lassen, mußte passiv bleiben. Andernfalls wäre es ein Spiel ohne Ende, ein immer wiederkehrender Kreislauf. Ihre einzige Chance bestand darin, daß Valentin das Interesse verlor. Auch wenn die Aussichten dafür schlecht standen. Andrea wußte, Stalker waren sehr ausdauernd.

Sie bog in ihre Straße ein, fand einen Parkplatz genau vor dem Haus, nahm die Einkaufstüten aus dem Kofferraum, schleppte sie in die Wohnung, lud alles in der Küche ab und verstaute das Mitgebrachte in Fächer und Kühlschrank. Anschließend wärmte sie sich den Rest des Abendessens vom Vortag auf. Nach dem Essen schaltete sie den Computer an, um ihre E-Mails abzuholen. Heute dauerte das ungewöhnlich lange. Und den Grund konnte Andrea am Bildschirm nach und nach mitverfolgen. Eine Mitteilung reihte sich an die andere.

Andrea saß verwundert vor der Liste der Nachrichten. Sie kannte keinen der Absender. Irritiert drückte sie auf die oberste Mitteilung, um sie zu öffnen.

Stehe dir gern jederzeit zur Verfügung. Ich stehe auf die harte Tour. Sex ohne Schmerzen ist wie Essen ohne Salz.

Dein Diener Rainer

Andrea runzelte die Stirn. Sie klickte auf eine andere Nachricht.

Du kannst alles mit mir machen. Ich bin ein willenloser Sklave, der von dir angekettet und verwöhnt werden will.

Sie schüttelte unwirsch den Kopf. Was sollte das? Woher kamen diese E-Mails? *Warum* kamen sie? Andreas Blick fiel auf eine der Nachrichten ziemlich am Ende der Liste.

Überraschung!!! V.

stand in der Themenzeile. Andrea klickte sie an.

Hallo Andrea, las sie.

Ich habe mir erlaubt, eine Anzeige für dich in den Chat zu setzen: Domina sucht Sexsklaven. Bis jetzt habe ich nur deine E-Mail-Adresse angegeben. Morgen werde ich deine Telefonnummer hinzufügen. Übermorgen wissen alle interessierten Herren, wo du wohnst. Genieße es!

Andrea saß fassungslos vor dem Computer. Dieser verdammte Scheißkerl! Gott sei Dank wurde morgen die Alarmanlage eingebaut. Dann war sie wenigstens hier sicher. Sie brauchte nur den Sicherheitsdienst anzurufen und eventuelle aufdringliche »Verehrer« würden eingesammelt werden. Aber die Alarmanlage konnte nicht verhindern, daß sie *vor* ihrer Wohnung belästigt wurde. Der Weg in die teuer erkaufte Sicherheit konnte sehr lang werden.

Aber – wenn sie die ganze Sache einmal überdachte und rein praktisch sah – diese Chat-Attacke hatte auch etwas Gutes. Die Mail war der erste handfeste Beweis, daß sie gezielt belästigt wurde. Vielleicht ließ sich sogar zurückverfolgen, wer der Absender war.

Andrea griff zum Telefon und wählte die Nummer der Polizei.

6.

Andrea nahm vom Ingenieur der Sicherheitsfirma die letzten Hinweise entgegen. Sein Kollege packte derweil das Werkzeug zusammen.

»Wir machen jetzt einen Check. Geben Sie den Code ein und aktivieren Sie die Anlage. Ich telefoniere mit der Überwachungszentrale und melde den Check an. Dann öffnen wir ein beliebiges Fenster. Der Alarm müßte ausgelöst und die Zentrale automatisch alarmiert werden.«

Andrea nickte. »In Ordnung.«

Kurz darauf heulte die Sirene los, daß Andrea zusammenzuckte. Das Geräusch ähnelte dem einer Autoalarmanlage, nur war es erheblich lauter.

»Das schreckt jeden Einbrecher ab, das dürfen Sie mir glauben«, versuchte der Ingenieur die Sirene zu übertönen und winkte in eine der versteckt angebrachten Kameras. »Um den Alarm auszuschalten, geben Sie nun den Zahlencode ein. Dennoch kommt eine Wachmannschaft, wenn sie nicht in der Kontrollzentrale anrufen und das vereinbarte Codewort durchsagen.«

Andrea gab den Zahlencode ein. Die Sirene verstummte. Dann rief sie die Kontrollzentrale an, nannte Name, Adresse und Codewort und erhielt die Bestätigung, daß alles in Ordnung war.

»Und wie programmiert man die Melder als zwei voneinander unabhängige Gruppen?« fragte sie dann. »Zum Beispiel, wenn ich mich im Wohnzimmer aufhalte, und im Schlafzimmer versucht jemand durch das Fenster einzusteigen?«

»Ganz einfach. Sehen Sie.« Der Sicherheitsexperte zeigte ihr die richtige Programmierung.

»Sehr schön.« Andrea bedankte sich.

»Sagen Sie, es geht mich ja nichts an, aber Sie sind jetzt beinah besser ausgestattet als manch eine Bank.« Der Mann machte ein ernstes Gesicht. »Wenn Sie jemand bedroht, warum wenden Sie sich nicht an die Polizei?«

»Das habe ich. Nur der sind aufgrund ihrer Dienstvorschriften die Hände gebunden. Bevor keine Straftat vorliegt, dürfen die Beamten nicht eingreifen. Und Sie werden mir wohl zustimmen, daß es dann bereits zu spät sein kann.«

»Allerdings«, gab er zu.

»Tja, was soll's. Sehen Sie es mal so: Ihre Branche lebt davon.« Andrea war selbst erstaunt über ihren Galgenhumor. Aber was blieb ihr anderes übrig?

Die beiden Monteure verabschiedeten sich. Andrea schloß hinter ihnen die Tür. So! Das war geschafft. In ihre Wohnung konnte jedenfalls niemand mehr eindringen. Nicht, ohne daß er bemerkt wurde. Sollte irgendwer sich trotz des Alarms nicht von einem Einbruch abhalten lassen, nahmen die Kameras ihn auf.

Andrea atmete tief durch. Natürlich waren weder die Alarmanlage noch ihr Selbstverteidigungskurs eine Sicherheitsgarantie. Aber es war schon wesentlich mehr, als sie noch vor zwei Tagen aufzuweisen hatte. Und als sie gestern der Polizei die E-Mails vorlegte, hatte sie zum ersten Mal das Gefühl gehabt, daß man sie ernstnahm.

Vielleicht hatten sie ja schon etwas über den Absender der Nachricht herausgefunden. Andrea wählte die Nummer des zuständigen Beamten.

Dessen Auskunft war nicht eben aufbauend. »Wir haben dem Betreiber des Servers eine Kopie der an Sie gerichteten Mail geschickt. Er gab uns ohne Umschweife die IP-Adresse des Absenders. Das Problem ist nur, es handelt sich um einen PC in einem Internetcafé. Dort geben sich die User die Klinke in die Hand. Nur Stammkunden lassen sich eine eigene E-Mail-Adresse geben. Laufkundschaft benutzt einen Sammelnamen. Alle mit diesem Namen versandten Mails werden am Abend gelöscht. Ebenso eventuelle Posteingänge.«

»War ja eigentlich zu erwarten«, entgegnete Andrea enttäuscht.

»Tut mir leid, Frau Jordan.«

»Sie können ja nichts dafür. Danke für Ihre Mühe.« Andrea legte auf.

Gina sah verdutzt zu Andrea hoch, die über ihr stand und grinste.

»War das so richtig?«

»Du lernst schnell«, lobte Gina und rappelte sich von der Matte auf.

»Ich habe allen Grund dazu«, entgegnete Andrea. Sie erzählte Gina von den E-Mails am gestrigen Abend. »Ich kann nichts dagegen machen.«

»Am besten, dein Mann bringt dich zur Arbeit und holt dich auch ab«, meinte Gina.

Andrea seufzte. »Das wird nicht gehen.«

»Wieso?« Gina verstand nicht. »Deine Sicherheit wird ihm ja wohl so wichtig sein, daß er ...«

»Gina!« unterbrach Andrea sie, zögerte dann aber.

»Ja?«

»Ich ... bin nicht verheiratet.«

Gina schaute sie verdattert an. »Nicht verheiratet«, wiederholte sie automatisch. Sie schüttelte den Kopf. »Verstehe ich nicht.«

»Was verstehst du nicht?«

»Aber du hast doch gesagt ...« Gina beendete den Satz nicht. *Stimmt nicht.* Andrea hatte nie gesagt, daß sie verheiratet war. Gina hatte es angenommen. »Ich meine, du hast nicht widersprochen«, korrigierte sie sich.

»Ich weiß«, erwiderte Andrea.

»Ach so.« Gina nickte. »Ja, jetzt verstehe ich«, sagte sie leise. Es kam Andrea gelegen, daß Gina annahm, sie wäre verheiratet. Das ersparte Andrea lange Diskussionen. *Sie will nichts von dir. Das ist doch nicht neu für dich, Gina!* Warum also diese Enttäuschung im Bauch? Sie räusperte die aufsteigenden Tränen weg.

Andrea entging Ginas Reaktion nicht. »Es tut mir leid«, entschuldigte sie sich. »Aber bis eben dachte ich, daß es nicht so wichtig wäre. Du bist so – so locker mit allem umgegangen.«

»Was hätte ich sonst tun sollen?« Gina zuckte mit den Schultern. »Du warst schon halb aus dem Büro. Die einzige Chance, dich nicht gleich wieder zu verlieren, war, dich nicht zu halten.«

»Das war der Grund?« Andrea schien erstaunt.

»Ja«, gestand Gina. Doch in diesem Moment fragte sie sich, was sie sich eigentlich davon versprochen hatte.

»Das konnte ich nicht wissen.« Andrea senkte den Blick. *Wirklich nicht? Du hast es doch nur verdrängt, weil du es nicht wissen wolltest!*

»Mach dir keine Gedanken. Das ist ausschließlich mein Problem.« Gina lächelte gezwungen. »Um auf *dein* Problem zurückzukommen: Hast du jemanden, der dich abholen kann?«

»Vielleicht«, meinte Andrea unsicher. *Aber ich weiß nicht, ob ich fragen soll. Und jetzt erst recht nicht.* Denn eigentlich wollte sie Gina fragen. Es wäre logisch gewesen. Gina schreckte einen eventuellen Angreifer nicht nur durch ihre bloße Anwesenheit ab, sondern konnte, wenn es notwendig wurde, auch effektiv eingreifen. Aber konnte sie Gina jetzt noch darum bitten?

»Nun, eine Frau wie du braucht wohl keine Angst vor einer Absage zu haben. Dein zukünftiger Beschützer wird sich geehrt fühlen«, sagte Gina betont salopp. »Wollen wir dann weitermachen? Als nächstes stehen ein paar Entspannungsübungen auf dem Plan. Setz dich bitte in den Schneidersitz, beuge deinen Körper –«

»Könntest du nicht ... ich meine, ich komme ja nach der Arbeit sowieso zum Training her. Und anschließend, wenn es dir nicht zu große Umstände macht ...?« hörte Andrea sich mitten in Ginas Erläuterungen hinein fragen. Ihre Stimme klang bittend.

Gina blickte überrascht auf. »Äh ... ich?« Sie fühlte sich völlig überrumpelt von Andreas Anliegen. Ihre Gedanken fuhren Achterbahn. *Diese Frau ist unglaublich! Eben noch macht sie dir klar, daß du nur eine Affäre für sie bist – ach, nicht einmal das! –, und nun bittet sie dich um eine Sache, die man nicht gerade in die Schublade »kleiner Freundschaftsdienst« einordnen kann.*

»Es muß dir vorkommen, als würde ich dich ausnutzen«, seufzte Andrea.

»Aber nur, wenn ich ja sage«, lächelte Gina schief. »Und eigentlich lasse ich mich ungern ausnutzen.«

Andrea nickte. »Das kann ich verstehen. Entschuldige. Ich hätte nicht fragen dürfen.«

Gina schüttelte den Kopf. »Ich muß verrückt sein.«

Andrea lächelte. »Heißt das, du sagst ja?«

»Ja. Aber ich werde gleich morgen zu meiner Therapeutin gehen. Noch mal schaffst du das nicht«, quetschte Gina zerknirscht hervor.

Sie beendeten das Training nach einer weiteren halben Stunde. »Ich gehe duschen. Wir treffen uns im Foyer«, sagte Gina im Hinausgehen.

»In Ordnung. Und danke noch mal!« rief Andrea ihr nach, doch Gina war schon weg.

Gott sei Dank gibt es einen separaten Umkleide- und Duschraum für die Trainerinnen, dachte Gina, als sie die Tür hinter sich zuzog. Sie konnte sich beim besten Willen nicht vorstellen, wie sie es hätte zuwege bringen sollen, mit Andrea in ein und demselben Raum zu duschen. Während der Trainingsstunden war Gina immer bestrebt, soviel Abstand wie möglich zwischen ihnen beiden zu halten. Doch ließ es sich nicht vermeiden, daß sie Andrea berührte, wenn sie deren Körperhaltung oder den Ablauf der Bewegungen korrigierte. Während ihrer Erklärungen sah sie in Andreas aufmerksames Gesicht. Die war ganz bei der Sache.

Gina schloß die Augen und ließ das Wasser in ihr Gesicht prasseln. *Du hättest sie gleich am ersten Tag an Christiane verweisen müssen!* schimpfte sie mit sich. *Ohne wenn und aber. Was soll das Ganze? Seit wann bist du Masochistin? Andrea ist nicht an dir interessiert! An diesen Gedanken solltest du dich schnellstmöglich gewöhnen. Gut, sie ist nicht verheiratet. Trotzdem bist du nur eine nette Abwechslung für sie gewesen. Wer weiß. Vielleicht nicht einmal die einzige. Und nun hilfst du ihr lediglich bei der Lösung eines Problems. Mehr nicht!*

»Bist du gleich fertig?« hörte sie plötzlich Andreas Stimme aus dem kleinen Umkleideraum fragen.

»Ähm, ja!« rief Gina verwirrt.

Die Tür klappte zu.

Gina drehte das Wasser ab, trocknete sich flüchtig ab und ging zu ihrem Kleiderspind. Als sie um die Ecke kam, sah sie Andrea dort stehen. Erschrocken riß Gina ihr Handtuch hoch und wickelte es sich hastig um den Oberkörper. Sie hatte angenommen, Andrea wäre wieder hinausgegangen.

»Was machst du denn hier?« fragte sie entgeistert und in ihrem

Schreck etwas schroff.

Andrea stand regungslos da. Äh, ja. Warum war sie hergekommen? Eigentlich wollte sie Gina fragen, ob sie Lust hatte, gemeinsam mit ihr essen zu gehen. Als kleines Dankeschön sozusagen. »Ich ... ich wollte noch essen gehen«, stotterte sie.

Gina runzelte die Stirn. »Ja – und?«

»Hast du Zeit ... Lust mitzukommen?« brachte Andrea hervor. Nur mit Mühe konnte sie ihre Augen von Gina lösen.

»Würdest du bitte draußen warten, bis ich mich angezogen habe?« fragte Gina verstimmt. Viel länger konnte sie Andreas Blicke nicht aushalten. Warum ging sie nicht endlich?

»Natürlich. Entschuldige«, sagte Andrea. Entgegen ihrer Worte rührte sie sich jedoch nicht vom Fleck. Gina stand keinen Meter von ihr entfernt. Das Haar naß und ungekämmt, auf der Haut glitzerten kleine Wasserperlen, ihr athletischer Körper war durch das Badehandtuch nur halb verhüllt. Diese Verhüllung wirkte auf Andrea beinah noch verführerischer als Ginas Nacktheit. Wie unter einem inneren Zwang bewegte sich Andrea auf Gina zu, bis sie so nah beieinander standen, daß sie Ginas Körperwärme fühlen konnte. Sie strich sanft über Ginas Haar, ihre Wange, den Hals, ließ die Hand weiter die nackte Haut entlang hinabgleiten, bis zu der Stelle, wo das Handtuch begann.

»Andrea?« fragte Gina atemlos.

Andrea neigte ihren Kopf und küßte Ginas Haut, wo sie oberhalb des Handtuchs weich in den Ansatz der Brüste überging, fuhr mit den Lippen auf langen Umwegen höher zum Hals und dann zu Ginas Mund. Ihre Zunge strich spielend über Ginas Lippen, glitt ebenso spielend dazwischen. Das Handtuch fiel zu Boden. Andrea nahm Ginas kleine, feste Brüste in die Hände, küßte sie abwechselnd, begann die Brustwarzen zu lecken.

Gina stöhnte wohlig, ließ es einfach geschehen.

Andreas Hände glitten langsam an Ginas Seiten abwärts, verweilten auf ihren Hüften, streichelten sie. Jetzt spürte Gina, wie eine Hand von der Hüfte nach vorn zu ihrem Bauch wanderte und diesen mit leicht kreisenden Bewegungen liebkoste. Stück für Stück glitt Andreas Hand dabei weiter nach unten, näherte sich der Mitte zwischen Ginas Beinen und entfernte sich wieder.

Gina atmete heftig. Sie hatte das Gefühl, ihr Unterleib zöge sich zusammen. Schwäche überfiel sie. Sie wankte, wich einen Schritt zurück. Andrea hielt sie vorsichtig fest, ließ sie sich an einen der Schränke lehnen. Dann zog sie Gina an sich. Gina spürte Andreas Hände auf ihrem Po, Andreas Küsse auf Mund, Hals, Schulter und Brüsten. Sie fühlte die Hitze in sich aufsteigen. »Andrea …« Im Innersten aufgewühlt flüsterte sie ihren Namen.

Andreas Hand wanderte erneut hinab zwischen Ginas Beine. Mühelos fanden ihre Finger Einlaß in das feuchte Fleisch. Gina stöhnte laut auf. Sie drängte sich der Hand entgegen. In sich fühlte sie das aufreizende Spiel der Finger, die sie ausfüllten. Sie hob und senkte ihren Unterleib, bis die Hitze immer weiter anstieg. »Ja … o ja …«, flüsterte sie. Die Flammen breiteten sich in ihrem ganzen Körper aus, schlugen hoch und ließen eine angenehme Zufriedenheit zurück. Erschöpft hielt sie sich an Andrea fest.

Langsam legte sich auch Andreas Erregung. Ihr Kopf meldete sich zurück. Er registrierte, daß sie sich hatte gehenlassen und suchte fieberhaft nach einem Ausweg aus der Situation. Vorsichtig löste sie sich aus Ginas Armen. »Ich … entschuldige«, flüsterte sie.

»Was?« fragte Gina verwirrt.

»Ich weiß nicht, was über mich gekommen ist. Ich habe das nicht gewollt«, erklärte Andrea kläglich. »Ich … entschuldige bitte. Vergiß einfach, was eben passiert ist.«

»Vergessen? Schon wieder? Du machst Witze!« Gina konnte es nicht fassen.

»Danach steht mir ganz bestimmt nicht der Sinn.« Andrea klang ganz ernst.

Gina stöhnte. »Warum tust du mir das an?« Tiefe Enttäuschung breitete sich in ihr aus.

»Was?« fragte Andrea überflüssigerweise.

»Du verführst mich, und dann … – ich glaube nicht, daß mir das Spaß macht.«

»Du hattest Spaß!« konnte sich Andrea nicht verkneifen festzustellen.

Gina lächelte schief. »Nun ja.« Dann fragte sie: »Kannst du mir mal sagen, wie das zwischen uns weitergehen soll?«

»Ich weiß es nicht«, gab Andrea zu.

»Was soll das heißen? *Ich weiß es nicht!*« Gina fühlte sich immer noch ganz benommen von der intensiven Leidenschaft, die sie eben überrollt hatte. Und nun wollte Andrea so tun, als wäre nichts geschehen! Zum zweiten Mal. Anscheinend schien Andrea nicht zu merken, was sie damit in ihr auslöste. Oder wollte es nicht merken. Ginas Enttäuschung schlug um in Wut. Erbost fragte sie: »Ich weiß es nicht, weil ich mich nicht zwischen Frauen und Männern entscheiden kann? Ich weiß es nicht, weil ich eigentlich nur eben mal Lust auf Sex hatte, ohne mir dabei etwas zu denken? Oder ich weiß es nicht, weil ich grundsätzlich nicht weiß, was ich will?«

»Gina, bitte! Du dramatisierst.« Andrea wirkte irritiert.

»So, tue ich das? Ich dramatisiere? Es ist dir unangenehm, meine Frage zu beantworten. Oder gar lästig?« Ginas Miene wurde mit einem Mal sehr entschlossen. »Nun, dem ist ja ganz einfach abzuhelfen. Wir beenden die Sache kurzerhand. Hier und jetzt. Ich habe nicht vor, mich auf die Rolle nehmen zu lassen. Such dir eine Dümmere, mit deren Gefühlen du spielen kannst. Das Training setzt du wohl besser woanders fort.«

»Gina, hör doch mal!«

»Nein. Ich will nichts hören.« Gina, die immer noch nackt vor Andrea stand, drehte sich um und riß ärgerlich die Tür ihres Umkleideschrankes auf. Als wäre ihr T-Shirt Schuld an allem, nahm sie es in zorniger Bewegung heraus und zog es fluchend an. Dann drehte sie sich um. Nicht mehr zornig, einfach nur müde.

Andrea erschrak über die Resignation in Ginas Blick.

»Wie oft willst du das noch machen, Andrea? Du tust mir weh damit. Merkst du das denn nicht?«

Andrea wollte etwas erwidern, doch Gina wandte sich von ihr ab. »Geh!« sagte sie. »Geh bitte und laß mich in Zukunft einfach in Ruhe.«

Von der Fahrt nach Hause bekam Andrea kaum etwas mit, obwohl sie es war, die fuhr. Sie reagierte auf alle Anforderungen des Straßenverkehrs, stand – oder besser: saß – ansonsten aber völlig neben sich. Ihre Gedanken waren im Umkleideraum bei Gina, ihrer heißen Haut, ihren Seufzern, die in ein keuchendes Ein- und Ausatmen übergingen, dem Anfühlen ihres Orgasmus.

Warum zum Teufel hast du das getan, Andrea? Bist du neuerdings hormongesteuert? War die Sache vorher nicht schon verworren genug?

Andrea seufzte. Nun ja, jetzt war sie es nicht mehr. Im Gegenteil. Alles war kristallklar. Gina wollte nichts mehr mit ihr zu tun haben.

Das eben war der klassische Rausschmiß, Andrea! Du brauchst dir keine Sorgen mehr darüber zu machen, warum dich Ginas Gegenwart so unruhig macht. Warum sie in deinem Kopf herumspukt, wenn doch gar kein Grund dafür besteht. Jetzt ist alles so, wie du es haben wolltest. Beim alten.

Nur, warum fühlte sie sich dann so mies?

7.

Eigentlich war es längst Zeit, nach Hause zu gehen. Doch Andrea konnte sich nicht so recht dazu entschließen. Nach Valentins Chat-Streich erwartete sie dort heute sicher eine Flut von abartigen Anrufen. Vielleicht lungerte auch schon der eine oder andere »eifrige Sklave« vor ihrer Haustür herum. Immerhin konnte man mittels Telefonnummer und E-Mail-Adresse heutzutage spielend die zugehörige Wohnadresse herausfinden.

Andrea aß das letzte Stück der mittlerweile kalten Pizza, die sie sich vor zwei Stunden bestellt hatte, und vertiefte sich wieder in die Akten. Sie schaute erstaunt hoch zur Uhr, als das Läuten des Telefons die Stille zerriß. Eine halbe Stunde vor Mitternacht. Wer rief jetzt noch im Büro an? »Jordan«, meldete sie sich.

»Naaaaa? Willst du denn gar nicht nach Hause gehen?« Die Stimme kicherte.

Andrea stockte der Atem. Valentin! Sie kannte seine Stimme gut genug, um sicher zu sein, daß er es war. Und er wußte, daß sie hier war! Schlagartig wurde Andrea bewußt, daß sie völlig allein im Gebäude war, mit Ausnahme des Nachtwächters.

»Ich bin nah bei dir. Näher, als du vielleicht denkst.« Valentins Stimme war sehr leise. Das verlieh der Bedrohung in ihr zusätzlichen Nachdruck. »Hör genau hin. Kannst du die Schritte auf dem Flur hören?«

Andrea warf den Hörer in Panik auf die Tischplatte, rannte zur Tür und riß sie auf. Der Gang war dunkel. Sie konnte nur Schemen wahrnehmen. Aber sie hörte tatsächlich Schritte. Nicht sehr laut, aber unverkennbar. *Du hast einen Fehler gemacht, Andrea! Du hättest niemals allein im Büro bleiben dürfen.* Warum war sie nicht früher darauf gekommen? Sie hatte sich zwar den zu erwartenden Belästigungen zu Hause entzogen, saß hier aber wie auf dem Präsentierteller. Verdammt!

Was sollte sie tun? Sich im Büro einschließen und den Wachmann anrufen? Was, wenn Valentin schneller war als der und einfach die

Tür eintrat?

Sie rannte zum Fahrstuhl, drückte auf den Knopf. »Los, komm schon!« Nichts tat sich.

Sie lauschte den Schritten. Die kamen näher. Sie hastete zu den Treppen, lief gehetzt hinunter, immer darauf bedacht, die Stufen in dem diffusen Halblicht der Nachtbeleuchtung nicht zu verfehlen. Sie erreichte die Eingangshalle. Die Loge des Wachmannes! Leer und abgeschlossen. Er machte wahrscheinlich gerade einen Rundgang. Tolles Timing! Abgeschlossen auch die Außentür des Gebäudes. Sie konnte also nicht zu ihrem Wagen. Das Handy lag oben im Büro. Wirklich toll!

Sie überlegte fieberhaft. Die Toiletten!, fiel ihr ein. Dort gab es ein Fenster, durch das sie hinauskonnte! Dazu mußte sie aber an der Treppe vorbei, von wo die Schritte näherkamen. Langsam, ohne Eile. Jetzt bog ein Schatten um die Ecke, stand auf der obersten Stufe des letzten Treppenabsatzes. Der Schatten pfiff leise.

Für eine Sekunde blieb Andrea wie erstarrt stehen. Dann rannte sie los.

Valentin brauchte nur zwei Sprünge für die zwölf Stufen. Wie eine Mauer stand er vor Andrea, sah auf sie hinab und grinste. »Wohin so eilig, Frau Richterin?« Er roch nach Schweiß, und sein Atem wehte Andrea unangenehm ins Gesicht.

Angewidert wich sie ein paar Schritte zurück. »Ich rate Ihnen, das Gebäude so schnell wie möglich zu verlassen. Jeden Augenblick kann der Wachmann zurückkehren.« Sie versuchte ihre Stimme fest und unbeeindruckt klingen zu lassen.

»Du meinst diesen halben Meter in Uniform? Keine Sorge. Den habe ich schlafen geschickt. Der stört uns nicht.«

In Andrea kroch nun endgültig Panik hoch. »Was wollen Sie?«

»Gerechtigkeit.« Valentins Gesicht versteinerte zu einer rachsüchtigen Grimasse. »Wo hast du deine Schlüssel?« fuhr er fort.

»Was geht Sie das an?« Andrea versuchte die Panik zu unterdrücken.

Valentin griff brutal in ihr Haar und zog ihren Kopf nach hinten. »Wo sind die Schlüssel?« wiederholte er drohend.

»Oben. Im Büro«, antwortete Andrea mit schmerzverzogenem Gesicht.

»Gehen wir.« Er wies die Treppe hinauf. »Und keine Dummheiten. Wenn du versuchst wegzurennen, werde ich unangenehm.«

Während Andrea neben ihm die Treppe hinaufstieg, überschlugen sich ihre zitternden Gedanken. Was sollte sie tun? Was *konnte* sie tun?

Viel zu schnell erreichten sie ihr Büro.

Mit einem brutalen Stoß stieß Valentin sie hinein. »Los! Der Schlüssel für den Verhandlungssaal!« herrschte er sie an.

Andrea gab ihn ihm. Was wollte er damit?

»Geh vor.« Valentin zeigte in den Gang.

Sie tat es. Dabei suchte sie verzweifelt nach einer Möglichkeit, Valentin zu überrumpeln oder wenigstens, ihm zu entkommen. *Streng dich an! Es gibt immer eine Möglichkeit!* Aber sie fand keine.

Sie kamen an dem Verhandlungssaal an, in dem Valentin damals von ihr verurteilt worden war. Er schloß auf.

»Setz dich!« wies er sie an und zeigte auf den Stuhl der Anklagebank. Er zog einen Strick aus seiner Hosentasche und fesselte ihre Beine an den Stuhl, bevor sie reagieren konnte. Dann begab er sich zum Richterplatz und setzte sich ebenfalls.

Plötzlich wurde Andrea klar, was er vorhatte. Er wollte eine Gerichtsverhandlung abhalten. Sie war die Angeklagte. Er der Richter und das Gesetz. Er drehte den Spieß um. Als Genugtuung.

»Stellvertretend für den Staatsanwalt verlese ich jetzt die Anklage«, begann Valentin das Schauspiel. »Die Angeklagte Andrea Jordan wird beschuldigt, ihr richterliches Amt mißbraucht und wider besseres Wissen geurteilt zu haben. Am 10. September 2001 verurteilte sie Thomas Valentin zu einer Gefängnisstrafe von achtzehn Monaten. Thomas Valentin, der nie etwas anderes wollte, als bei seiner Freundin zu sein, sie zu beschützen. Er wurde das Opfer der Engstirnigkeit und Ignoranz von Andrea Jordan, der Richterin in seinem Fall. Sie trennte ihn von allem, was er liebte, und zerstörte damit sein Leben. Möchte die Angeklagte dazu Stellung nehmen?«

Andrea wußte nur eines. Sie durfte auf dieses Spiel nicht eingehen, keine einzige seiner Fragen beantworten. Jede Reaktion von ihrer Seite würde Valentin bestärken, seine Aggressivität mit Sicherheit steigern. Wobei abzuwarten galt, was ihr Schweigen auslöste. Es konnte genau dieselbe Wirkung haben.

»Sie verzichten?« fragte Valentin. »Gut. Hören wir den Zeugen. Herr Valentin, bitte.«

Er stand vom Richterplatz auf und setzte sich auf den Stuhl vor dem Richterpult. »Mein Name ist Thomas Valentin. Die letzten achtzehn Monate meines Lebens habe ich im Gefängnis verbracht. Grund dafür war das Urteil dieser Frau.« Er zeigte auf Andrea. »Ein Fehlurteil. Und dessen war sich Frau Jordan bewußt. Aber sie haßt Männer. Und war eifersüchtig auf mein Glück. Deshalb trennte sie mich brutal von dem, was mir am meisten bedeutete: meiner Freundin, die ich liebte. Und die mich liebte.« Valentin sank plötzlich in sich zusammen. Schien ganz woanders. »Sie sagte, ich wäre krank. Ich würde meine Freundin verfolgen. Verfolgen!« Er schüttelte den Kopf. »Ich habe sie beschützt. Ja! Auch vor sich selbst! Sie tat manchmal Dinge, die sie nicht wollte. Aber die Richterin sagte, ich belästige meine Freundin. Sie hätte Angst vor mir. So ein Blödsinn! Man kann doch seine eigene Freundin nicht belästigen! Und sie hatte niemals Angst vor mir! Ich liebte sie über alles. Nie hätte ich ihr etwas antun können. Das wußte sie genau.«

Andrea hörte Valentin zu. Es war gespenstisch. Er benutzte dieselben Worte wie damals in der Verhandlung. Nichts hatte sich geändert. Valentin lebte nach wie vor in der von ihm zurechtgelegten Welt. Er konnte nicht akzeptieren, daß seine Freundin ihm schlicht und ergreifend den Laufpaß gegeben hatte. Etwas, was tausendmal am Tag passierte. Er ignorierte die Tatsache, daß er sie belästigt, gedemütigt und angegriffen hatte, bis sie schließlich in panischer Angst vor seiner Verfolgung lebte und ihn anzeigte.

»Warum mußte sich diese Richterin einmischen? Es ging sie überhaupt nichts an, was zwischen mir und meiner Freundin war.« Jetzt sah Valentin auf und zu Andrea. Sein Gesichtsausdruck wechselte von einer Sekunde zur nächsten. Eben noch traurige Verzweiflung, loderte plötzlich Haß in seinen Augen. Er stand auf und ging zurück zum Richterplatz.

»Danke, Herr Zeuge. Frau Jordan, bitte äußern Sie sich dazu.«

Andrea schwieg.

Valentin wartete. »Bitte äußern Sie sich dazu!« wiederholte er.

Einen Teufel werde ich tun, dachte Andrea.

»Vielleicht möchten Sie sich ja wenigstens bei dem Zeugen entschuldigen.«

Einen Augenblick dachte Andrea ernsthaft darüber nach. Vielleicht konnte sie Valentin auf die Art ja beruhigen. Doch dann verwarf sie den Gedanken. Sie würde damit nur seine verdrehte Welt bestätigen.

»Die Angeklagte scheint dem Gericht sehr uneinsichtig«, bemerkte Valentin mit drohendem Unterton. Er machte eine Pause. »Kommen wir zur Urteilsverkündung: Die Angeklagte zeigte sich starrköpfig und ohne Einsicht. Um ihr klarzumachen, was der Verlust eines Menschen, den man liebt, bedeutet, soll sie diesen Verlust selbst erfahren. Die Verhandlung ist geschlossen.« Valentin stand auf und kam zu ihr. Er prüfte den Sitz ihrer Fußfesseln, holte zwei weitere Schnüre hervor und band ihre Hände hinterm Rücken am Stuhl fest.

»Was haben Sie vor?« fragte Andrea.

»Oh. Sie spricht wieder!« Valentin verzog verächtlich den Mund.

Andrea biß sich auf die Lippen.

»Besorgt?« fragte Valentin zynisch.

Das war sie allerdings. Auch wenn sie sich bemühte, es Valentin nicht zu zeigen. »Was immer es ist. Dadurch bekommen Sie ihre Freundin nicht zurück.«

Er blitzte sie wütend an. »Das weiß ich.«

»Was soll das Ganze dann?«

»Hast du denn nicht zugehört?« fauchte er. »Aber du wirst deine Überheblichkeit noch bereuen.« Ein gemeines Lächeln machte sich auf seinem Gesicht breit. »Wir alle haben unseren wunden Punkt. Jemanden, den wir lieben. Auch du«, sagte er bedrohlich. »Ich habe das Foto in deiner Wohnung gesehen. Reizend, deine Schwester. Sie ist so lebendig, so sorglos. Wer weiß, wie lange noch?«

Der Schlag traf. Andrea zitterte. Carmen!

Valentin fuhr kalt fort: »Du hast es mir nicht besonders schwer gemacht, sie zu finden. Ich werde jetzt gehen und mich ihrer annehmen.« Er ging tatsächlich. Einfach so. Ohne sich noch einmal nach ihr umzuschauen. Als hätte er sie vergessen.

Andrea blieb, festgebunden auf ihrem Stuhl, zurück. Sie wagte nicht einmal in Gedanken, sich auszumalen, was geschehen würde, wenn Valentin seine Drohung wahrmachte. *Ich muß Carmen warnen!* Nur wie? Sie saß hier zusammengeschnürt wie ein Paket! Das nächste Telefon unerreichbar. Bis man sie fand, konnte eine Ewigkeit vergehen. Sie mußte etwas tun, um sich zu befreien!

Wenn sie es schaffte, mit dem Stuhl so zu wippen, daß sie nach vorn auf die Füße kam, konnte sie vielleicht ein paar Schritte laufen und zum Telefon auf dem Richterpult gelangen. Andrea versuchte es. Zunächst schob sie sich so weit von der Tischkante weg, daß sie sich samt Stuhl um etwa neunzig Grad drehen konnte. Dann begann sie zu wippen. Doch die Sache gestaltete sich schwieriger, als sie angenommen hatte. Sie konnte nicht genug Schwung aufnehmen. Nicht, wenn sie nicht ihr ganzes Körpergewicht einsetzte. Aber es war fraglich, ob sie sich dann halten konnte. Doch sie hatte keine Wahl. Mußte es riskieren. Sie kippte mit dem Stuhl so weit nach hinten, wie sie sich mit den Füßen vom Boden abdrücken konnte, ließ sich dann mit aller Kraft nach vorn fallen und stellte fest, daß der Schwerpunkt eines Stuhl-Mensch-Gebildes eindeutig an der Kante zwischen Rückenlehne und Sitzfläche lag. *Mehr Schwung, Andrea!* Ein zweiter Versuch. Das sah schon besser aus. Gleich noch mal. Der Stuhl ächzte unter der Beanspruchung. Plötzlich gab es ein splitterndes Geräusch. Andrea fühlte, wie sie einen Moment in der Luft schwebte, bevor sie nach hinten fiel. Der Aufprall ließ sie vor Schmerz aufstöhnen. Sie schaffte es noch irgendwie, sich auf die Seite zu drehen, dann blieb sie regungslos liegen.

Wieviel Zeit vergangen war, wußte Andrea nicht, als sie jemand ihren Namen rufen hörte. Zunächst glaubte sie an eine Sinnestäuschung. Doch dann hörte sie den Ruf erneut.

»Andrea?«

Jemand lief den Flur entlang.

»Andrea?«

Gina? Es war Gina!

»Ich bin hier«, ächzte Andrea. Und dann noch einmal, lauter: »Hier!«

Die Schritte kamen eilig näher. Die Tür zum Saal wurde geöffnet. »Andrea!«

»Gina, ich bin hier.«

Gina lief zu Andrea, schaute entsetzt auf das Bild, das sich ihr bot. Andrea lag, an einen Stuhl gefesselt, auf dem Boden, unnatürlich verrenkt, ihr Gesicht schmerzverzerrt. Sie beeilte sich, die Knoten der Fesseln zu lösen und Andrea zu befreien.

Andrea stöhnte. Der rechte Arm, auf dem sie die ganze Zeit gelegen hatte, schmerzte höllisch. Auch alle anderen Glieder waren steif.

»Was ist passiert?« fragte Gina, während sie Andrea half, sich langsam aufzurichten. »War *er* hier?« Natürlich! Wer sonst.

»Ich muß zum Telefon«, sagte Andrea statt einer Antwort. Gina reichte Andrea ihr Handy. Die wählte Carmens Nummer. Ließ es klingeln. Wieder und wieder. Doch Carmen meldete sich nicht. »Verdammt«, fluchte Andrea. »Ich muß sofort hinfahren und nachsehen, was los ist.«

»Aber – dein Arm ... Willst du nicht zuerst ins Krankenhaus?«

»Keine Zeit.« Andrea hinkte mit schmerzverzerrtem Gesicht zur Tür.

Gina begriff nicht, aber sie sah, daß Andrea jetzt nicht aufzuhalten war. Schnell ging sie ihr nach und unterstützte sie mit einem Griff unter ihren gesunden Arm. »Ich komme mit. Unterwegs erzählst du mir, was passiert ist.«

Sie führte Andrea zu dem Seiteneingang, durch den sie hereingekommen war. »Wir gehen zu meinem Wagen. Du kannst ja ohnehin nicht mehr fahren.«

Andrea nickte mühsam. Im Auto nannte sie Gina die Adresse ihrer Schwester.

»Kenne ich, liegt gleich beim Studio um die Ecke«, sagte Gina.

»Ich weiß.« Andrea versuchte sich während der Fahrt etwas zu beruhigen. Es gelang nur mäßig. Ihre Sorge um Carmen war groß. Zumindest hatte sie ihre Aufregung aber soweit im Griff, daß sie Gina fragen konnte: »Wie kommst du eigentlich hierher? Ich meine ... warum? Du sagtest doch ...«

»Entschuldige«, bat Gina zerknirscht. »Ich war so gekränkt. Da habe ich nicht darüber nachgedacht, was ich sagte. Im nachhinein wurde mir klar, daß das eine mit dem anderen nichts zu tun hat.« Bereits kurz nach ihrem Wutausbruch gegen Andrea hatte sie ihn schon wieder bereut. »Deine Adresse stand im Antragsformular. Ich fuhr zu dir nach Hause, weil du nicht ans Telefon gingst. Ich befürchtete, es könnte etwas passiert sein. Als du nicht aufmachtest, klingelte ich deine Nachbarin aus dem Schlaf. Es gelang mir, sie zu überreden, bei dir nachzusehen. Sie kam unverrichteterdinge zurück und erzählte, bei dir rühre sich nichts. Ich begann mir Sorgen zu machen. Du gingst auch nicht ans Handy. Ich war ratlos und wußte mir nicht anders zu helfen, als zu dir ins Büro zu fahren. Ich fand den offenen Seiteneingang. Valentin muß ihn geöffnet haben, um ins Gebäude zu kommen, und hat ihn Gott sei Dank nicht wieder verschlossen, als er ging. Als erstes fand ich den betäubten Nachtwächter. Da schwante mir sofort Böses. In deinem Büro brannte Licht, aber du warst nicht da. Und dann fand ich dich. Willst du darüber reden, was passiert ist?«

Andrea erzählte stockend, was vorgefallen war. »Es war ebenso beängstigend wie grotesk«, endete sie. »Und am Schluß hat Valentin gedroht, meiner Schwester etwas anzutun.«

»O Gott!« Gina fuhr sofort schneller. »Sie wird ihm nicht einfach so aufmachen«, versuchte sie Andrea zu beruhigen. »Er kann sie nicht ...«

Andrea sah Gina von der Seite an. »Kann er nicht? Bis vor zwei Stunden hätte ich es auch nie für möglich gehalten, daß er ins Gerichtsgebäude marschiert, mich in den Gerichtssaal schleppt, an einen Stuhl fesselt und eine Horrorverhandlung abhält, in der er der Richter ist, der mich anklagt.«

Den Rest des Weges schwiegen sie. Gina fuhr schnell, aber konzentriert. Andrea wartete angespannt darauf, daß sie Carmens Wohnung erreichten. Endlich hielt Gina den Wagen an. Andrea sprang hinaus, während Gina noch die Zündung abstellte. Im Laufen kramte Andrea hektisch in ihren Taschen. Wo war der verdammte Schlüssel für den Hauseingang? Sie klingelte Sturm. Dann fand sie doch noch den Schlüssel, schloß die Haustür auf, rannte in den zweiten Stock. Gerade wollte sie den Wohnungsschlüssel ins Schloß stecken, als Carmen verschlafen die Tür öffnete.

»Andrea? Was ist denn los?« Sie fuhr sich träge mit der Hand durchs Gesicht.

Andrea seufzte erleichtert auf. »Gott sei Dank!«

Carmen schaute Andrea irritiert an. Dann sah sie Gina. »Hallo. Und wer sind Sie?«

»Gina Gilbach.«

Carmen zog erstaunt die Augenbrauen hoch. Das also war Gina! Wenn die Tatsache, daß Andrea hier mitten in der Nacht völlig aufgelöst Sturm klingelte, ihr nicht bereits gesagt hätte, daß etwas Außergewöhnliches vorgefallen sein mußte, dann in jedem Fall der Umstand, daß Andrea mit Gina hier auftauchte. »Kommt rein«, sagte sie und führte die beiden ins Wohnzimmer. »Möchte jemand einen Kaffee? Ich mache mir auf jeden Fall einen. Und dann möchte ich gern wissen, was los ist.« Carmen schlurfte in die Küche.

»Hast du denn das Telefon nicht gehört?« rief Andrea ihr hinterher.

»Doch.« Carmens Stimme antwortete aus der Küche. »Aber es hat ja nur ein paarmal geläutet. Ich hatte mich eben durchgerungen aufzustehen, da war es schon vorbei.«

»Ich habe es mindestens zehnmal klingeln lassen!« rief Andrea.

Carmen kam ins Zimmer zurück. »Du weißt, ich bin nicht so schnell. Schon gar nicht, wenn ich aus dem Schlaf gerissen werde.«

Andrea schüttelte den Kopf. »Ich habe eine Wahnsinnsangst ausgestanden, und sie hat seelenruhig geschlafen.«

Gina runzelte nachdenklich die Stirn. Ziemlich unwahrscheinlich, daß Valentin es nicht geschafft hätte, zu Carmens Wohnung zu fahren. »Er läßt sich Zeit. Er spielt mit dir, Andrea«, stellte sie fest.

Andrea nickte nachdenklich. Carmen sah verständnislos von einer zur anderen. Andrea erzählte ihr nun von Valentins Besuch im Gerichtgebäude.

»Der Kerl ist doch krank!« stieß Carmen hervor. »Und du denkst wirklich, er hat vor, mich zu entführen?« Ihre Stimme klang zweifelnd.

»Ja, das denke ich.« Andrea nickte nachdrücklich. »Oder wie würdest du sein *Urteil* interpretieren? Du mußt irgendwo anders hin. Für ein paar Tage. Nimm Urlaub. Fahr weg.«

Carmen schüttelte resolut den Kopf. »Ich kann auf gar keinen Fall Urlaub nehmen. Da kann ich gleich kündigen. Und ich muß dir ja wohl nicht sagen, daß die Jobs heutzutage nicht gerade auf der Straße liegen.«

»Scheiß auf den Job. Es geht um dich, Carmen!« Andrea sah ihre Schwester eindringlich an.

»Nur weil so ein durchgeknallter Irrer beschlossen hat, sich an dir zu rächen, kann ich doch nicht einfach alles stehen und liegen lassen«, sagte Carmen. »Es wird schon nicht so schlimm sein.«

»Der Mann ist gefährlich«, sagte Andrea eindringlich. »Er hat damals seine Freundin fast umgebracht. Und die hat er, wenn auch auf seine kranke Art, immerhin geliebt! Mich haßt er. Sich an mir zu rächen ist momentan sein einziges Ziel. Dazu hat er es auf dich abgesehen. Um mich leiden zu sehen.« Sie atmete tief durch. »Laß uns bitte nachdenken, wie du untertauchen kannst. Ich möchte dich nämlich nur ungern tot sehen.«

Carmen sah sie an. Das Wort *tot* schien eine gewisse Wirkung bei ihr zu hinterlassen. Eine ganze Weile sagte niemand etwas. Andreas Worte hingen bedrohlich in der Luft. »Also gut«, willigte Carmen ein. »Und wo soll ich hin?«

»Mal sehen. Du kannst in keinem Fall zu mir in die Wohnung. Denn dort wird dich Valentin zuerst vermuten. Er könnte dir davor auflauern. Da nützt die neue Sicherheitsanlage auch nicht viel. Du kannst auch nicht zu irgendwelchen Freunden. Da sucht er dich als nächstes.«

»Wie wäre es mit einer Pension?« schlug Carmen vor.

»Na ja, möglich wäre es vielleicht. Aber wenn Valentin akribisch genug ist, und so schätze ich ihn ein, findet er dich da bald.« Andrea stöhnte kraftlos.

»Wie wäre es bei mir?« fragte Gina.

Zwei Augenpaare richteten sich auf sie. Gina hatte die ganze Zeit nichts gesagt. Deshalb hatten Andrea und Carmen sie beinah vergessen.

»Es wäre die perfekte Lösung«, meinte Gina nur.

»Das würdest du tun?« Andrea sah Gina erstaunt an. Diese Möglichkeit hätte sie nicht im Traum in Erwägung gezogen. Und bei näherer Überlegung konnte sie das Angebot auch keinesfalls annehmen. Es war genug, daß Valentin Carmen und sie im Visier hatte. Sie würde nicht auch noch Gina in sein Spiel hineinziehen. Andrea schüttelte den Kopf. »Das ist nett, Gina, aber zu gefährlich für dich. Was, wenn Valentin dahinterkommt?«

»Wie sollte er?«

»Du bist meine Trainerin.« Andrea fiel ein, daß Gina ihre diesbezügliche Vereinbarung gestern unmißverständlich aufgekündigt hatte. »Äh, ich meine ...«

Gina lächelte. »Natürlich bin ich das. Na und? Warum sollte er deshalb Carmen bei mir vermuten?«

Andrea schüttelte den Kopf. »Ich habe kein gutes Gefühl dabei.«

»Aber Gina hat recht«, mischte sich Carmen jetzt ein. »Und ehrlich gesagt wäre mir diese Lösung viel lieber als die andere. Da käme ich mir ja vor wie Doktor Kimble auf der Flucht.« Sie wandte sich an Gina. »Es würde Ihnen nichts ausmachen? Immerhin kennen Sie mich nicht«, gab sie zu bedenken.

Gina grinste. »Und Sie? Kennen Sie mich? Vielleicht gehen Sie ja die größeren Unannehmlichkeiten ein.«

Carmen lachte, zwinkerte Andrea zu. »Sie gefällt mir.«

»Dann lassen wir aber das *Sie* weg, ja?« schlug Gina vor.

»Genau das wollte ich auch gerade vorschlagen.« Carmen grinste.

Andrea mußte hinnehmen, daß man sie überstimmte. Blieb noch, den Umzug zu organisieren, so daß Valentin nichts davon mitbekam. Dafür fand Andrea eine relativ einfache Lösung. »Carmen, du kommst morgen früh mit einer Reisetasche zu mir. Valentin wird denken, daß du vorübergehend bei mir einziehst und sich freuen, daß wir es ihm so leicht machen. Auf die Art hat er uns beide unter Kontrolle. Glaubt er. Du packst aber, bevor du kommst, noch eine weitere Tasche. Nämlich die, die du zu Gina mitnimmst. Gina holt sie aus deiner Wohnung ab, sobald du bei mir bist.«

»Und wie komme ich zu Gina, ohne daß Valentin es mitbekommt?«

»Ich werde ihn ablenken, indem ich mit dem Auto irgendwo hinfahre. Er wird mir folgen. Wenn ich sicher bin, daß er an mir dranklebt, rufe ich Gina per Handy an. Sie holt dich ab. Bevor du gehst, mach das Fenster auf und schalte den Fernseher oder das Radio laut an. Valentin soll denken, du bist immer noch in der Wohnung, wenn wir zurückkommen.«

»Könnte klappen«, meinte Carmen.

Andrea schaute Gina eindringlich warnend an. »Die Sache ist ziemlich heikel. Überleg es dir noch mal.«

»Da gibt es nichts zu überlegen.«

Carmen holte einen Ersatzschlüssel für ihre Wohnung und gab ihn Gina. »Danke«, sagte sie dabei.

Gina stand auf. »Es ist spät. Ich denke, wir können alle noch eine Mütze Schlaf gebrauchen. Besonders nach den ganzen Aufregungen. Ich warte dann, daß ihr mir Bescheid gebt.«

Andrea erhob sich ebenfalls. »Ich bringe dich zur Tür.«

Im Flur legte sie ihre Hand auf Ginas Arm. »Ich weiß nicht, wie ich mich bei dir bedanken soll.«

»Indem du nicht ständig davon anfängst«, wehrte Gina ab.

»Das fällt mir schwer, besonders, nachdem ich ... mich dir gegenüber so unmöglich benommen habe.« Andrea wollte eigentlich etwas ganz anderes sagen. Eine Erklärung dafür geben. Doch wo sollte sie anfangen?

»Schon gut. Wie du sagtest: Vergessen wir es einfach.« Gina öffnete die Tür.

Andrea hielt sie zurück. »Gina, ich muß dir dazu etwas sagen. Und laß mich bitte ausreden. Es ist wichtig.« Andrea atmete tief durch. Dennoch brauchte sie einige Sekunden, bis sie soweit war. »Erstens: Ich stehe durchaus auf das weibliche Geschlecht. Und zwar ausschließlich. Ich bin keine von diesen *Ich-möchte-es-nur-mal-ausprobieren*-Frauen. Zweitens: Ich hatte bis vor vier Jahren eine ... Freundin, Maren. Wir haben acht Jahre zusammengelebt. Sie starb durch einen Autounfall.« Andrea schluckte. Die Erinnerung drohte sie einzuholen. Sie riß sich zusammen. »Drittens: Ich mag dich. Viertens: Ich kann mit keiner Frau zusammensein, weil ich immer noch an Maren denke. Ich bin nicht frei für etwas Neues. Verstehst du das?«

Gina hatte still zugehört. Sie schwieg.

»Gina?«

»Ja?«

»Kannst du das verstehen?«

»Ich weiß nicht«, erwiderte Gina. »Ich meine, das liegt sehr lange zurück. Aber wenn es so ist, wie du sagst, muß es schwer für dich sein.«

Andrea senkte enttäuscht den Kopf. Ginas Zurückhaltung schmerzte. Andererseits – was hatte sie erwartet? »Ich wollte jedenfalls, daß du das weißt«, sagte sie.

»Denkst du, daß ich mich dadurch besser fühle?« fragte Gina leise. »Oder sagst du das nicht eher, weil du versuchst, dich vor dir selbst zu entschuldigen? Nun, ich wünsche dir jedenfalls, daß es dir hilft. Von mir kann ich das leider nicht behaupten.«

Andrea biß sich auf die Lippen. Was sollte sie darauf erwidern? Sie schaute Gina nach, wie sie die Treppe hinunterging.

Als Gina um die Ecke bog, blickte sie noch einmal hoch. »Wir sehen uns beim Training.«

8.

Am nächsten Morgen brauchte Gina eine Weile, um sich zu vergewissern, daß der vergangene Abend kein Traum gewesen war. War das wirklich alles passiert? Andrea überfallen, an einen Stuhl gefesselt, Carmen in Gefahr und praktisch auf dem Weg zu ihr?

Ja, so war es wohl. Dieser Valentin... Sie schüttelte sich. Das mußte sie erst einmal verdauen. Und Andrea? Ja, die auch. Was sie ihr erzählt hatte, hatte ehrlich geklungen, und sie tat ihr leid, aber mußte sie sich deshalb so verhalten, andere verletzen? Hätte sie nicht gleich sagen können, was Sache war? Dann hätte Gina entscheiden können, ob sie sich darauf einlassen wollte oder nicht. Aber sie einfach so zu überfahren, nichts zu sagen, lediglich zu verschwinden. Das war nicht die feine Art, Maren hin oder her.

Sie fuhr ins Studio, wo Judith sie schon sehnlichst erwartete. »Gina, da bist du ja endlich! Christiane ist krank. Du mußt ihre Gruppe übernehmen.«

»Jetzt gleich?«

»Seit zehn Minuten!«

»Bin unterwegs«, sagte Gina und beeilte sich, in die Umkleidekabine zu kommen.

Im Anschluß an diese Stunde wartete ihre eigene Gruppe. Damit war der Vormittag um. Gina beschloß, in das gegenüberliegende Restaurant zu gehen, um etwas zu Mittag zu essen.

Sie war schon halb aus der Tür, da hörte sie Judith hinter sich rufen: »Ich komme mit!«

Beim Essen fragte Judith: »Ist alles in Ordnung mit dir?«

»Ja, alles bestens«, erwiderte Gina so gutgelaunt wie möglich. Alles andere würde eine Flut von Fragen nach sich ziehen, das wußte sie.

»Du siehst aber irgendwie unzufrieden aus.« Judith war nicht so leicht zu täuschen.

»Danke für die Analyse, Frau Freud.« Gina grinste sie schief an.

»Wer ist diese Frau, mit der du das separate Training machst? *Sie?*«

Beide wußten, wen Judith mit *sie* meinte.

Gina seufzte. »Ja.«

»Hältst du das für klug? Ich dachte, sie hätte dich abblitzen lassen. Was ist das für ein blödes Spiel, das sie mit dir spielt?« Judiths Stimme schwankte zwischen Empörung und Besorgnis.

»Es ist nicht so, wie du denkst. Sie spielt nicht, sie braucht dieses Training wirklich.«

»Ach ja?« Judith klang mehr als skeptisch.

»Ja. Sie ... sie wird bedroht«, sagte Gina. »Jemand belästigt sie.«

»So schlimm das für sie ist ... Aber da kommt sie ausgerechnet zu dir?« Judith zeigte sich unnachgiebig.

»Das war Zufall. Sie wußte gar nicht, daß ich hier arbeite. Als sie es erfuhr, wollte sie sofort wieder gehen.«

»Das wäre das einzig Richtige gewesen. Ich habe ein ungutes Gefühl, was sie betrifft«, meinte Judith.

»Ich habe sie selbst gebeten zu bleiben«, verteidigte Gina Andrea.

»Da haben wir es«, sagte Judith. Als wäre das eine Bestätigung ihres Gefühls.

»Judith. Die Sache ist wirklich ernst.« Gina erzählte, was geschehen war. »Im übrigen ist zwischen Andrea und mir alles geklärt«, fügte sie zum Schluß hinzu.

Wirklich? fragte sofort eine aufrührerische Stimme mahnend in ihr. *Na ja, fast alles.* Aber das spielte im Moment keine Rolle. Sie konnte Andrea nicht im Stich lassen. Sie mußte ihre Gefühle eben unter Kontrolle halten. Das würde schon gehen. Solange Andrea ihre unter Kontrolle hielt! Und das tat sie doch wohl hoffentlich. *Immerhin hast du ihr deutlich zu verstehen gegeben, daß du für kurzzeitige Spielchen nicht zu haben bist.*

»Du bist also quasi nur ihr Bodyguard – oder eher der ihrer Schwester?« fragte Judith.

»J-Ja.« Gina zögerte mit der Antwort. Das eben wußte sie ja selbst nicht so genau.

»Hm-hm«, sagte Judith und sah sie an.

»Da gibt es kein Hm-hm!« fuhr Gina auf. »Hätte ich ihre Schwester diesem Verrückten in die Hände fallen lassen sollen? Ich habe gesehen, was er mit Andrea gemacht hat! Und das war sicher noch nicht alles, was er draufhat. Der Kerl ist ein Psychopath!«

»Vermutlich«, sagte Judith. »Aber für so etwas gibt es die Polizei.

Das ist nicht Aufgabe einer kleinen Selbstverteidigungstrainerin.«

»Du weißt selbst, daß die Polizei erst etwas tut, wenn der Stalker sein Opfer umgebracht hat. Vorher machen die gar nichts. Hätte ich es so weit kommen lassen sollen?«

»Bist du sicher, daß du es verhindern kannst? Daß du nicht selbst dabei draufgehst?« fragte Judith. »Dann hat er am Ende nicht nur ein, sondern gleich drei Opfer auf seiner Liste. Das wird ihm sicher gefallen.«

»Du verstehst nicht, um was es geht«, sagte Gina verschnupft.

»O doch«, sagte Judith leicht, wenn auch besorgt, grinsend. »Das verstehe ich ganz genau.«

»Nette Wohnung.« Carmen schaute sich interessiert um. Sie ging durch den großzügig geschnittenen Raum, der sich in Küche und Wohnbereich aufteilte. An der Wendeltreppe blieb sie stehen. »Und was ist da oben?«

»Das Schlafzimmer.«

Carmen ging die Wendeltreppe hinauf. »Chic!« hörte Gina sie rufen. »Kann ich hier oben schlafen?«

»Das ist eigentlich mein Bett. Ich dachte, du schläfst hier unten auf dem Sofa. Das kann man ausklappen.«

Carmen kam wieder herunter und lachte nur. »Schlafen wir doch beide oben. Breit genug ist das Bett ja.«

Gina schaute sie völlig verdattert an. Das war doch wohl nicht ihr Ernst!

Carmen sah Ginas entgeistertes Gesicht und konnte sich nun gar nicht mehr halten vor Lachen. »Du siehst aus, als hätte ich dir ein unsittliches Angebot gemacht.«

»Äh …«, stotterte Gina.

»Keine Angst, das war nur ein Witz. Ich setze mich doch nicht dem Verdacht aus, die Freundin meiner Schwester zu verführen.«

»Ich bin nicht …«, wandte Gina ein, aber Carmen ließ sich nicht unterbrechen.

»Obwohl – wenn das helfen würde, daß Andrea endlich mal zu ihren Gefühlen steht …«, plapperte sie munter weiter, »dann müßte ich glatt noch mal darüber nachdenken. Nur wie erkläre ich, daß ich so plötzlich lesbisch geworden bin?« Sie biß sich gespielt nachdenklich auf die Lippen.

Gina lief hochrot an. Carmen wußte also über sie und Andrea Bescheid. Offenbar sogar sehr gut.

»Was ist hinter der Wand?« Carmen deutete auf die Milchglasscheibe am Ende des Raumes.

»Das Bad«, antwortete Gina mechanisch.

Carmen schob die Tür zur Seite und pfiff laut. »Edel. Ich glaube, hier kann ich es eine Weile aushalten!«

Beim Abendbrot fragte Carmen wie nebenbei: »Hat Andrea dir von Maren erzählt?«

»Ja. Kurz«, erwiderte Gina einsilbig. Sie blickte an Carmen vorbei. Die schien ja sehr interessiert, was sie und ihr Verhältnis zu Andrea betraf. Würde das jetzt die nächsten Tage so weitergehen? Das konnte ja heiter werden.

»Erstaunlich«, meinte Carmen.

»Wieso?«

»Andrea spricht sonst mit niemanden darüber, außer mit mir. Bisher jedenfalls. Darauf kannst du dir was einbilden.«

»Ach ja? Und was bitte?« fragte Gina ironisch. »Daß sie wegen einer längst vergangenen Geschichte mit meinen Gefühlen spielt?«

»Für Andrea ist sie nicht vergangen. Das ist ja ihr Problem«, nahm Carmen ihre Schwester in Schutz.

»Entschuldigt das ihr Hin und Her?«

»Wie meinst du das?« fragte Carmen verwirrt.

»Eine Nacht und dann Schluß. Das hätte ich ja verstanden. Und akzeptiert. Wenn auch schweren Herzens. Aber –« Gina brach ab.

»Du meinst …«, Carmen räusperte sich umständlich. »Das war nicht das einzige Mal?«

Gina nickte. »Und es ging eindeutig von ihr aus. Ich hatte mich mit dem Ende schon beinah abgefunden.«

Carmen schwieg perplex. *Das ist neu.* »Nach Marens Tod war Andrea kaum mit anderen Frauen zusammen. Und spätestens nach der ersten Nacht war es immer vorbei.«

»Die Glücklichen …«, erwiderte Gina bissig. »Die wußten wenigstens, woran sie waren.«

Carmens Blick durchdrang sie. »Ich glaube nicht, daß Andrea dich absichtlich verletzen will.«

»Entschuldige«, sagte Gina bedrückt. »Vielleicht ist es ungerecht, alles allein auf Andrea zu schieben. Ich war schließlich nicht unbeteiligt an der ganzen Sache.« Sie seufzte.

Carmen sah sie an. »Ich weiß, daß Andrea hart sein kann«, sagte sie. »Ich glaube, kein Richter und keine Richterin kann den Beruf ausüben ohne eine gewisse Ausprägung dieser Art. Aber Maren ... Maren hat diese Seite von Andrea in gewisser Weise ausgeglichen. Und nun fehlt ihr etwas. Sozusagen ein Teil von sich selbst. Und sie glaubt nicht, daß sie das wiederfinden kann.«

Gina blickte nachdenklich in Carmens Gesicht. »Ich kann nicht nachvollziehen, wie Andrea sich fühlt, das ist wahr«, sagte sie. »Ich habe bisher nie eine so langdauernde Beziehung gehabt. Es muß schrecklich sein, nach so langer Gemeinschaft plötzlich wieder allein zu sein. Wenn eine Beziehung auseinandergeht, ist es ja schon schlimm genug, aber wenn der geliebte Mensch stirbt ...«

»Es war hart für sie«, sagte Carmen. »Ist es immer noch. Auch wenn ich ständig versuche, sie davon zu überzeugen, daß es nicht so sein müßte. Aber verletzen ... verletzen will sie niemand.«

Gina seufzte. »Leider fühle ich mich dadurch nicht viel besser.«

»Es tut mir leid«, sagte Carmen.

»Ich liebe sie!« brach es aus Gina heraus. »Sie kann tun, was sie will. Ich ... liebe sie.« Ihre Stimme wurde zum Schluß hin immer leiser.

Carmen legte ihre Hand auf Ginas. »Darauf hätte ich gewettet, so wie du sie ansiehst.« Sie lächelte.

9.

Die Straßen waren noch relativ frei. Die Blechlawine des morgendlichen Berufsverkehrs würde sich erst in einer halben Stunde aufstauen. Andrea kam deshalb zügig voran. Direkt vor ihr drängte sich ein Golf in den Sicherheitsabstand. Sie bremste ab, um den Abstand wieder herzustellen.

Erschrocken stellte sie fest, daß sie dem Golf sehr nahe kam. Andrea runzelte die Stirn, trat fester auf das Pedal. *Na also! Wohl noch nicht ganz ausgeschlafen, was?* Die Ampel vor ihr schaltete von grün auf gelb. Der Golf fuhr weiter.

Andrea bremste. Stutzte. Trat erneut auf das Bremspedal. Es gab ganz leicht nach. Der Wagen fuhr mit unverminderter Geschwindigkeit weiter und bei Rot über die Kreuzung. Im nächsten Moment sah Andrea vor sich die Bremslichter des Golfs. Ein Fußgängerüberweg!

Der dumpfe Aufprall riß ihren Körper nach vorn. Andreas Kopf schlug gegen etwas Hartes. Dann verschwamm alles um sie herum.

»Hallo! Hören Sie mich? Wie heißen Sie?«
Andrea spürte die leichten Schläge im Gesicht, die sie wieder zu Bewußtsein brachten. Die fremde Stimme klang weit weg, aber eindringlich.

»Hallo! Können Sie mich hören?«

»Ja«, antwortete Andrea benommen.

»Wie heißen Sie?«

»Andrea ... Jordan.« Sie stöhnte schwach.

»Welcher Tag ist heute?«

Andrea brauchte einige Sekunden, um sich zu sammeln. »Mittwoch?«

»Bleiben Sie liegen, hören Sie? Wir bringen Sie ins Krankenhaus.«
Erst jetzt bemerkte Andrea, daß sie auf einer Trage lag. Der Notarzt gab den Sanitätern ein Zeichen. Ein paar Meter weiter stand der Krankenwagen, zu dem sie Andrea brachten.

»Was ist mit meinem Wagen?« fragte sie matt.

»Um den kümmert sich die Polizei«, beruhigte man sie.

Andrea versuchte sich zu konzentrieren, obwohl in ihrem Kopf alles schwirrte. »Ich muß im Büro anrufen und Bescheid sagen, daß ich etwas später komme.«

Der Sanitäter lächelte beruhigend. »Das hat Zeit. Erst kümmern wir uns mal um Sie. Telefonieren können Sie später. Und ich vermute, heute müssen die lieben Kollegen ganz ohne Sie auskommen.«

Die Sanitäter schoben Andreas Trage in den Krankenwagen und kletterten zu ihr hinein. Die Fahrt ins Krankenhaus dauerte etwa zehn Minuten. Die Untersuchungen zogen sich dagegen wesentlich länger hin. Zwei Stunden später saß Andrea dem mittlerweile dritten Arzt gegenüber. Dieser schien offenbar der Schlußmann zu sein. *Hoffentlich!* flehte Andrea. Ihre Kopfschmerzen waren immer noch nicht abgeklungen. Ein Verband stützte ihren Brustkorb.

»Da haben Sie wirklich unheimliches Glück gehabt, Frau Jordan. Ein paar angeknackste Rippen und eine Beule am Kopf. Kein Anzeichen eines Schleudertraumas«, lautete die Diagnose des Mediziners nach einem vergewissernden Blick auf ihre Röntgenbilder.

Andrea befühlte ihren schmerzenden Brustkorb. »Das nennen Sie Glück? Na ja, Ihre Rippen sind es ja nicht.«

Der Mann lächelte. »Ich empfehle Ihnen, heute nicht mehr allzu viel zu unternehmen. Fahren Sie mit dem Taxi nach Hause und legen Sie sich hin. Ruhen Sie sich aus. Ich kann Sie für ein paar Tage arbeitsunfähig schreiben, wenn Sie möchten.«

Andrea winkte ab. »Nicht nötig. Außerdem kann ich mir das im Moment nicht leisten.«

»Dann sehen wir uns in ein paar Tagen zur Nachuntersuchung wieder.« Der Arzt erhob sich und gab ihr die Hand.

Andrea ging. Ja, sie würde nach Hause fahren und sich hinlegen. Aber vorher mußte sie noch etwas erledigen.

Vor dem Krankenhaus winkte sie einem Taxi: »Autohaus Weber, Kaiserdamm«, sagte sie zum Fahrer.

Während der Fahrt zu ihrer Werkstatt blieb Andrea genug Zeit zu überlegen, was sie dem Meister sagen würde. Die letzte große Inspektion war gerade erst vor sechs Wochen durchgeführt worden. Und heute versagten die Bremsen? Dafür gab es nur zwei Erklärungen: Pfusch oder Manipulation. Sie brauchte gesicherte Erkenntnisse, welches von beiden die Ursache für den Unfall war.

Wie zu erwarten zeigte sich der Werkstattleiter zunächst zugeknöpft. Er vermutete unliebsame Probleme.

»Wenn jemand einen Fehler gemacht hat, ist das für mich die gute Nachricht«, beruhigte ihn Andrea. »Ich bin nicht daran interessiert, Ärger vom Zaun zu brechen. Ich befürchte, daß jemand Fremdes am Wagen herumgefriemelt hat, in der Absicht, mir einen gehörigen Schrecken einzujagen. Oder gar Schlimmeres.«

Jetzt schien der Mann langsam zu begreifen. Sein bis eben noch verschlossenes Gesicht wurde etwas zugänglicher. »Wo ist Ihr Wagen im Moment?«

»Keine Ahnung. Aber das kann Ihnen sicher die Polizei sagen. Holen Sie ihn einfach von dort ab.«

Der Mann nickte. »Ich werde selbst alles prüfen. Verlassen Sie sich darauf, Frau Jordan«, versicherte er.

»Wie lange wird es dauern?«

»Sie sagen, es lag an den Bremsen?«

»Es schien mir so.«

»Die zu prüfen dauert weniger lang, als den Wagen herzuschaffen. Wenn wir ihn erst mal haben, brauche ich im Höchstfall eine Stunde, um die Leitungen zu kontrollieren.«

»Sehr gut. Je schneller ich das Ergebnis habe, um so besser. Sollte sich meine Vermutung bestätigen, möchte ich, daß Sie ein entsprechendes Gutachten anfertigen. Einmal für die Versicherung, und natürlich für die Anzeige bei der Polizei.«

»Geht klar.«

Andrea fuhr nach Hause.

Der Anruf aus der Werkstatt kam am frühen Nachmittag. Er bestätigte ihre Befürchtung. Der Bremsschlauch war angeschnitten worden. Die Bremsflüssigkeit war langsam ausgelaufen mit dem Unfall als unausweichlicher Folge.

Andrea informierte die Polizei. Allerdings hatte sie nicht viel Hoffnung, daß die, außer daß sie ein Protokoll aufnahm, groß weiterhelfen konnte. So klar, wie der Unfall kein Unfall, sondern ein Anschlag war, so klar war auch, daß sich kein konkreter Hinweis darauf finden würde, daß Valentin dahintersteckte. Er hatte wohl doch gemerkt, daß Carmen nicht mehr in der Wohnung war. Mit Sicherheit ärgerte es ihn, daß es ihr gelungen war, ihm Carmen zu entziehen. Der durchgeschnittene Bremsschlauch war seine prompte Antwort. Sie bedeutete: *Egal, was du tust. Du entkommst meiner Rache nicht. Ich bestimme das Spiel.*

Und ebenso deprimierend wie die Gewißheit, daß Valentin damit leider recht hatte, war die Ungewißheit, was als nächstes kommen würde. Nur eines stand fest: Irgend etwas würde kommen. Und wer wußte, ob es dann bei ein paar angeknacksten Rippen blieb.

Drei Tage setzte Andrea nach dem Unfall mit dem Training aus. Gina gegenüber schob sie Arbeit als Grund vor, um sie nicht unnötig zu beunruhigen.

Diese drei Tage gaben Andrea Gelegenheit, sich über ihre widersprüchlichen Gefühle zu Gina ein paar Gedanken zu machen. Bisher hatte sie nur erstaunt festgestellt, daß diese Gefühle da waren, wußte aber nicht, wie sie damit umgehen sollte. Alles war irgendwie verwirrend. Von Anfang an.

Obwohl sie alles mögliche getan hatte, es zu verhindern: Gina mochte sie. *Sag nicht, das ist dir entgangen. Wo du sonst immer so stolz auf deine Kombinationsgabe bist.* Nein, es war ihr nicht entgangen. Sie hatte ja Augen im Kopf. *Und du? Was ist mit dir? Mal abgesehen davon, daß du ihren körperlichen Reizen erliegst? Was willst du von Gina?*

Nun ja. Eigentlich ... nichts. Gina fühlte sich einfach nur gut an. Und was ist dann mit diesem merkwürdigen ... Sehnen?

Andrea schüttelte den Kopf. Und doch. Ginas Gesicht, ihre Augen, ihre sanfte Stimme, all das war ihr mittlerweile irgendwie vertraut. Sie vermißte es, wenn Gina nicht da war.

Diese drei Tage kamen Andrea merkwürdig leer vor. Sie verstand nicht, warum – nur, daß es so war.

Bereits wenige Minuten nach Beginn des ersten Trainings im Anschluß an diese Zwangspause zweifelte Andrea, daß es klug gewesen war, schon wieder weiterzumachen. Sie gab sich alle Mühe, jeden Gedanken an ihre schmerzenden Rippen zu verdrängen, und konzentrierte sich möglichst auf die Technik. Leider ohne nennenswerten Erfolg. Bereits beim zweiten Angriff überrumpelte Gina sie. Andrea flog durch die Luft und landete auf der Matte. Sie stöhnte unterdrückt.

Gina streckte ihre Hand aus, um Andrea beim Aufstehen zu helfen. »Konzentrier dich besser auf meinen Oberkörper. Dort entsteht der Angriff. Noch mal. Achte besonders auf meine Schultern und die Hüfte.«

Andrea nickte. Die nächsten Angriffe wehrte sie ab. Doch auch wenn Gina nicht viel Kraft in sie hineinlegte, reichte deren stetige Wucht aus, daß Andreas Schmerzen zunahmen. Ihre Abwehr wurde schwächer. Gina legte Andrea erneut auf die Matte. Diesmal stöhnte Andrea laut auf.

Gina hielt inne. »Hast du dir wehgetan?« fragte sie.

»Nein«, wehrte Andrea ab.

Gina hockte sich neben sie. »Wirklich nicht?« fragte sie skeptisch.

Andrea rappelte sich auf. »Machen wir weiter.«

»Wie du meinst. Laß uns aber etwas anderes probieren. Abwehr von Messerangriffen.«

Gina holte aus dem Geräteschrank ein Messer, wie es Kinder beim Indianerspiel benutzen. »Ich zeige dir jetzt verschiedene Möglichkeiten, wie man seinem Gegner das Messer abnehmen kann. Dabei versucht man, die Hand oder den Arm des Angreifers zu pakken und so zu verdrehen, daß er es fallenläßt. Nimm das Messer. Ich demonstriere dir mal eine Technik.«

Andrea nahm das Messer und stand unentschlossen vor Gina.

»Greif mich an«, forderte Gina sie auf.

Andrea hob den Arm und ging auf Gina zu. Gina trat mit ihrem Fuß gegen Andreas Schienbein, so daß sie wegrutschte und auf dem Knie landete. Gleichzeitig zog Gina Andreas Arm mit beiden Händen kräftig zu sich und drückte dabei Andreas Faust weit nach hinten, so daß sich die Finger öffneten und das Messer herausfiel.

»Alles mitbekommen?«

Andrea hielt sich schmerzhaft den Brustkorb. »Ja, sehr deutlich«, keuchte sie. Sie setzte sich auf die Matte.

»Du hast doch was.« Gina musterte Andrea. »Du bist doch sonst nicht so empfindlich.«

Andrea schwieg beharrlich. Plötzlich, ehe sie überhaupt reagieren konnte, griff Gina nach Andreas T-Shirt und zog es mit beiden

Händen hoch.

»Gina!« rief Andrea überrascht.

»Komm schon, das ist kein plumper Annährungsversuch. Ich will wissen, was los ist.« Betroffen ließ Gina die Hände sinken, als sie die blaugrünen Flecken erblickte. Die unübersehbaren Spuren der Prellungen zogen sich über Andreas gesamten Oberkörper.

»Ich habe mir zwei oder drei Rippen angeknackst, nichts weiter«, murrte Andrea unwillig.

Gina sah sie erschrocken an. »Und warum sagst du mir das nicht? Du kannst doch so nicht trainieren!« Sie hockte sich neben Andrea hin. Behutsam strichen ihre Finger über Andreas Haut.

Andrea zuckte zusammen. »Ich muß aber«, widersprach sie trotz der Schmerzen. »Und ich wußte, daß du so reagieren würdest. Deshalb habe ich nichts gesagt.«

»Bist du verrückt? Willst du zum Krüppel werden?« schimpfte Gina. »So eine Verletzung muß erst einmal abheilen!«

Andrea gab ein trockenes Geräusch von sich. »Meinst du, Valentin würde Rücksicht nehmen? Ganz sicher nicht.«

»Da hast du sicher recht. Aber ...« Gina brach ab. »Wie ist das eigentlich passiert?«

»Ich hatte einen Autounfall«, erklärte Andrea kurz angebunden.

»Einfach so? Nun laß dir nicht jedes Wort aus der Nase ziehen«, forderte Gina energisch.

Andrea kam nicht umhin, alles zu berichten. Schließlich schwieg sie. Gina ebenso. Ihr wurde schlecht bei dem Gedanken, was alles hätte passieren können. Valentins Attacken nahmen an Bosheit von Mal zu Mal zu. Er wurde immer gefährlicher. Mit etwas weniger Glück hätte der durchgeschnittene Bremsschlauch leicht zu einem schwereren Unfall führen können, unter Umständen sogar mit tödlichem Ausgang. Gina schauderte bei dem Gedanken.

»Ich weiß, was du denkst«, sagte Andrea. »Aber ich glaube nicht, daß Valentin plant, mich zu töten. Das widerspräche seinem Interesse. Ein Stalker beraubt sich nicht selbst seines Opfers. Aber natürlich können seine Attacken jederzeit außer Kontrolle geraten.«

»Du mußt in Zukunft vorsichtiger sein.« Ginas Sorge wuchs.

»Ich *bin* vorsichtig.« Andrea schüttelte den Kopf. »Valentin wird trotzdem Mittel und Wege finden, seine Angriffe ins Ziel zu bringen.«

»Man muß doch etwas tun können!« Als Selbstverteidigungstrainerin hatte Gina gelernt, daß es immer eine Lösung gab, immer einen Weg, sich zu verteidigen. Man mußte ihn nur finden.

»Wenn dir etwas einfallen würde, wäre ich dir sehr dankbar.« Andrea lächelte gequält.

»Ich werde dir helfen, wo ich kann.« Gina sah sie mitfühlend an. »Aber wenn er dich direkt angreift, und ich bin nicht dabei –« Sie biß sich unzufrieden auf die Unterlippe. »Gott sei Dank bist du eine starke Frau. Wenn du noch ein wenig trainierst …« Sie versuchte sich selbst zu beruhigen, was ihr aber nur unzureichend gelang. Am liebsten wäre sie Andrea auf Schritt und Tritt gefolgt, um sie zu beschützen.

Andrea lächelte schwach. »Danke. Aber ich fürchte, ich bin weniger stark, als du glaubst.«

Bestürzt sah Gina, wie sich Andreas Augen mit Tränen füllten. »Schhhh.« Gina zog Andrea mit sich hoch und nahm sie in die Arme. Tröstend strich sie ihr über die Wange. Der hilflose Ausdruck in Andreas Augen versetzte ihrem Herzen einen Stich. Ohne darüber nachzudenken nahm sie Andreas Gesicht in beide Hände und küßte sanft ihre Augenlider. »Nicht. Nicht weinen. Wir schaffen das schon.«

Überrascht von Ginas Zärtlichkeit beruhigte Andrea sich tatsächlich. Sie lehnte sich an Gina. *Warum bist du nur so fürsorglich? Ich verdiene deine Rücksicht gar nicht. Nicht, nachdem ich dich so verletzt habe.* Um so dankbarer war sie, daß Gina sie nicht im Stich ließ. »Ja, mit dir zusammen kann ich mir das sogar vorstellen«, erwiderte sie.

Gina lächelte. »Das ist gut.« Sie machte Anstalten, sich von Andrea zu lösen.

»Nein.« Andrea hielt Gina fest. »Bitte. Kannst du mich noch ein wenig halten?«

»Ja, sicher«, erwiderte Gina verblüfft.

Andrea seufzte tief auf. »Es tut gut, dich zu spüren«, hauchte sie gedankenverloren.

Dem kann ich nur zustimmen. Gina streichelte sanft Andreas Rücken. Sie fühlte, wie Andreas Hand sich langsam unter ihr T-Shirt schob, sie eng an sich zog. Das hatte nichts mehr mit der Suche nach Trost und Schutz zu tun.

»Andrea«, ächzte Gina. »Was machst du?«

»Wonach fühlt es sich denn an?« fragte Andrea aufgewühlt.

»Nach etwas sehr Schönem«, erwiderte Gina atemlos.

Andrea suchte Ginas Mund. Ihre Zunge forderte Einlaß.

Gina konnte sich nicht dagegen wehren. Erregung durchströmte ihren Körper. Doch dann erinnerte sie sich an die letzte ähnliche Szene dieser Art – und an Andreas anschließende Zurückweisung. Entgegen ihrem eigentlichen Verlangen schob Gina Andrea vorsichtig, aber nachdrücklich ein Stück von sich.

»Das ist keine gute Idee, glaube ich«, sagte sie.

Andrea seufzte verlangend. »Ich weiß, aber können wir das nicht für einen Augenblick vergessen?«

Gina löste sich von ihr. »Selbst wenn ich es könnte, ich will es nicht. Ich würde mich hinterher um so schlechter fühlen.« Sie sah Andreas enttäuschten Blick. »Tut mir leid«, flüsterte sie. »Ich glaube, es ist besser so.«

»Und was war die beiden anderen Male? Da haben wir auch nicht vorher das Nachher erörtert«, hielt Andrea trotzig dagegen.

»Das stimmt.« Gina seufzte. »Das waren – Ausnahmen. Weil ich annahm, es würde ein *Nachher* geben.« Sie sah Andrea fest an. »Denn normalerweise tue ich so etwas nicht. Ich bevorzuge die ganz klassische Annäherung. Du weißt schon: man geht ein paarmal nett miteinander aus, redet, flirtet, stellt Gemeinsamkeiten und Unterschiede fest. Bei der Gelegenheit findet man unter anderem heraus, ob die andere an einer Beziehung interessiert ist.«

Andrea schoß ein Gedanke durch den Kopf. »Glaubst du, ich benutze Maren nur als Ausrede? Denkst du, ich habe eine Reihe loser Verhältnisse, nebeneinander, nacheinander, was auch immer?«

»Nein. Ich weiß, du bist nicht darauf aus, Eroberungen zu machen.« Gina zögerte. Sollte sie tatsächlich so etwas Hartes sagen? »Aber das soll es ja geben, daß Menschen ...«, sie zögerte erneut, »beziehungsunfähig sind. Aus welchem Grund auch immer.«

Andrea starrte sie entsetzt an. »Das denkst du? Daß ich beziehungsunfähig bin?« Sie taumelte ein wenig. Als sie sich wieder gefangen hatte, streckte sie vorsichtig eine Hand aus und strich zärtlich über Ginas Wange. Gina zuckte zusammen, blieb aber stehen. »Ich weiß, es ist kein Trost für dich«, sagte Andrea leise. »Aber seit Marens Tod bist du die erste Frau, für die ich eine tiefere Zuneigung empfinde.«

Gina wollte gern glauben, was sie hörte, doch – »Im Bett«, sagte sie abwehrend.

Andrea nickte. »Ja. Ich begehre dich. Aber ich bin auch sonst gern mit dir zusammen. Nicht nur dann. Dennoch kann ich ...«, ihre Stimme wurde sehr leise, »kann ich Maren darüber nicht vergessen. Sie ist ... sie ist einfach immer noch da. Ich kann nichts daran ändern.«

»Und was erwartest du nun von mir?« fragte Gina. Sie versuchte ihrer Stimme einen festen Klang zu geben, obwohl sie enttäuscht war.

»Ich erwarte nichts. Ich hatte nur gehofft, daß du ... daß wir ...«

»Was?« Gina wurde wütend. »Daß wir einfach so zusammensein können? Während du weiter in der Vergangenheit lebst? Schläfst du dann mit mir oder mit Maren? Hast du eben mich oder Maren berührt?«

Andrea starrte sie an.

Gina atmete tief aus. Ihr Ärger verrauchte angesichts Andreas unglücklichem Gesicht. »Laß gut sein. Ich kann nicht aus meiner Haut und du nicht aus deiner.« Sie schaute Andrea an. »Am besten, du gehst dich jetzt umziehen«, sagte sie leise. »Während der nächsten Trainingseinheiten werden wir überwiegend leichte Konditionsübungen machen, bis deine Verletzungen abgeklungen sind.« Sie strich noch einmal zärtlich besorgt über Andreas Rippen.

Dann zog sie schnell ihre Hand zurück, drehte sich um und verließ den Raum.

Andrea hatte Gina nach dem Umziehen nicht mehr finden können. Sie fuhr nach Hause. Als sie dort angekommen war, ließ sie sich ein Bad ein. Ihr schmerzender Körper brachte sie zum Ächzen, als sie hineinstieg. Erst als sie eine Weile im warmen Wasser gesessen hatte, konnte sie sich entspannen.

Ihre Gedanken wanderten zu Gina. Den verwirrenden Gefühlen für sie. Der Sehnsucht nach ihrer Nähe, ihren Küssen. Sie verlangte nach all dem– und wußte gleichzeitig, daß in ihrem Leben kein Platz dafür war. Aller Platz war ausgefüllt. Von ihrem Gefühl für Maren.

Aber warum kam es dann immer wieder zu diesen Situationen, in denen sie sich nichts sehnlicher wünschte, als Gina in die Arme zu nehmen, sie zu liebkosen, ihre nackte Haut zu spüren? Natürlich konnte sie von Gina nicht erwarten, daß die sich geschmeichelt oder gar glücklich fühlte, lediglich für ein paar Augenblicke der Leidenschaft begehrt zu werden. Es war nur zu verständlich, daß sie es da vorzog, Distanz zu wahren. Im Grunde tat Gina ihr sogar einen Gefallen, wenn sie ihr versagte, sie zu küssen. Zu schnell verloren sie beide die Kontrolle über sich. *Hinterher hast du dich jedes Mal schlecht gefühlt.*

Am Ende war es doch ein Fehler gewesen, bei Gina zu trainieren. Aber in dem Moment, da sie Gina das erste Mal im Büro gegenübersaß, war die Aussicht, eine vertraute Person beim Training um sich zu haben, irgendwie beruhigend. Und es schien ja auch, als würden sie beide das Erlebnis ihrer gemeinsamen Nacht ausklammern und relativ gelassen miteinander umgehen können.

Gina konnte es. Du warst diejenige, die sich nicht im Griff hatte.

Schluß damit! Andrea gebot ihren unfruchtbaren Überlegungen rigoros Einhalt. *Konzentrier dich auf wichtigere Dinge. Denk lieber einmal darüber nach, wie du diesem Valentin das Handwerk legen kannst.*

Wenn sie wieder in ihr normales Leben zurückkehren wollte, und das wollte sie, mußte sie sich ernsthaft etwas einfallen lassen. Ihr professioneller Juristinnenverstand schaltete sich ein. Valentins Angriffe waren ihm nicht nachzuweisen. Was war mit dem Rest? Valentin sammelte offensichtlich permanent Informationen über sie, ihre Gewohnheiten und ihre Umgebung. Nur so konnte er seine Angriffe bis ins Detail planen. Deshalb beobachtete er sie den größten Teil des Tages.

Sie überlegte. Tat er das wirklich? Immer noch? War es nicht eher so, daß Valentin mittlerweile ihren Tagesablauf, ihr Umfeld kannte und seine Anschläge beliebig plante? Wahrscheinlich folgte er ihr gar nicht mehr ununterbrochen, nur noch, wenn er die Wirkung seiner Attacken auf sie beobachten und genießen wollte.

Die Erkenntnis traf Andrea wie ein Blitz. Sie fühlte eine gewisse Erleichterung. Aber nur kurz. Dann erkannte sie, daß sich ihre Situation dadurch nicht verbesserte. Im Gegenteil. Valentin war demnach in der Lage, seine Angriffe schneller hintereinander auszuführen. Und sie saß immer nur da und harrte der Dinge, die da kamen. Frustrierender ging es nicht mehr.

Reiß dich zusammen! schimpfte Andrea mit sich selbst. *Jammern nützt nichts. Dreh den Spieß einfach um!* Genau. Was hinderte sie daran, nun ihrerseits in die Rolle des Beobachters zu schlüpfen? *Sammle Beweise, die zeigen, daß Valentin Mittel und Wege sucht, dich zu terrorisieren.*

Das reichte aus. Denn warum sollte Valentin sich die Mühe machen, wenn er diese Mittel nicht anwenden, die Wege nicht gehen wollte?

Das würde jeder Richter so bewerten. Besonders angesichts der nachweisbaren Vorfälle.

Ja! Das war es. *Endlich einmal eine gute Idee, Andrea!*

10.

Gina schaute unruhig auf die Uhr. Schon fast halb acht. Seit einer halben Stunde wartete sie auf Andrea. Normalerweise rief sie an, wenn es später wurde oder sie gar nicht zum verabredeten Termin kommen konnte. Was war passiert? Wollte Andrea nicht mehr weiter trainieren? Aber das hätte sie ihr doch gesagt.

Gina ging ins Büro zum Telefon. Sie wählte Andreas Handynummer. Es klingelte. Einmal, zweimal, dreimal.

»Ja?« meldete sich Andrea endlich.

»Andrea! Was ist denn los?« fragte Gina, erleichtert, ihre Stimme zu hören.

»Gina?« Andreas Stimme klang abgelenkt.

»Ich warte seit einer halben Stunde auf dich. Ich habe mir Sorgen gemacht.«

»Oh, entschuldige, ich habe völlig die Zeit vergessen.« Andrea klang sehr in Eile. »Und ich kann jetzt auch nicht telefonieren. Ich rufe dich später an, ja?«

»Ist alles in Ordnung?« Gina fühlte sich verwirrt. Andrea klang nicht ängstlich, sondern eher beschäftigt. War ihr das Training nicht mehr wichtig? Was war mit Valentin? Fühlte sie sich nicht mehr bedroht?

»Ja, ja, alles in Ordnung«, kam da Andreas Stimme aus dem Hörer. »Ich bin an Valentin dran. Er geht gerade in eine Kneipe. Wahrscheinlich trifft er dort jemanden. Ich muß Schluß machen.«

Knack. Andrea hatte abgeschaltet. Gina sah verdutzt auf den Hörer in ihrer Hand. Sie mußte sich verhört haben! Andrea schlich hinter Valentin her? Die Frau war offensichtlich total verrückt geworden. Man mußte sie zur Vernunft bringen! Gina drückte die Wahlwiederholungstaste. Wartete. »Na los! Geh schon ran!« beschwor sie Andrea. Nach dreimaligem Klingeln meldete sich die Mailbox. Andrea hatte ihr Handy ausgeschaltet.

Gina rief aufgelöst Carmen an. Die war ebenso entsetzt, wußte aber auch keinen besseren Rat als abzuwarten. Gina ging nach Hause. Dort saßen sie dann zu zweit, bekämpften ihre Nervosität, indem sie sich gegenseitig zu beruhigen versuchten. Gegen neun klingelte endlich das Telefon. Gina sprang sofort auf und lief zum Apparat. »Hallo.«

»Ich bin es.«

Endlich! Gina atmete auf, als sie Andreas Stimme erkannte. »Andrea. Wo bist du jetzt?« fragte sie aufgeregt.

»Zu Hause.«

»Gott sei Dank!« Ginas Anspannung ließ etwas nach. Sie schluckte die Worte über Leichtsinn und Dummheit, die ihr auf der Zunge lagen, herunter. Erst einmal hören, was wirklich los war. Vielleicht hatte sie Andrea falsch verstanden.

»Entschuldige. Ich hätte dich anrufen und Bescheid geben sollen, daß ich heute nicht zum Training komme«, hörte Gina Andrea jetzt sagen. »Die nächsten Tage auch nicht. Ich habe mich entschlossen, Valentin zu beobachten.«

Gina versuchte ruhig zu bleiben. »Du tust *was*?«

»Ich habe es satt, untätig zu warten«, erklärte Andrea. »Statt dessen werde ich Valentin bei den Vorbereitungen für seinen nächsten Übergriff genau auf die Finger sehen. Und ich glaube, es läßt sich ganz gut an.«

Also doch! Kein Irrtum. Während Gina überlegte, wie sie es am besten anstellen sollte, Andrea ihr Vorhaben auszureden, sprach die unbeirrt weiter.

»Valentin hat sich nachmittags mit einem Mann in einer Kneipe getroffen. Die beiden sahen aus wie zwei typische Verschwörer. Sicher haben sie etwas ausgeheckt. Ich bin dem anderen Mann bis zu seinem Haus gefolgt. Morgen finde ich heraus, wer der Kerl ist.«

»Bist du total übergeschnappt?« fragte Gina entgeistert.

»Ich weiß schon, was du sagen willst«, fiel Andrea ein, bevor Gina weiterreden konnte. »Aber keine Sorge. Ich passe schon auf.«

»Bist du –« Gina konnte es nicht fassen. »Was versprichst du dir davon?« fragte sie dann, weil Andrea nicht so klang, als ob Vorwürfe sie von irgend etwas abbringen könnten.

»Natürlich, daß ich Valentin beim nächsten Mal zuvorkomme.« Andreas Tonfall zeigte an, daß sie erwartete, daß Gina darauf auch selbst hätte kommen können.

Gina atmete einmal tief durch. Sie mußte sich beruhigen, obwohl ihre Sorge um Andrea wuchs. »Ich finde das Ganze nicht gut«, sagte sie. »Es klingt nur nach einem: großem Ärger.«

»Größerem, als ich ihn ohnehin schon habe? Das glaube ich kaum«, widersprach Andrea.

»Und wenn einer der Nachbarn den Typen darauf anspricht, daß jemand nach ihm gefragt hat? Und dich beschreibt? Schon wissen Valentin und sein Komplize, was los ist. Und was dann?« Andrea war Richterin. Sie mußte logischen Argumenten doch zugänglich sein!

»Wie gesagt, dann ist es auch nicht schlimmer als jetzt.« Andrea ließ sich nicht von ihrem Vorhaben abbringen.

»Gut, dann komme ich mit«, sagte Gina kurzentschlossen.

»Nein.« Andrea lehnte rigoros ab. »Auf keinen Fall. Ich will dich nicht dabeihaben. Und es hat keinen Zweck, darüber zu diskutieren. Ich gehe allein. Basta.«

»Na toll!« Gina gab sich keine Mühe, ihren Ärger zu verbergen.

»Entschuldige.« Andrea merkte selbst, daß sie sich im Ton vergriffen hatte. »Ich wollte nicht so ablehnend klingen. Aber ich kann durchaus selbst auf mich achtgeben. Du mußt dir wirklich keine Sorgen machen. Wir sind hier nicht in Rußland oder auf Sizilien. Wir haben es nicht mit der Mafia zu tun.«

»Aber mit einem sehr gefährlichen Psychopathen«, erinnerte Gina sie. Doch langsam wurde ihr klar, daß sie mit ihrer Idee bei Andrea auf taube Ohren stieß. »Na gut«, lenkte sie ein. »Wie wäre es mit einem Kompromiß? Ich werde nicht mitkommen, dafür meldest du dich regelmäßig bei mir auf dem Handy. Sagen wir, wenn du losfährst und von da an jede halbe Stunde, bis du wieder sicher zu Hause bist.«

»Hm ... na gut«, willigte Andrea zögernd ein.

Gina merkte, daß Andrea auch dieser Vorschlag nicht gefiel. Doch das war ihr egal. Andrea hatte bisher ihre Hilfe angenommen. Also mußte sie sich auch ihre Sorge gefallen lassen.

»Gibst du mir bitte Carmen?« bat Andrea.

Gina winkte Carmen heran. Die hatte das Gespräch mitverfolgt, natürlich nur den Teil, den Gina sprach, konnte sich den Rest aber zusammenreimen. Auch Carmen versuchte, Andrea von ihrem Vorhaben abzubringen. Mit demselben Erfolg wie Gina.

»Du bist stur wie ein Esel!« rief sie zum Schluß genervt und legte auf. An Gina gewandt meinte sie nur: »Was sie nicht hören will, das hört sie nicht.«

»Immerhin hat sie zugestimmt, mich regelmäßig anzurufen, sobald sie losfährt.« Obwohl es nicht viel mehr als ein Strohhalm war, versuchte Gina sich an dieser Aussage festzuhalten, um sich zu beruhigen.

»Hoffentlich ›vergißt‹ sie es im Eifer des Gefechtes nicht!« Carmen stieß einen unzufriedenen Laut aus.

Gina runzelte die Stirn. »Du meinst ... sie hat nur zugestimmt, um die Diskussion zu beenden?«

Carmen zuckte mit den Schultern. Der vielsagende Ausdruck in ihrem Gesicht zeigte, daß sie genau das dachte.

Gina saß in ihrem alten Ford Fiesta. Seit fast einer Stunde wartete sie, gut versteckt, in der Nähe von Andreas Wohnung. Hinter ihr lag eine sehr kurze Nacht. Lange hatte sie sich unruhig im Bett hin und her gewälzt. Schuld daran waren Carmens Worte im Anschluß an Andreas Anruf am gestrigen Abend.

Würde Andrea sich melden oder nicht? Gina wußte, sie würde es nicht aushalten, stundenlang auf glühenden Kohlen zu sitzen, ohne eine Nachricht. Sie wußte aber auch, sie konnte nichts anderes tun als warten, wenn Andrea erst einmal unterwegs war und sich nicht wie verabredet meldete. Die Vorwürfe, die sie ihr hinterher machen konnte, halfen da nicht viel. Deshalb faßte Gina den Entschluß, vor Andreas Haustür zu warten. Nur so lange, bis sie anrufen würde. Und tat sie es nicht, blieb sie in ihrer Nähe. Natürlich unauffällig im Hintergrund.

Jetzt trat Andrea aus der Haustür heraus und ging zu ihrem Wagen.

Gina schüttelte ärgerlich den Kopf. Kein Anruf bisher. Andrea hielt sich tatsächlich nicht an ihre Vereinbarung, hatte wahrscheinlich nie die Absicht gehabt. Das erleichterte Gina jedenfalls die Rechtfertigung ihres Handelns. *Wenn du glaubst, nur du hast einen Dickkopf, irrst du dich, meine Liebe!*

Andrea fuhr los. Gina, auf ausreichenden Abstand bedacht, folgte ihr. Die Fahrtrichtung ließ nach einigen Minuten vermuten, daß sie in den Ostteil der Stadt fuhren. Sie passierten die Bornholmer Brükke. Andrea bog in eine der Nebenstraßen ein und parkte ihren Wagen an deren Ende.

Gina hielt an. Sie hatte Glück. Vor ihr parkte ein Wagen aus, und sie konnte in die frei gewordene Lücke huschen. Eilig stieg sie aus, um Andrea nicht zu verlieren.

Die ging auf eines der Mietshäuser zu. Es mußte vor Jahren seinen letzten weißen Anstrich bekommen haben. Mit der Zeit war daraus ein dreckiges Grau geworden. Wind und Regen hatten viele schadhafte Stellen im Putz hinterlassen.

Andrea verlangsamte ihre Schritte, studierte nun die Namensschilder an einem der Eingänge. Eine ältere Dame kam aus der Tür. Andrea sprach sie an, während sie ihr die Tür aufhielt. Eine Minute später ging die Frau weiter. Andrea holte ihr Handy aus der Tasche.

Mit wem telefonierte sie? *Mit mir jedenfalls nicht,* stellte Gina frustriert fest.

Jetzt betrat Andrea den Hausflur. Die Tür fiel hinter ihr zu.

Wenige Sekunden, nachdem Andrea im Hauseingang verschwunden war, erreichte Gina die Tür, drückte den Griff. Die Tür gab nicht nach. Verdammt! *Lieber Gott, schick mir auch jemanden, von dem ich die Klinke in die Hand gedrückt bekomme.*

Ihre Bitte wurde erhört. Ein Junge mit Skateboard unterm Arm riß die Tür auf und rannte an ihr vorbei. Gina betrat den langen Flur, der an einer alten Holztreppe endete.

Andreas Stimme hallte dumpf durch das Treppenhaus.

Gina lauschte.

»Herr Löwens hat mir fest zugesagt, meinen Wagen zu reparieren und ihn mir bis spätestens gestern vors Haus zu stellen. Nun will ich heute früh losfahren, und was muß ich sehen? Mein Wagen ist immer noch nicht da! Ich muß auf Dienstreise! Mein Chef bringt mich um, wenn ich mit den Unterlagen nicht pünktlich bei der Tagung erscheine! Sie wissen nicht zufällig, wo ich Herrn Löwens finden kann?«

»Woher kennen Sie denn einen solchen Typen?« fragte eine skeptische Frauenstimme. Offenbar war ihr bei Andreas Anblick sofort aufgefallen, daß sie und besagter Löwens aus einem völlig anderen

Milieu stammten.

»Was meinen Sie?« Andrea tat ahnungslos. »Ich habe Herrn Löwens zufällig bei Bekannten kennengelernt.«

Mit deutlicher Mißbilligung in der Stimme erwiderte die Frau: »Ich kenne ja Ihre Bekannten nicht, und ich erlaube mir kein Urteil über andere, aber man hat von Menschen den Eindruck, den man hat. Und bei Löwens ist das kein guter. Er ist ein unangenehmer Zeitgenosse. Wenn der mal Ihr Auto nicht verkloppt hat.«

»Malen Sie den Teufel nicht an die Wand!« rief Andrea in perfekter schauspielerischer Leistung.

»Dem Mann traue ich alles zu, das sage ich Ihnen. Ich sage ja immer, jeder lebt nach seiner Fasson, aber der ist mir regelrecht unheimlich.«

»Unheimlich?« fragte Andrea. Die Frau machte es ihr leicht. Sie brauchte gar keine Fragen zu stellen. Ihr Gegenüber sprudelte förmlich über vor Mitteilungsdrang.

»Die Typen, die bei dem ein und aus gehen, sehen wie Drogendealer und Zuhälter aus. Kurz nach seinem Einzug habe ich mal bei ihm geklingelt. Der Krach aus seiner Wohnung war unzumutbar. Aber ich wollte nicht gleich die Polizei rufen. Und wissen Sie, was passierte, als er die Tür öffnete?«

»Was denn?«

Das Folgende konnte Gina nicht verstehen, weil die Frau die Stimme senkte. Gina fluchte leise.

Sie sah sich um. Neben der Eingangstür hing eine lange Reihe Briefkästen. Die Briefschlitze waren breit genug, daß man hineingreifen konnte. Gina suchte Löwens Namen und fingerte eine Zeitung und zwei Briefe aus seinem Kasten. Der eine Brief war unübersehbar die Telefonrechnung. Der andere von einem Reisebüro.

Gina öffnete ihn. Eine Buchungsbestätigung. Beginn der Reise war der 25. Juli. Das war in drei Tagen. Es brauchte nicht viel Phantasie, um sich zusammenzureimen, was das bedeutete: Löwens war von Valentin angeheuert worden. Wofür? Das wußte Gina natürlich nicht. Aber es würde in den nächsten beiden Tagen passieren. Und anschließend verschwand Löwens für – Gina schaute noch einmal auf den Brief des Reisebüros – vier Wochen. Falls er überhaupt die Absicht hatte zurückzukommen.

»Was machst du denn hier?« Gina fuhr erschrocken herum und

sah in Andreas nicht eben freundliches Gesicht. Noch ehe sie antworten konnte, fragte Andrea weiter. »Warum spionierst du mir nach?« Ihre Stimme klang scharf.

»Warum hast du mich nicht wie verabredet angerufen, als du losgefahren bist?« konterte Gina. Jetzt nur nicht klein beigeben!

Andrea packte Gina am Arm und zog sie mit sich aus dem Hausflur hinaus. »Ich hatte dich gebeten, mich allein gehen zu lassen! Ich dachte, ich habe mich verständlich ausgedrückt.«

»Das hast du. Genauso wie du gesagt hast, daß du mich anrufst«, wiederholte Gina, ihre Wut über Andreas ungerechten Vorwurf unterdrückend. Sie war mindestens ebenso in Rage wie Andrea. Um jedoch die Situation zu entspannen, lenkte sie ein: »Laß uns sachlich bleiben. Gehen wir zu meinem Wagen. Ich möchte dir etwas zeigen.« Gina ging einfach los.

Andrea sah ein, daß es nichts brachte, sich gegenseitig anzufauchen, und folgte ihr.

In ihrem Auto wedelte Gina mit dem Umschlag, den sie gerade aus Löwens' Briefkasten geholt hatte, vor Andreas Nase.

»Dieser Brief hier ist nicht ganz uninteressant«, sagte sie.

Andrea nahm ihn. Auch ihr war nach einem kurzen Blick klar, was er bedeutete. Sie sah Gina an. »Das ist wirklich interessant.«

Gina nickte. »Jetzt kennen wir zumindest schon mal den Tag, an dem die beiden aktiv werden wollen, den 24. Juli. Alles andere ergibt keinen Sinn.«

»Das denke ich auch«, bestätigte Andrea. Sie wendete den Umschlag ein paarmal hin und her. »Ich scanne das Logo des Reisebüros ein und drucke einen neuen Umschlag. Morgen hat Löwens die Bestätigung wieder im Kasten. Damit er keinen Verdacht schöpft.« Andrea steckte den Brief ein.

»Was hat das Gespräch mit der Nachbarin gebracht?« fragte Gina.

Andrea verzog die Lippen. »Löwens hat Beziehungen.«

Gina verstand nicht. »Ja, und?«

»Zur Polizei«, sagte Andrea. »Die Nachbarin sah einen Mann in Uniform bei Löwens. Sie regte sich sehr darüber auf, daß die Polizei mit solchen Typen feiert, statt Lärmbelästigungen zu unterbinden. Weißt du, was das heißt?«

»Entweder war es ein Kostümfest oder es gibt Polizisten mit schlechtem Umgang. Beides es ist weder strafbar noch nützlich«, kommentierte Gina trocken.

»Das heißt, ich habe höchstwahrscheinlich einen korrupten Polizisten aufgespürt«, korrigierte Andrea. »In seinem Suff hat der Kerl sich der Frau sogar vorgestellt. Rund wie ein Buslenker zwar, aber Namen und Dienstrang spulte er herunter, sowie die Versicherung, er habe die Situation voll unter Kontrolle.« Andrea verzog die Lippen noch mehr. »Wachtmeister Brandt heißt das Kerlchen.«

»Ich schätze mal, davon gibt es mindestens fünfzig in der Stadt«, wandte Gina ein.

»Die Frau hat mir den Mann ganz gut beschrieben. Ich muß nur den Namen und einige Details der Beschreibung in den Computer geben. Ich werde Brandt zu meinem Maulwurf in der feinen Gesellschaft machen.«

»Du spinnst«, rief Gina spontan. »Und überhaupt. Warum sollte er sich darauf einlassen?«

»Er wird«, sagte Andrea überzeugt. »Löwens hat garantiert eine einschlägige Akte. Der Umgang mit ihm ist für einen Polizisten kein gutes Aushängeschild. Und könnte auch die Dienstaufsicht interessieren.«

»Erpressung?« fragte Gina. »Wie paßt das zu einer Richterin?«

»Gar nicht«, gab Andrea zu. »Aber ich habe keine andere Wahl. Verstehst du? Das ist *die* Lösung. Löwens kungelt mit Valentin. Brandt wiederum hat Kontakt zu Löwens. Er wird für mich herausfinden, was die beiden vorhaben. Gleichzeitig habe ich einen Zeugen. Das ist doch ideal!«

»Klingt irgendwie zu einfach«, meinte Gina skeptisch.

»Weil es einfach ist«, betonte Andrea.

Eine Pause entstand. Ginas Gesicht spiegelte immer noch deutliche Skepsis wieder.

Andreas dagegen deutliche Entschlossenheit. »Hast du die Absicht, mich den Rest des Tages weiter zu verfolgen?« fragte sie.

»Nicht, wenn du mir sagst, daß du keine weiteren Amateurschnüffeleien planst«, entgegnete Gina ungerührt.

»Da kann ich dich beruhigen. Ich werde lediglich diesen Brandt auftreiben und ihn zu mir bestellen«, erwiderte Andrea.

Der Computer spuckte eine Liste mit fünfzehn Wachtmeistern namens Brandt oder Brand aus. Nach den Fotos sortierte Andrea zehn der Männer aus. Blieben fünf, die in Frage kamen. Wenn sie jetzt noch einmal die Nachbarin befragte und ihr die Bilder zeigte, konnte sie ihre Geschichte mit der Autoreparatur nicht länger aufrechterhalten. Doch was machte das schon? Die Nachbarin war auf Löwens nicht gut zu sprechen und würde ihr sicher weiterhelfen.

Andrea fuhr also erneut zu Löwens Wohnhaus. Diesmal klingelte sie gezielt bei der Nachbarin. Der Türsummer schnarrte. Sehr auf Vorsicht bedacht war die Frau nicht, wenn sie auf jedes Klingeln hin ohne Nachfrage die Tür öffnete, dachte Andrea. Sie stieg die Treppen hoch.

Die Nachbarin hatte bereits die Tür geöffnet und erwartete sie. »Ach, Sie sind es? Ich dachte, mein Sohn käme von der Schule.«

»Entschuldigen Sie, daß ich Sie noch mal störe«, begann Andrea.

»Sie haben Ihren Wagen immer noch nicht? Sie Ärmste. Da haben Sie jetzt wohl großen Ärger?« fragte die Nachbarin.

Andrea lächelte ihr charmantestes Lächeln. »Zunächst muß ich Ihnen sagen, daß ich heute morgen nicht ganz die Wahrheit gesagt habe.« Andrea merkte deutlich, wie sich das Entgegenkommen der Frau in Abwehr wandelte. »Offen gestanden habe ich versucht, Informationen über Löwens zu bekommen«, erzählte Andrea wahrheitsgemäß, um dann mit einer neuen Geschichte aufzuwarten. »Ich arbeite im Auftrag seiner Ex-Freundin. Er zahlt den Unterhalt für ihr gemeinsames Kind nicht. Sie haben sicher schon einmal gehört, wie sich manche Herren unfein aus der Affäre ziehen. Sie machen auf mittellose Sozialhilfeempfänger und verdienen nebenbei schwarz ordentlich dazu.«

»Sind Sie so was wie 'ne Privatdetektivin?« Die Neugier der Frau war erneut geweckt. Und was noch wichtiger war: die Antipathie gegenüber ihrem Nachbarn.

»Sie sagen es.« Andrea lächelte.

»So was sieht dem Löwens ähnlich«, sagte die Frau voller Verachtung.

»Sie haben mir erzählt, daß Ihr Nachbar mit undurchsichtigen Typen verkehrt, und erwähnten noch dazu diesen Polizisten.«

Die Frau verschloß sich wieder. »Ich möchte keinen Ärger mit denen.«

»Keine Angst«, beruhigte Andrea sie. »Ich erwähne Sie mit keiner Silbe. Aber Sie sind doch sicher auch daran interessiert, daß Mutter und Kind den Unterhalt bekommen, der ihnen zusteht. Stellen Sie sich vor, wenn sie in der Haut der Mutter stecken würden.«

»Nun ja ...«

»Ich dachte, wenn Sie lediglich den Polizisten identifizieren könnten, dann wäre das eine große Hilfe. Mit dem kann man sicher reden. Und so bekommt die kleine Familie doch noch, was ihr zusteht.«

Andrea holte die fünf Bilder heraus, die sie zum Namen Brandt aussortiert hatte. »Ist es einer von denen?« fragte sie und reichte der Nachbarin die Fotos.

Die Frau sah sie sich an. Dann ein zweites Mal. Schließlich zog sie eines der Bilder heraus. »Der ist es.« Sie gab Andrea die Fotos zurück, zuoberst das Bild des Mannes, den sie wiedererkannt hatte.

»Sind Sie sicher?«

»Hundertprozentig. Seine Augen liegen so merkwürdig weit auseinander.«

»Danke. Sie haben mir damit wirklich sehr geholfen.« Andrea verabschiedete sich.

Zurück im Gericht zog sie sich aus der Datenbank Brandts Akte. Die sagte nicht viel aus. Der Mann war 35, ledig, keine Kinder. Alle Beförderungen entsprechend dem Dienstalter. Ein paar Belobigungen. Das einzig Auffällige: Vor einem Jahr hatte er bei einer Festnahme einen Verdächtigen erschossen. Die anschließenden Untersuchungen ergaben jedoch, daß er korrekt und in Notwehr gehandelt hatte.

Andrea las noch einmal den Teil der Akte, der den Untersuchungsverlauf dokumentierte. Angesichts ihres Hintergrundwissens über Brandt kamen ihr Zweifel. Wenn es nun nicht so gewesen war, wie es dort stand? Wenn Brandt den Mann erschossen hatte, weil dessen Verhaftung bedeutet hätte, sein doppeltes Spiel würde aufgedeckt. In diesem Fall war der Mann als extrem gefährlich einzustufen. Und vielleicht war es dann keine so gute Idee, ihn quasi erpressen und als Spitzel für sich einsetzen zu wollen.

Andererseits: Was blieb ihr übrig? Sie mußte Brandt auf Löwens ansetzen. Nur so kam sie an die entscheidenden Informationen. *Du mußt das Risiko eingehen.*

Andrea griff zum Telefon und wählte die Nummer von Brandts Revier.

Zwei Stunden später saß er in ihrem Büro. Andrea musterte ihn. Er machte eigentlich einen sympathischen Eindruck.

»Danke, daß Sie so schnell gekommen sind, Wachtmeister«, eröffnete Andrea das Gespräch vorsichtig.

»Sie sagten am Telefon, es handele sich um einen Sonderauftrag.« Brandt sah sie fragend an.

»Ja, so kann man sagen«, erwiderte Andrea.

»Wie kommen Sie ausgerechnet auf mich?«

Eine gute Frage. Andrea suchte schnell nach einer passenden Antwort. »Weil Sie das Umfeld bereits kennen.«

»Welches Umfeld?«

»Darauf komme ich gleich. Vorher noch ein paar Fragen, wenn Sie erlauben.«

»Bitte. Tun Sie sich keinen Zwang an.«

»Zunächst eine Frage zu dem Vorfall vor einem Jahr. Sie wissen, was ich meine?«

»Der Schußwaffeneinsatz«, sagte Brandt völlig ruhig.

»Ja. Was war das für ein Fall? In Ihrer Akte habe ich den Bericht der Untersuchungskommission einsehen können. Ich möchte aber gern ihre Sicht hören.« Andrea lehnte sich zurück.

»Sie haben meine Akte gelesen?« Der Mann wirkte leicht mißtrauisch.

»Sie wurden mir zwar empfohlen, aber ich wollte wissen, wen ich da mit der Aufgabe betraue.« Nonchalant ging Andrea über seine Frage hinweg.

Wachtmeister Brandt schien beruhigt. So ungewöhnlich war es schließlich nicht, wenn eine Richterin sich informierte, bevor sie eine Entscheidung fällte. Das taten Richter immer. »Es ging damals um eine Drogensache«, erklärte er. »Bei der Festnahme wollten wir den Boss erwischen. Aber wir hatten Pech. Der Mann muß einen Tip bekommen haben. Er schickte nur seine beiden Handlanger zur Übergabe. Die schossen wie wild um sich. Die Situation geriet außer Kontrolle, und ich verletzte einen der beiden tödlich. Er starb auf dem Weg ins Krankenhaus.« Brandt endete mit einem Achselzukken.

»Wie kamen Sie mit der psychischen Belastung klar?« fragte Andrea. Oft mußten Polizisten nach so einem Vorfall psychologisch unterstützt werden.

Brandt zuckte wieder nur die Achseln. »Wenn ich ehrlich bin, ich hatte eigentlich keine Probleme. Der Typ war ein Drogendealer. Mit so was habe ich kein Mitleid. Im Gegenteil. Das heißt aber nicht, daß ich leichtsinnig mit der Waffe umgehe«, setzte er zum Schluß noch leicht abwehrend hinzu.

Andrea nickte. »Das wollte ich als nächstes fragen.«

»Ich weiß.« Brandt sah sie ernst an.

Bis jetzt konnte Andrea an Brandts Verhalten und dem, was er sagte, nichts Ungewöhnliches finden. Sein Bericht war sachlich. Seine Einstellung zu Kriminellen, zumindest zu Drogendealern, kompromißlos. War das seine Tarnung? Wenn man Brandt so sah und hörte, glaubte man jedenfalls nicht, daß er etwas mit Kriminellen zu tun haben könnte.

»Also gut. Kommen wir nun zu unserer Sache«, leitete Andrea über. »Es geht dabei um ...« Andrea suchte nach den richtigen Worten. »... um mich«, beendete sie schließlich.

»Um Sie?« Brandt war einigermaßen verblüfft.

»Genau«, bestätigte Andrea.

»Und wie kann ich Ihnen helfen? Sie sagten vorhin, ich kenne das Umfeld. Aber ich kenne Ihr Umfeld doch gar nicht«, wandte Brandt immer noch erstaunt ein.

»In diesem Fall geht es nicht um mein Umfeld, sondern um Ihres«, klärte Andrea ihn auf.

Brandt warf ihr einen mißtrauischen Blick zu. »Wie meinen Sie das?«

Es hatte wohl keinen Sinn, mit der Angelegenheit noch länger hinter dem Berg zu halten. »Sagt Ihnen der Name Löwens etwas?« fragte Andrea direkt. Ihr entging nicht, wie Brandt sich versteifte.

»Nein.«

»Oh. Das überrascht mich. Feiern Sie öfter bei Leuten, die Sie nicht kennen?« Andrea zog die Augenbrauen hoch.

Brandt schwieg.

»Herr Brandt, Sie wurden in Löwens' Wohnung gesehen«, sagte

Andrea scharf.

»Ja, und?« Brandt machte ein verschlossenes Gesicht.

»Löwens ist kein unbeschriebenes Blatt. Ziemlich ansehnliche Strafakte. Betrug, Einbruch, Körperverletzung«, zählte Andrea auf. »Möglicherweise betätigt er sich auch im Drogenhandel.« Sie musterte Brandt mit einem strengen Blick. »Kann es sein, daß Sie ihm den Rücken freihalten? War der Mann, den Sie bei der Festnahme erschossen haben, von der Konkurrenz? Sollte die in die Schranken gewiesen werden? Oder wußte der Tote zu viel über Sie? Hatten Sie Angst, daß er bei einer Festnahme plaudern würde?«

Brandt hörte schweigend zu. Andrea konnte ihm nicht ansehen, was er dachte. Er zeigte keine Reaktion. »Das ist Quatsch«, sagte er schließlich. »Sie ziehen völlig falsche Schlüsse.«

»Kennen Sie Löwens?«

»Ja«, gab Brandt jetzt zu. »Er ist mein Halbbruder.«

Andrea hob erstaunt die Augenbrauen.

»Ich rede nicht gern darüber. Aus verständlichen Gründen«, fuhr Brandt fort. »Alles andere ist eine zufällige Verkettung der Umstände. Mein Bruder ist kein Drogendealer! Er steht nicht immer auf der richtigen Seite des Gesetzes, ja. Aber er raubt keine Banken aus, er dealt nicht, er bringt niemanden vorsätzlich um. Und ich auch nicht.«

»Und das soll ich Ihnen glauben?« fragte Andrea skeptisch.

»Glauben Sie, was Sie wollen.« Brandt verschloß sich wieder.

»Wie ist Ihr Verhältnis zu Löwens?« bohrte Andrea nach.

Brandt zögerte.

»Nun sagen Sie schon!« forderte Andrea ihn auf. »Wenn er Ihr Halbbruder ist, werden Sie doch ein Verhältnis zu ihm haben.«

Brandt schwieg eine Weile. Dann schien er sich zu einer Antwort durchzuringen. »Unser Verhältnis – das ist schwer zu beschreiben. Ich billige natürlich nicht, was er tut.« Brandt wand sich ein wenig. »Er ist ein Krimineller. Moralisch gesehen zu verachten. Aber –« Er unterbrach sich. »Als wir noch Kinder waren«, fuhr er fort, »hat unser Vater ... er war sehr gewalttätig.« Er brach wieder ab.

Andrea kannte genug solche Fälle. »Ihr Bruder hat Sie beschützt? Vor Ihrem Vater?« vermutete sie.

»Ja.« Brandt sah sie an, eher mit den Augen eines Kindes als denen eines erwachsenen Mannes. »Ich weiß nicht, ob Sie das verstehen können. Ich akzeptiere ihn so, wie er ist.«

Andrea nickte. Entweder log der Mann sehr glaubhaft, oder seine Geschichte stimmte. Allerdings, so wie er aussah, log er nicht. Aber vielleicht war Löwens ebenso gewalttätig wie der Vater, vor dem er seinen Bruder einst beschützt hatte. »Fürchten Sie ihn auch?« fragte sie.

»Nein.« Brandt schüttelte heftig den Kopf. »Nein, auf gar keinen Fall.« Er räusperte sich. »Was interessiert Sie an ihm?«

Andrea atmete aus. »Ihr Bruder ist Handlanger eines Mannes, der mich verfolgt«, sagte sie, während sie Brandt genau beobachtete. »Ich weiß nicht, was die beiden gegen mich planen, aber daß sie es tun ist ziemlich sicher.«

»Verfolgt? Was heißt das?« Brandt runzelte die Stirn.

»Sagt Ihnen der Begriff *Stalking* etwas?« fragte Andrea.

»Natürlich.« Brandt sah sie ungläubig an. »Sie? Und Sie meinen, mein Bruder –?«

»Ich habe ihn zusammen mit dem Mann gesehen, der mich verfolgt«, nickte Andrea. »Er heißt Valentin. Kennen Sie ihn?«

»Nein.« Als Brandt Andreas zweifelndes Gesicht sah, setzte er hinzu: »Glauben Sie mir. Ich habe keinen sehr engen Kontakt zu meinem Bruder.«

»Das ist nicht gut.« Andrea runzelte die Stirn. »Ich hatte gehofft ...« Sie sah Brandt wieder an. »Glauben Sie, Sie könnten ihn dazu bringen, Ihnen zu verraten, was Valentin plant?«

Brandt wiegte zweifelnd den Kopf. »Das wäre schwierig. Er würde sich selbst ans Messer liefern, wenn er einen Kumpan verpfeift. Ich glaube nicht, daß ich ihn dazu bringen kann.«

»Können Sie nicht oder wollen Sie nicht?« fragte Andrea.

Brandt atmete tief durch. »Ich werde es versuchen«, sagte er. »Aber versprechen kann ich Ihnen nichts.« Er stand auf. »Ich melde mich bei Ihnen, sobald ich mit meinem Bruder gesprochen habe. Aber erhoffen Sie sich nicht allzuviel davon.«

»Sagen Sie ihm, wenn er ablehnt, wird er am Flughafen erwartet.« Andrea sagte es mit grimmigem Gesichtsausdruck.

Brandt hob fragend die Augenbrauen.

Andrea blickte ihn an. »Er wird wissen, was damit gemeint ist.«

Und damit entließ sie ihn.

11.

Andrea berichtete Gina während des Trainings am Abend von ihrem Gespräch mit Brandt.

»Glaubst du ihm?« fragte Gina und ließ ihren Arm nach vorn schnellen.

Andrea fing den Angriff ab. »In meinem Beruf lernt man Lügner zu erkennen. Ja, ich glaube ihm.« Blitzschnell trat sie einen Schritt auf Gina zu, stellte ein Bein hinter Ginas und setzte mit den Armen einen Hebel an Ginas Schulter an, so daß die nach hinten fiel.

Verdutzt sah Gina von unten zu Andrea hoch. »Aua!«

»Hast du dir wehgetan?« Andrea beugte sich zu ihr.

»Nein.« Gina rappelte sich hoch.

»Was jammerst du dann?« fragte Andrea etwas schelmisch. »Ist dein Stolz verletzt?«

»Du hast mich nur überrumpelt«, versuchte Gina ihre Niederlage zu kaschieren.

»Dann habe ich ja das Klassenziel erreicht«, stellte Andrea trocken fest und verbeugte sich. »Ein Lob an die erfolgreiche Lehrerin.«

»Danke.« Gina grinste.

»Machen wir Schluß?« fragte Andrea.

Gina nickte. »Ja. Man soll immer mit einem Erfolgserlebnis für die Schüler schließen, das hält die Motivation aufrecht.« Sie grinste noch ein wenig mehr.

Andrea seufzte. »Leider habe ich schon anderweitig Motivation genug.« Sie nahm ihr Handtuch vom Boden auf. »Lust auf einen Kaffee? Oder einen Wein?« fragte sie.

»Nein, ich glaube nicht«, sagte Gina.

»Du bist doch nicht sauer, weil ich dich auf die Matte gelegt habe?« witzelte Andrea.

»Blödsinn«, wehrte Gina ab.

»Aber sauer bist du. Ist es immer noch, weil ich dich nicht angerufen habe, als ich zu Löwens fuhr?«

»Quatsch«, widersprach Gina heftig. »Habe ich etwa was gesagt?«

Dennoch strafte ihr Tonfall ihre Worte Lügen.

Andrea reagierte darauf. »Nein, das ist gar nicht nötig«, sagte sie etwas traurig. »Der Vorwurf in deinen Augen ist Anklage genug.«

»Dann sieh nicht in meine Augen.« Gina wirkte trotzig.

Andrea lächelte weich. »Das fällt mir schwer. Sie sind so sanft. Ich verliere mich jedes Mal in ihnen.« Sie sah Gina an, doch die blickte in die andere Richtung.

Warum fängt sie immer wieder an? Gina hatte sich selbst während des Trainings manchmal nur mühsam zurückhalten können, aber sie hatte es getan. Und dasselbe hatte sie von Andrea erwartet, nun, da zwischen ihnen alles gesagt war, da sie eindeutig klargemacht hatte, daß sie kein stundenweiser Ersatz für Maren sein wollte. So lange, bis Andrea sich wieder dessen bewußt wurde, daß Gina eben nicht Maren war.

»Gina …«

Gina fühlte Andreas Hand, die auf einmal zärtlich ihre Wange streichelte. Ihre Haut begann zu kribbeln, wo Andrea sie berührte.

»Nicht, Andrea …«, flüsterte sie. »Wir wollten doch vernünftig sein.«

Andreas Finger strichen jetzt über ihren Hals, weiter nach vorn zum Kehlkopf, hinauf zum Kinn, erreichten schließlich Ginas Mund. Mit dem Daumen strich Andrea über Ginas Lippen. Langsam neigte Andrea ihren Kopf. »Du bringst mich wirklich um den Verstand«, flüsterte sie dicht an Ginas Ohr.

Gina durchströmte es heiß. Allein der Gedanke, daß Andrea sie verführen könnte, genügte, daß sich ihre Mitte zusammenzog. Sie seufzte. *Du weißt, wie das endet, Gina. Sag ihr, sie soll aufhören!*

»Bitte, hör auf«, sagte sie mit wenig Überzeugung in der Stimme.

Andreas Zunge liebkoste ihre Ohrmuschel. Warmer Atem strich über Ginas Wange.

Gina! Was ist los? Du mußt sofort Abstand zwischen euch bringen! Mindestens einen Meter, besser zehn!

Gina hob ihre Arme und legte sie auf Andreas Schultern, um sie von sich weg zu drücken. Aber ihre Arme wollten nicht gehorchen. Statt Andrea wegzuschieben rutschten sie hinab und legten sich um ihre Taille.

Gina hörte Andrea erleichtert seufzen. Sie war überrascht, wie vorsichtig Andreas Zunge über ihre Lippen strich. Sie genoß das zarte Werben eine Weile, bevor sie ihr Einlaß gewährte.

Andrea stöhnte lustvoll, als Ginas Mund sich öffnete. Ihre Zungen schlangen sich ineinander in einem nicht enden wollenden Spiel. Als sie keine Luft mehr bekamen, brachen sie atemlos ab.

Andreas Blick lag begehrend auf Gina. Sie senkte ihren Kopf, schmeckte Ginas salzige Haut, kostete jeden Zentimeter ihres Halses, tastete sich genußvoll abwärts, bis zum Rand des T-Shirts, das Gina unter dem Judoanzug trug.

»Gut, daß du den ganzen Tag in diesem unerotischen Ding herumläufst«, gluckste Andrea. Ihr Mund wanderte Ginas Hals wieder hinauf.

»Warum ist das gut?«

»Es versteckt deinen Körper perfekt. Einen sehr schönen Körper.« Andreas Hände glitten hinunter zum Gürtel, lösten den Knoten, streiften Gina die Jacke ab. Dann umfaßte sie Ginas Taille. Sanft strich sie an Ginas Seite entlang hoch zu ihren Brüsten. Ihre Augen hefteten sich auf die kleinen Hügel.

Gina atmete schwer. »Und warum ist es gut, wenn mein Körper ...« In diesem Moment fuhr Andrea mit den Daumen über Ginas Brustwarzen, die sich sofort unter dem T-Shirt verhärteten. Gina zog scharf die Luft ein. »... so versteckt herumläuft?«

Andrea begann nun, Ginas Brüste mit beiden Händen zu massieren. Dabei schob sie Gina langsam. aber zielstrebig in Richtung Wand. »Na, was denkst du denn?« flüsterte sie zärtlich. »Ich habe dich lieber für mich allein, statt mit anderen Frauen um dich konkurrieren zu müssen.«

Ihre Lippen preßten sich leidenschaftlich auf Ginas Mund. Wieder fanden sich ihre Zungen zu einem intensiven Spiel.

Ginas Erregung nahm mehr und mehr zu. Sie fühlte die Wand im Rücken, war froh, sich gegen etwas lehnen zu können, weil ihre Knie gefährlich weich wurden.

Andreas Hände glitten hinab zu Ginas Taille, wo sie sehr energisch an Ginas T-Shirt zogen. Das Teil landete etwa einen Meter von der Jacke entfernt am Boden. Andreas Finger fanden das Band an Ginas Hose, öffneten es. Die Hose fiel einfach herunter.

»Und praktisch ist dieser Anzug auch noch«, flüsterte Andrea und liebkoste mit der Zunge Ginas Ohr, während ihre Hände ihren Körper entlangwanderten.

Gina kam es so vor, als berührte Andrea sie überall gleichzeitig. Bis sie Andreas Hände plötzlich an den Innenseiten ihrer Schenkel spürte. Kein Zweifel mehr, wo sie sich gerade befanden! Und was sie dort, wo sie waren, auslösten! Die Hitze, die bisher hauptsächlich Ginas Kopf und Oberkörper umfangen hielt, breitete sich nun auch unten aus. Alle Einwände waren vergessen. Verlangend drängte sie sich Andrea entgegen. »Andrea …«, stöhnte sie. »Bitte …« Es klang wie ein Betteln nach Erlösung. Sie konnte die Anspannung in ihrem Körper kaum noch ertragen.

Andrea ließ eine Hand in Ginas Slip gleiten. Ihre Finger spielten mit dem krausen Haar, tasteten sich langsam zu Ginas Schamlippen vor. Die schwollen bereits bei der ersten Berührung vor Erregung an. Gina seufzte erleichtert auf, als sie Andreas Finger endlich in sich spürte. Sie fanden beide auf Anhieb den richtigen Rhythmus.

Andrea führte Gina zielsicher zum Höhepunkt. Als Ginas Körper matt, aber entspannt zusammenfiel, fing Andrea ihn auf. Behutsam nahm sie Gina in die Arme und strich über ihren Rücken. »Du bist wunderbar«, flüsterte sie ihr ins Ohr.

»Ich?« Gina lächelte schwach. »Das eben hast allein du geschafft.«

»Ach, und ich dachte, es gehören immer zwei dazu?« neckte Andrea.

Gina grinste. »Ich komme übrigens langsam wieder zu Kräften und weiß auch schon, wie ich die einsetzen will.« Sie begann nun ihrerseits, an Andreas T-Shirt zu ziehen.

Andrea griff vorsichtig nach Ginas Händen, hielt sie fest. »Gina, ich …«

»Ja?« Gina sah sie fragend an.

»Würde es dir etwas ausmachen, nicht …« Andrea brach ab.

Gina betrachtete Andrea nachdenklich. »Was heißt ausmachen? Wenn du es nicht willst …«

»Ich … es ist schwer zu erklären.« Andrea wand sich.

»Versuch es einfach.« Gina schwante Böses.

»Es klingt bescheuert, aber ich habe nach wie vor Angst, mich zu sehr auf dich einzulassen«, sagte Andrea unbehaglich.

O nein, nicht schon wieder! Ich blöde Kuh! Gina hätte sich innerlich vor den Kopf schlagen können. Hatte sie es nicht gewußt? Und hatte sie danach gehandelt? Nein. Sie hätte nein sagen können, aber Andrea brauchte sie nur zu berühren, und schon sprang sie an wie ein gut geölter Motor und vergaß alle Vernunft, alle Vorsätze.

»Du hast recht. Es klingt wirklich bescheuert, nach dem, was gerade passiert ist«, sagte sie bitter. »Und das war schließlich nicht das erste Mal.«

Andrea sah sehr unglücklich aus. »Ich ... ich weiß nicht, wie ich es erklären soll. Angst ist auch nicht das richtige Wort. Ich meine, ich sehe, was uns betrifft, nicht klarer. Ich weiß nicht ...«

»... was du willst?« beendete Gina resigniert. Wie schnell man doch aus dem siebten Himmel abstürzte. Der Aufprall auf den Boden der Realität war hart.

»... ob ich kann«, korrigierte Andrea. »Ich bin keine zwanzig mehr, Gina«, seufzte sie. »Ich kann nicht aufgrund eines verwirrenden Gefühls mein ganzes Leben ändern. Ich will es nicht.«

»Womit wir wieder an demselben Punkt wären wie schon so oft.« *Und du hättest es vorher wissen können, Gina!* Am liebsten hätte sie ihrer inneren Stimme eine Nase gedreht. *Ja ja ...* »Warum läßt du dann nicht deine Finger von mir?« fragte sie. »Dann wäre es leichter.«

»Ich weiß.« Andrea atmete tief durch. Ihr Blick lag traurig auf Gina. »Tut mir leid.«

»Mir auch«, seufzte Gina.

Andrea nahm Ginas Hand und küßte die Innenfläche. Tränen traten in ihre Augen. Ihr Blick verschwamm.

Gina hob die andere Hand und wischte Andrea die Tränen weg. »Ich liebe dich«, sagte sie schlicht. »Ich würde gern mit dir zusammensein. Aber nur, wenn du es auch willst.«

Andrea lächelte Gina weich an. »Du bist unglaublich süß«, sagte sie. »Und behutsam. Du sorgst dich immer mehr um mich als um dich. Und ich danke es dir *so.* Es macht mich selbst verrückt, dich wieder und wieder zu enttäuschen.«

Dann laß es doch, dachte Gina, aber gleichzeitig wußte sie, daß Andrea das nicht konnte – *noch* nicht, hoffte sie. Sie ging zu ihren am Boden liegenden Sachen, hob sie auf und streifte ihr T-Shirt über.

»Es macht mich verrückt, denn ich ... ich glaube, ich fange an, mich an dich zu gewöhnen«, sagte Andrea jetzt leise.

Gina sah sie ungläubig an. Was? Was hatte Andrea da gerade gesagt? Meinte sie das ernst? Anscheinend ja. »Was für ein Kompliment«, sagte Gina. »Soll mich das jetzt glücklich machen? Macht es dich glücklich?« So sah Andrea nicht aus.

»Ich bin wirklich völlig durcheinander«, sagte sie. »Es tut mir leid, Gina. Ich ... ich und Maren ... das war ... das kannst du nicht verstehen ... all die Jahre ... wir waren verliebt wie am ersten Tag ...« Sie wirkte verwirrt, unglücklich, alles miteinander.

»Findest du es sehr nett, das ausgerechnet mir zu erzählen?« fragte Gina. Sie seufzte. »Ich verstehe ja ... ihr wart ein Traumpaar«, lenkte sie geduldig ein, »aber ich –«

Sie sah Andrea an und begriff, daß sie nichts tun konnte. Wenn überhaupt, konnte Andrea etwas tun. Aber das wollte sie offensichtlich nicht. Sie klammerte sich an die Vergangenheit wie an einen Felsen in der Brandung. Sie hatte Angst, das Meer würde sie verschlingen, wenn sie diesen felsigen Hafen aufgab. O Gott!

Gina nickte betrübt. Es sollte eben nicht sein. Sie zog ihren Judoanzug wieder an. »Mach dir keine Sorgen. Ich komme schon damit klar«, erklärte sie gegen ihre innere Überzeugung. Es sollte leichthin gesagt klingen.

Aber Andrea ließ sich trotz ihres mitgenommenen Zustandes nicht täuschen. »Es tut dir weh. Das sehe ich doch.«

Und wer ist daran schuld? Gina versuchte ihr inneres Gleichgewicht wiederzufinden. »Ja«, gab sie zu. »Aber was ändert das? Lassen wir das Thema also. Es bringt nichts.«

Andrea sah sie an. »Hast du Lust ... wollen wir zusammen essen gehen? Morgen?« fragte sie. »Ich erinnere mich gerade, daß du einmal sagtest, du bevorzugst die altmodische Art. Warum probieren wir es nicht damit?«

»Meinst du das ernst?« erwiderte Gina unschlüssig. War das schon wieder einer von Andreas Tricks, um an ihren Körper heranzukommen und ihr dann das Herz zu brechen?

»Ich verspreche, ich werde mich absolut altmodisch verhalten.« Andrea hob lächelnd zwei Finger zum Schwur.

Gina schüttelte den Kopf. »Aus dir werde mal eine schlau.«

»Das gelingt mir im Moment selbst nicht«, meinte Andrea. »Was magst du?« fuhr sie fort. »Italienisch, griechisch, französisch, chinesisch – oder etwas anderes?«

»Ich mag griechisches Essen.« Gina sah sie an.

»Schlecht fürs Küssen«, meinte Andrea. »Paßt also perfekt.«

Oh, sie meint es wirklich ernst? Erstaunlich. Zumindest für den Moment war Gina überrascht.

»Wann soll ich dich vom Studio abholen?«

»Sagen wir um sieben? Angesichts deines heutigen Erfolges über die Lehrerin ist es wohl zulässig, das Training auszulassen«, schlug Gina vor.

»Madame, die Kutsche wird pünktlich vorfahren.« Andrea verbeugte sich galant.

Gina lachte über die theatralische Geste. So ernst es ihr irgend möglich war, erwiderte sie: »Madame wird warten.«

Andrea ging.

Gina schaute ihr nach und fragte sich einmal mehr, wie es nur möglich war, daß sie dieser Frau nichts abschlagen konnte.

12.

Gina stand inmitten der Kindertrainingsgruppe. »So – und zum Schluß spielen wir noch eine Runde Fußball. Bildet zwei Mannschaften!«

Die Kinder stellten sich schnell in einer Reihe auf und zählten ab.

»Mannschaft zwei nimmt die blauen Armbinden. Mannschaft eins holt die Tore«, bestimmte Gina. »Martin, bringst du bitte den Ball mit?« Die Kinder rannten los.

Innerhalb von zwei Minuten war alles für das Spiel bereit. Gina warf den Ball hoch und rief: »Los!«

Sieben Minuten später beendete Gina das Spiel. Außer Atem und mit erhitzten Gesichtern sammelten sich die Kinder um Gina. »Mannschaft zwei gewinnt mit drei zu eins und räumt die Tore weg«, verkündete Gina. Mannschaft zwei johlte. »Und jetzt alle ab in die Duschen!«

Die Kinder liefen los.

Gina ging in den Umkleideraum. Auf dem Weg dorthin traf sie Judith.

»Alles klar?« fragte die im Vorbeigehen.

»Alles bestens. Alles bestens«, erwiderte Gina gutgelaunt.

Judith stoppte abrupt. »Hä?« Ginas gute Laune überraschte sie. War die nicht eigentlich unglücklich verliebt? »Was ist los?« fragte Judith neugierig.

»Was soll denn los sein?«

»Du bist so ... aufgekratzt.«

»Dir kann man es aber auch nicht recht machen«, stellte Gina grinsend fest. »Bin ich betrübt, vermutest du Unheil. Bin ich gut drauf, vermutest du dasselbe.«

»Ich dachte nur, weil du doch ... hat sie ihre Meinung geändert?«

»Nein.«

»Und warum bist du dann so gut drauf?«

»Sie hat mich zum Essen eingeladen.«

Judith sah Gina an, als wäre die nicht ganz klar im Kopf. »Entschuldige mal. Aber in eurem Fall ist das ja wohl eher ein Rückschritt.«

»Da irrst du dich gewaltig.« Gina zog Judith mit sich in den Umkleideraum. »Andrea braucht einfach etwas Zeit.«

»Ach, Gina ...« Judith sah ihre Freundin fast mitleidig an. »Die Frau nutzt deine Gefühle aus. Mag ja sein, daß sie in einer Notlage ist. Aber wenn sie Augen im Kopf hat, muß sie doch merken, was mit dir los ist. Es ist egoistisch von ihr, dennoch deine Hilfe in Anspruch zu nehmen. Du reißt dir alle Beine für sie aus. Und zum Dank dafür läßt sie dich am ausgestreckten Arm verhungern.«

»Du schätzt Andrea völlig falsch ein, glaub mir«, verteidigte Gina Andrea.

»Dann klär mich auf«, verlangte Judith.

»Andrea ... hat viel durchgemacht. Ihre langjährige Freundin starb vor einigen Jahren bei einem Autounfall. Sie hat das nicht gut verarbeitet«, sagte Gina.

Judith schüttelte unzufrieden den Kopf. »Das mag ja sein. Aber das gibt ihr nicht das Recht, dich auszunutzen. Ich denke, es ist an der Zeit, daß mal jemand ein ernstes Wort mit dieser Andrea redet. Ich wäre keine gute Freundin, wenn ich es nicht täte.«

»Du bist eine *tote* Freundin, wenn du das tust«, warnte Gina. »Ich kann immer noch selbst auf mich aufpassen.«

»Gut, gut. Reg dich ab«, lenkte Judith ein. Sie umarmte Gina freundschaftlich. »Aber eines sage ich dir: Sollte mir die Dame einmal über den Weg laufen, werde ich mit meiner Meinung nicht hinter dem Berg halten.«

»Judith ...« Gina rollte die Augen. »Entschuldige, wenn ich das so offen sage, aber ... das geht dich nichts an.«

Judith musterte sie mit einem ernsten Blick. »Leider nicht«, sagte sie. »Sonst würde ich ganz andere Saiten aufziehen.«

Gina blickte Judith hinterher, als die weiterging. Sie hatte ja recht. Kaum streckte Andrea den kleinen Finger aus, sah Gina schon die ganze Hand, wollte sie nehmen ... und bekam nicht einmal den Finger zu fassen – denn selbst den hatte Andrea dann mittlerweile weggezogen.

Aber sie wollte sich ihre gute Laune nicht verderben lassen. Auf Andrea zu warten, sich auf Andrea zu freuen, das war einfach ... wundervoll.

Sie konnte sich nicht vorstellen, daß es je noch einmal anders sein würde.

Lächelnd ging sie zur Umkleide.

ꕥ

»Brandt? Ich bin überrascht, Sie so schnell wiederzusehen.« Es waren gerade einmal vierundzwanzig Stunden seit ihrem ersten Gespräch vergangen. Andrea wies auf den Stuhl vor ihrem Schreibtisch und bedeutete Brandt, sich zu setzen.

Er kam ihrer Auforderung nach.

»Ich gehe davon aus, daß Sie die Informationen schnell brauchen. Es ist aber nichts Angenehmes, was ich Ihnen zu erzählen habe«, sagte er mit besorgtem Blick.

»Das ist mir schon klar«, erwiderte Andrea. Dennoch durchfuhr sie ein leiser Schreck.

Brandt räusperte sich. »Die Sache wirft nicht gerade ein gutes Licht auf meinen Halbbruder, aber das überrascht Sie sicher nicht«, begann er. »Valentin hat ihm eintausend Euro dafür geboten, daß er Ihnen Drogen übergibt und überwacht, daß Sie diese in seinem Beisein einnehmen.«

»Wie bitte?« Andrea war schockiert. Das hatte selbst sie nicht erwartet.

»Während Sie im Drogenrausch Gassenhauer schmettern, wird sich mein Bruder aus dem Staub machen, bevor die Polizei kommt und Sie wegen Drogenbesitzes festnimmt. So Valentins Plan.«

Andrea schwieg und ließ das Gehörte auf sich wirken. »Ich verstehe. Das wäre mein beruflicher Ruin. Egal, wie viele Fürsprecher ich hätte. Ich könnte an keinem Gericht des Landes mehr arbeiten.« Andrea machte eine Pause, bevor sie die entscheidende Frage stellte. »Wie will Valentin mich dazu bringen, zu diesem Treff überhaupt zu kommen? Und wo soll das Ganze stattfinden?«

»Das wußte mein Bruder nicht.«

»Hat Ihr Bruder Ihnen auf Ihre Frage hin einfach so erzählt, was Sie mir gerade erzählt haben?« Das konnte Andrea sich nicht vorstellen.

»Natürlich nicht«, bestätigte Brandt ihre Vermutung. »Ich mußte ihn an einen Gefallen erinnern, den er mir schuldete. Er kennt Valentin erst seit kurzem. Deshalb fühlt er sich ihm nicht besonders verpflichtet. Zum Glück.«

Andrea nickte bedächtig. »Ich danke Ihnen für Ihre Hilfe, Herr Brandt. Und ich bitte Sie, noch einmal mit Ihrem Halbbruder zu sprechen. Sagen Sie ihm, er soll Valentins Auftrag ruhig ausführen.«

»Ich verstehe nicht. Er soll ...?« Brandt starrte sie verblüfft an.

»Ja. Bis zum Auftauchen der Polizei soll es so aussehen, als liefe alles nach Valentins Plan. Und dann soll er sehen, wie die Kollegen wieder abfahren. Ohne mich. Denn ich werde nur so *tun*, als würde ich die Drogen nehmen, verstehen Sie.«

Brandt verstand nicht, das sah Andrea an seinem fragenden Blick.

Sie stand ruckartig auf und lief aufgeregt hin und her. »Valentin terrorisiert mich seit Wochen«, wiederholte sie das, was sie beide schon wußten. »Bisher war ich seinen Anschlägen völlig hilflos ausgeliefert. Ich wußte nicht, was er plante, und nicht, wann er seine Pläne ausführen würde. Jetzt bin ich zum ersten Mal im Vorteil, kann ihm die Fäden des Spiels aus der Hand nehmen. Stellen Sie sich vor, wenn Valentin das begreifen muß. Und die Aussage Ihres Bruders wird der erste konkrete Beweis gegen Valentin sein.«

»Ich will nicht pessimistisch klingen, aber ich bezweifle, daß mein Halbbruder gegen Valentin aussagen wird. Ganovenehre. Sie wissen schon. Man verpfeift niemanden. In der Sache mache ich Ihnen nicht viel Hoffnung.«

Andrea ging zum Schreibtisch zurück. »Ich biete ihm an, daß seine Identität geheim bleibt. Er muß nur beim Staatsanwalt seine Aussage machen, die wird protokolliert und fertig.«

Brandt sah sie zweifelnd an. »Ob er sich darauf einläßt? Valentin wird wissen, daß es mein Bruder war. Es kann ja gar niemand anders sein, weil sonst niemand von der Sache weiß.«

»Wenn jemand Ihren Bruder davon überzeugen kann, dann Sie«, sagte Andrea. »Fragen Sie ihn. Bitten Sie ihn.« Sie sah Brandt an. »Ich bitte Sie darum. Nicht als Richterin, nur als Mensch.«

Brandt sah sie an und nickte langsam. »Gut.« Er stand auf. »Ich werde tun, was ich kann.«

Andrea blieb zurück, nachdem er sich verabschiedet hatte, und dachte noch einmal über das Ganze nach. Zweifel kamen ihr.

Wenn Löwens Brandt die Wahrheit erzählt hatte – sie ging davon aus, daß Brandt kein Interesse daran hatte, sie zu belügen, und eins zu eins die Informationen seines Halbbruders weitergab –, bestand kein Grund für Löwens unterzutauchen.

Warum dann die Reise?

Nun ja, vielleicht wollte Löwens sein Honorar einfach nur auf angenehme Weise ausgeben.

Aber noch etwas stimmte Andrea bedenklich. Mit Löwens handelte Valentin sich einen unbequemen Mitwisser ein. Warum nahm er das Risiko in Kauf? Sie hatte das ungute Gefühl, daß da irgend etwas nicht stimmte. Nur was?

Das Telefon klingelte und riß Andrea aus ihren Überlegungen. »Jordan«, meldete sie sich.

»Hier ist Judith.«

»Ja?« Der Name sagte Andrea nichts.

»Judith Mahler. Sind Sie Andrea?« Die Stimme klang ungeduldig.

»Ja«, erwiderte Andrea verwundert. »Frau Mahler? Was kann ich für Sie tun?«

»Es geht um Gina. Sie liegt im Krankenhaus. Es gab eine Rauferei vor dem Studio.«

»Was?« fragte Andrea erschrocken.

»Auguste-Viktoria-Krankenhaus in Schöneberg, Rubensstraße 125. Gina wird gerade geröntgt«, sagte die Frau am anderen Ende.

Andrea zögerte. »Entschuldigen Sie, die Frage muß Ihnen jetzt komisch vorkommen, aber ... woher weiß ich, daß Sie ... mir die Wahrheit sagen?«

Am anderen Ende schnaufte Judith. Sie war viel zu aufgeregt, um daran zu denken, daß Andrea allen Grund zur Vorsicht hatte.

»Ich sage Ihnen mal was«, fauchte sie wütend. »Ich weiß, und Ihnen dürfte es auch nicht entgangen sein, daß Gina Sie liebt. Und wenn ich das richtig mitbekommen habe, ist Ihnen Gina nicht gleichgültig. Das wäre also der passende Moment, daß Sie mal für Gina da sind. Umgekehrt war das ja schon häufiger der Fall.«

Andrea schluckte. Daß Valentin sich eine weitere Mitwisserin aufladen würde, war unwahrscheinlich. Sie mußte das Risiko eingehen. Schließlich ging es um Gina – und sie fühlte, daß sie selbst, wenn sie wollte, nicht nein sagen konnte. »Ich bin auf dem Weg«, sagte sie.

»Na also.« Judith legte auf.

Es war die typische Krankenhausatmosphäre, die Andrea empfing. Sie versuchte die aufkommende Beklemmung zu beherrschen. Die Erinnerung an die zwei schrecklichsten Tage ihres Lebens brach schmerzlich über sie herein: Als sie wartend und hoffend nach Marens Unfall an deren Bett gesessen hatte.

Maren war nicht mehr aufgewacht.

»Ich suche Gina Gilbach. Sie muß vor kurzem eingeliefert worden sein«, erklärte Andrea der diensthabenden Schwester an der Anmeldung.

Die gab den Namen in den Computer ein. »Ja«, sagte sie. »Frau Gilbach ist noch in der Unfallstation. Sie folgen dem Gang nach rechts bis ganz nach hinten. Dr. Gerold hat heute Dienst.«

»Danke.« Während Andrea den Flur entlanglief, machte sie sich die größten Vorwürfe. *Du! Du bist schuld, daß Gina verletzt ist!*

Es gefiel Valentin offenbar nicht, daß sein Opfer Unterricht in Selbstverteidigung nahm. Also überfiel er kurzerhand die Trainerin. Oder hatte er ein paar Schläger angeheuert? Andrea stellte fest, daß sie vor Schreck ganz vergessen hatte zu fragen, was genau eigentlich passiert war.

»Andrea Jordan?« Eine hochgewachsene, schlanke Frau kam auf Andrea zu. Die Frau strich eine Strähne ihres Ponys aus der Stirn, die jedoch sofort wieder vorwitzig zurückfiel. »Judith Mahler«, stellte sie sich vor. »Wir haben eben am Telefon miteinander gesprochen.« Ihre Stimme klang zurückhaltend.

Andrea musterte sie. »Sind Sie Ginas Freundin?«

»So würde *ich* mich nennen.« Judith betonte das *Ich* bewußt provozierend.

Andrea verstand die Anspielung, ignorierte sie jedoch. »Wie geht es Gina?« fragte sie nur.

»Sie ist ziemlich mitgenommen. Einer der Typen hatte ein Messer und hat ihr damit halb den Bauch aufgeschlitzt. Gina hat viel Blut verloren. Die Wunde mußte genäht werden.«

»O Gott!« Andrea schnürte es die Kehle zu. Valentin hatte also Schläger geschickt. Sie mußte sich beruhigen. Was war die nächste Frage ... eine, die sie ablenken konnte. »Was hat das Röntgen ergeben?« erkundigte sie sich.

»Weiß ich noch nicht.« Judith schüttelte besorgt den Kopf. »Gina wurde eben erst wieder zurückgebracht.« Sie wies mit dem Kopf zu einer der Türen. »Sie ist noch beim Arzt drin.«

Wie auf Stichwort öffnete sich die Tür. Gina trat in Begleitung einer Krankenschwester auf den Gang.

Judith lief auf sie zu.

Andrea folgte ihr.

»Wie geht es dir?« Judith nahm Ginas Arm.

»Sie bleibt die nächsten beiden Tage erst einmal hier«, sagte die Schwester.

Andrea stand hilflos daneben. Sie wußte nicht, was sie sagen sollte. Die Krankenhausatmosphäre bedrückte sie. Und gleichzeitig war sie erleichtert, daß Judith offensichtlich übertrieben hatte, denn wenn der Messerstecher Gina tatsächlich halb den Bauch aufgeschlitzt hätte, hätte sie wohl nicht mehr laufen können.

Gina sah sie an. »Hallo.«

Andrea schloß für einen Augenblick die Augen. Als sie sie wieder öffnete, standen Tränen darin. Sie nahm Gina vorsichtig in die Arme und hielt sie fest. Schweigend. Dann nahm sie sanft Ginas Gesicht in ihre Hände und küßte sie zärtlich.

Die Schwester sah verwundert auf die beiden, dann zu Judith. Die grinste. Die Schwester senkte betreten den Blick.

Andrea löste sich von Gina. »Tut es sehr weh?«

»Ich habe schon bessere Tage erlebt«, erwiderte Gina schwach. »Was machst du hier?«

Die Schwester mischte sich ein. »Frau Gilbach, kommen Sie. Ich bringe Sie auf Station. Ich möchte nicht, daß Sie mir hier umfallen. Wenn Sie sich hingelegt haben, kann Ihre Freundin noch einmal zu Ihnen.«

Fünfzehn Minuten später, Judith war gegangen, stand Andrea an Ginas Bett. Gina lächelte matt. »Da müssen wir unser Abendessen wohl verschieben.«

»Es tut mir so leid, Gina«, sagte Andrea leise und nahm ihre Hand. »Ich mache mir die größten Vorwürfe, daß ich dich da hineingezogen habe.«

»Für die Sache kannst du nun wirklich nichts«, erwiderte Gina. »Ich habe mich da selbst reingeritten. Ich habe die Situation falsch eingeschätzt.«

»Nein. Es ist meine Schuld, daß du hier liegst. Denn Valentin ist *mein* Problem!«

Gina schüttelte den Kopf. »Andrea, hör doch mal zu! Das Ganze hatte überhaupt nichts mit Valentin zu tun!«

»Nicht?« Andrea konnte nicht so schnell umschalten.

»Nein! Ein paar Typen haben vor dem Studio eine Frau angepöbelt. Die Tatsache, daß die Frau schwarz und ihr kleiner Sohn ein Mischling war, paßte den beiden Glatzköpfen nicht. *Verunreinigung der deutschen Rasse* nannten sie das. Na ja, du kennst mich doch. Ich mische mich immer ein.«

Andrea war sichtlich verwirrt. »Ist das wahr?«

»Natürlich. Warum sollte ich mir das ausdenken?«

Andrea sah sie eindringlich an.

Gina erriet ihre Gedanken. »Du denkst, ich will nur dein Gewissen beruhigen? Da liegst du falsch.« Sie grinste etwas schief.

»Es war nur eine Pöbelei? Ein Zufall?« fragte Andrea ungläubig.

»Ja. Ganz simpel.« Gina nickte.

»Das nennst du simpel, wenn du eine Schlägerei mit Skins anzettelst?« Andrea starrte sie sprachlos an.

»Ich dachte, mir würde schon jemand helfen.« Gina schüttelte über ihre eigene Naivität den Kopf. »Doch anscheinend ist Zivilcourage heutzutage weniger verbreitet, als ich angenommen habe. Gott sei Dank haben sich ein paar Studenten gefunden, die nicht wegschauen wollten. Sonst wären wohl noch einige Schnitte dazu gekommen.«

Andrea strich Gina versonnen übers Haar. »Versprich mir, so etwas nie wieder zu tun.«

Gina wollte sich aufrichten, sank jedoch bei dem Versuch mit schmerzverzogenem Gesicht zurück auf das Kissen. Sie stöhnte unterdrückt. »Du weißt, daß ich das nicht versprechen kann. Schon gar nicht, solange Valentin dich bedroht.«

Andrea schaute Gina an. Eine Welle der Zuneigung überkam sie. »Du bist verrückt.« Sie beugte sich zu Gina hinunter und berührte sanft ihre Lippen. Als sie sich wieder aufrichtete, fragte sie: »Sag mal, deine Freundin, Judith, sie weiß Bescheid?«

»Über alles«, bestätigte Gina.

»Ich glaube, sie kann mich nicht leiden«, sagte Andrea.

Gina griente. »Wundert dich das?«

Andrea senkte schuldbewußt den Blick. »Nein.«

»Apropos Bescheid wissen«, lenkte Gina ab. »Hast du mit Brandts Hilfe etwas Brauchbares erfahren?«

»Wie man's nimmt.« Andrea erzählte von ihrem Gespräch mit Brandt.

»Ich finde, du solltest weder Brandt noch Löwens zu sehr trauen. Was, wenn *beide* mit Valentin unter einer Decke stecken?« Gina runzelte die Stirn.

»Kann ich mir nicht vorstellen.« Andrea schüttelte nachdenklich den Kopf. »Ehrlich gesagt, es wundert mich, daß Valentin sich überhaupt Unterstützung sucht. Jeder Mitwisser ist für ihn einer zu viel. Ich kann es nur so erklären, daß Valentin unter keinen Umständen mit den Drogen in Verbindung gebracht werden will. Ist ja auch nicht dumm. Sollte etwas schiefgehen, steht Löwens als Sündenbock da.«

»Das heißt, du wartest praktisch auf Valentins Anruf?« fragte Gina.

»Ja. Ich weiß zwar noch nicht, womit er mich zu diesem Treff locken will, aber mit Löwens als Verbündetem kann mir nicht viel passieren.« Zumindest wollte sie sich das einreden – und Gina beruhigen. Denn ob sie sich auf Löwens wirklich verlassen konnte, das stand auf einem anderen Blatt. Aber sie hatte keine Wahl. Wenn sie Valentin nicht Einhalt gebot ...

»Hoffentlich«, sagte Gina schwach. Die Schmerzen im Bauch wurden wieder stärker. »Ich finde das Risiko ist zu groß, nur für das Vergnügen, einmal Valentins Plan zu durchkreuzen.«

»Mir ist es das wert.« *Wenn es Valentins Pläne endgültig durchkreuzt und ihn hinter Gitter bringt,* dachte sie.

Gina griff nach Andreas Hand. »Aber mir ist nicht wohl dabei.«

»Weil du hier liegen mußt und nicht hinter mir herschleichen kannst«, grinste Andrea.

»Du vergißt, daß ich schon übermorgen wieder nach Hause kann.« Gina versuchte zu lachen. Doch es mißlang.

»Nein, das habe ich nicht vergessen. Aber ich werde mich an deine Freundin Judith wenden. Sie wird mir sicher hundertprozentig zustimmen, und bei der Gelegenheit werde ich in ihrer Achtung um hundert Punkte steigen, daß du dich ins Bett zu legen und dort nicht wegzurühren hast.« Andrea lächelte weich. »Und zwar für die nächsten Tage.«

Gina verzog mißmutig das Gesicht.

13.

Andrea war auf dem Heimweg. An manchen Tagen, besonders, wenn sie Verhandlungen wie die heutige führen mußte, wünschte Andrea sich, sie wäre Verkäuferin oder Bankangestellte. Zwar mit dem Wissen, daß es Gewalttaten gab, aber ohne damit in Berührung zu kommen.

Es kostete Andrea alle Beherrschung die sie aufbringen konnte, sachlich zu bleiben, wenn der Angeklagte nicht nur seine offensichtliche Schuld frech leugnete, sondern absolut ohne Reue auch noch seine Opfer verhöhnte.

Nun, tröstete Andrea sich, *jetzt hatte der Mann viele Jahre Zeit, über alles nachzudenken.* Und auch wenn er das nicht tat, war er wenigstens aus dem Verkehr gezogen. Eine uneingeschränkte Befriedigung stellte sich bei Andrea jedoch nicht ein. Eben weil das Schicksal der Opfer sie berührte.

Andrea parkte den Wagen vor ihrem Haus. Sie wollte nur schnell etwas essen und dann gleich ins Krankenhaus zu Gina fahren. Vor ihrer Wohnungstür wurde Andrea von der Nachbarin abgefangen. Die hatte ein Päckchen für Andrea angenommen.

»Danke, Frau Sadowski.« Andrea nahm das Päckchen verwundert entgegen. Sie hatte nichts bestellt und wußte nicht, wer ihr ein Päckchen schicken sollte. Außer …

Sie versuchte durch Schütteln und Kneten herauszufinden, ob es sich um eine Briefbombe handeln konnte. Aber nein, das war nicht Valentins Stil. Er wollte sie leiden sehen, nicht mit einem Schlag tot. Dennoch klopfte ihr Herz laut, als sie das Päckchen öffnete.

In dem Karton lag ein Handy. Ein Zettel mit der Pinnummer lag dabei. Und ein zweiter, auf dem in Computerschrift stand: »Schalten Sie das Handy ein, und warten Sie auf meinen Anruf. Folgen Sie den Anweisungen, die Sie erhalten werden. Das ist besser für Sie und Ihre Freunde.«

War es das? Versuchte Valentin mit einer allgemein gehaltenen Drohung, sie zu dem Treff mit Löwens zu dirigieren? Nun ja, er ging davon aus, daß sie eingeschüchtert genug war. Und genau genommen war sie das auch. Nur die Tatsache, daß sie auf das Kommende vorbereitet war, ließ sie einigermaßen ruhig bleiben.

Sie drückte die Einschalttaste des Handys und gab die Pin ein. Sollte sie eine Personenüberwachung für sich anfordern? überlegte sie. Nur zur Sicherheit. Die Nachricht auf dem Zettel rechtfertigte den Aufwand durchaus. Das Klingeln des Handys brachte sie von dem Gedanken ab.

»Ja«, meldete sie sich. Ihr Blutdruck stieg um etliche Punkte.

»Schön, daß ich Sie erreiche.« Valentins hämische Stimme.

»Was soll das Ganze?« fragte Andrea und achtete darauf, sich ihren heimlichen Triumph nicht anmerken zu lassen. Sie durfte auf keinen Fall zeigen, daß sie wußte, was Valentin vorhatte. Das brächte einmal Löwens in Schwierigkeiten, und zum anderen würde Valentin dann seinen Plan aufgeben und den Unmut darüber an ihr auslassen.

Doch tat er das nicht auch, wenn er später sah, wie sein Plan scheiterte? Schon möglich. Sicher sogar. Aber dann hatte sie ihm *einmal* die Suppe so richtig versalzen. Ihm gezeigt, daß seine Macht über sie bei weitem nicht so uneingeschränkt war, wie er dachte. Das war die wirksamste Methode, ihm entgegenzutreten.

»Stellen Sie keine überflüssigen Fragen«, bellte Valentin barsch. »Tun Sie einfach, was ich sage! Gehen Sie zu Ihrem Auto und fahren Sie los. Ich gebe Ihnen die genaue Richtung dann an. Lassen Sie das Handy eingeschaltet. Sprechen Sie mit mir. Ich will Sie die ganze Zeit über hören. Ach, und noch was! Nehmen Sie das Päckchen und die Zettel mit! Ich möchte gern alles wiederhaben. Sie wissen ja, es ist nicht meine Art, Beweise zu hinterlassen.«

Das Handy verstummte, jedoch mit einem drohenden Hintergrundgeräusch, weil Valentin nicht aufgelegt hatte. Andrea schluckte. Sie durfte sich nicht verraten. Ihre innere Erregung stieg noch mehr an. Sie ging zum Auto, stieg ein und legte den Karton auf den Beifahrersitz.

»Sie wissen, daß ich während der Fahrt nicht per Handy telefonieren darf. Was, wenn ich von der Polizei angehalten werde?« fragte sie. Ein vager Versuch, der Dauerüberwachung zu entgehen und vielleicht doch noch einen Notruf zur 110 abzusetzen. Trotz des Wissens um Valentins Vorhaben war ihr mulmig zumute.

»Dann zahlen Sie den Strafzettel und fahren weiter«, kam die lakonische Antwort.

»Wo soll die Fahrt hingehen?«

»Fahren Sie auf die Stadtautobahn Richtung Norden.«

»Norden? Das ist etwas ungenau.« Andrea startete den Wagen.

»Sie erfahren früh genug, wie es weitergeht.«

»Fahren Sie hinter mir, oder erwarten Sie mich am Zielort?« versuchte Andrea Valentin ein paar Informationen zu entlocken.

»Das geht Sie gar nichts an! Fahren Sie einfach. Und denken Sie daran, ich will Ihre Stimme hören!«

Andrea legte das Handy neben den Karton auf den Beifahrersitz. Sie begann laut zu zählen. »Eins, zwei, drei ...«

Es ärgerte sie, daß Valentin es so einzurichten wußte, daß sie keine Gelegenheit fand, jemanden zu benachrichtigen. Noch hatte sie nicht Löwens' Zusage, daß er die Sache zu Protokoll geben würde. Also wäre ein zusätzlicher Zeuge nicht schlecht. Aber so, wie Valentin die Sache anging, hatte sie keine Chance, einen Anruf zu tätigen. Natürlich lag genau das in Valentins Absicht, denn sonst wäre sein Plan kaum noch etwas wert.

»Fahren Sie durch den Tegeltunnel in Richtung Hamburg«, hörte sie Valentins Stimme.

Wo lotste er sie hin? Wenn sie weiter in diese Richtung fuhr, erreichte sie bald die Stadtgrenze. Suchte Valentin die Abgeschiedenheit eines der umliegenden Dörfer für seinen Plan?

Zwanzig Minuten später stoppte Andrea auf Valentins Anweisung an einer am Waldrand liegenden kleinen Gaststätte kurz vor Oranienburg. Nur zwei weitere Autos standen auf dem Parkplatz. Andrea stieg aus. Das leere Päckchen, in dem nur noch die Zettel lagen, unter den Arm geklemmt sah sie sich um.

Der Vorplatz der Gaststätte lag menschenleer da. Kein Wunder, mitten in der Woche. Die Menschen saßen zu Hause beim Abendbrot oder vor dem Fernseher. Das hätte sie jetzt auch am liebsten getan.

»Sie erhalten jetzt meine letzte Anweisung«, meldete sich Valentin. »Ihnen wird sich ein Mann als *Harry* zu erkennen geben. Sie tun das, was er sagt. Schalten Sie das Handy jetzt ab.«

Andrea tat es, legte den kleinen Apparat in die Pappschachtel und wartete auf Löwens. Sie zweifelte nicht daran, daß er dieser ominöse

Harry war. Und richtig. Sie sah, wie Löwens aus einem der Autos stieg. Langsam schlenderte er zu ihr.

»Kann ich mal Feuer haben?« fragte er, als wäre sie eine Passantin, die er zufällig ansprach.

»Bedaure, ich bin Nichtraucherin.«

»Schon gut«, sagte Löwens. »Hören wir auf mit dem Versteckspiel. Wir wissen ja beide, was Sache ist.«

»Wo ist Valentin?« Andrea schaute sich suchend um.

»Keine Ahnung, aber irgendwo hier in der Nähe.« Löwens holte ein kleines Plastiktütchen aus der Tasche, in dem ein weißes Pulver schimmerte. »Hier ist das Zeug.«

Andrea betrachtete es argwöhnisch. Das konnte nicht schaden, denn sie mußte daran denken, daß Valentin sie beobachtete.

»Hm, wie nimmt man das eigentlich?« fragte sie ehrlich ahnungslos.

Löwens grinste. »Wie 'ne Prise Schnupftabak.« Er zog seine Brieftasche hervor, schüttete den Inhalt des Tütchens auf die flache Seite und hielt Andrea das Ganze hin. »Pusten Sie es unauffällig hinunter, und dann tun Sie so, als nähmen Sie es.«

Jetzt erst wußte Andrea, daß Löwens auf ihrer Seite war. Zumindest hoffte sie es. Sie atmete unterdrückt auf.

Sie nahm Löwens die Brieftasche ab. Dabei achtete sie darauf, daß die immer zwischen ihnen blieb, möglichst abgeschirmt von ihrem und Löwens Körper für die Blicke zufälliger und eines ganz bestimmten Paares Augen. Sie senkte den Kopf. Valentin konnte hoffentlich nicht sehen, wie das weiße Pulver kurz aufwirbelte und sich in der Luft verteilte.

»Ein fieses Spiel, was der Kerl da mit Ihnen treibt. Ziemlich krank, würde ich sagen«, brummte Löwens.

Und was bist du, wenn du dich für so etwas engagieren läßt? dachte Andrea. »Das können Sie laut sagen«, bestätigte sie.

»Trotzdem. Ich mache das hier für meinen kleinen Bruder, nicht für Sie«, stellte Löwens klar.

Andrea hob den Kopf wieder. »Trotzdem danke.«

»Geben Sie mir jetzt das Päckchen und alles, was drin war. Ich verschwinde.« Löwens streckte ihr die Hand hin.

Andrea reichte ihm den Karton, in dem das Handy und die Zettel lagen.

Plötzlich durchbrach ein dumpfer Laut in die Stille. Löwens sackte stöhnend zusammen.

Andrea blickte entsetzt auf seine gekrümmte Gestalt am Boden. Sie bückte sich, um zu sehen, was passiert war.

»Steh auf!« hörte sie da Valentins Stimme hinter sich.

Sie fuhr herum.

Valentin kam auf sie zu.

Jetzt konnte sie sich auch den dumpfen Knall erklären. Er stammte von der Waffe mit aufgesetztem Schalldämpfer in Valentins Hand.

Nun erst wurde ihr klar, daß auf Löwens geschossen worden war.

Entsetzt sah Andrea Valentin näherkommen. Was war in ihn gefahren? Was veranlaßte ihn, auf Löwens zu schießen? Oder hatte Valentin die falsche Person getroffen? War sie es, die statt Löwens am Boden liegen sollte?

Sie stand langsam auf. Dabei beobachtete sie Valentin genau. *Nur nicht provozieren!* dachte sie bei sich. *Er hat gerade auf einen Mann geschossen. Es würde ihm nichts ausmachen, noch einmal den Abzug zu drücken.*

»Oje. Der ist wohl hin«, sagte Valentin teilnahmslos. Weiter nichts.

Andrea schaute auf Löwens. »Vielleicht lebt er noch. Dann zählt jede Minute. Ich rufe die 112.«

»Was soll das?« Valentin riß ihr das Handy aus der Hand. »Das läßt du schön bleiben!«

»Dann tun Sie es, wenn Sie denken, ich will Sie reinlegen!« fuhr Andrea ihn an.

»Das kann ich nicht.« Valentin griente. »Ich bin nämlich gar nicht hier.« Er schüttelte nachsichtig den Kopf. »Du verstehst es immer noch nicht, nicht wahr?«

Andrea verstand wirklich nicht. Wie auch. Das Ganze war nicht zu verstehen.

»Dann erkläre ich es dir.« Valentin seufzte, als redete er mit einem begriffsstutzigen Kind. »Bisher hat es niemand bemerkt, aber du bist drogensüchtig. Du beschaffst dir deine Drogen nicht in der Szene, sondern hast einen festen Lieferanten: Löwens. Er kannte deine Position am Gericht nicht. Bis heute. Da erpreßte er dich. Dein Job, deine Karriere, alles stand auf dem Spiel. Also hast du ihn kurzerhand erledigt.«

Andrea hörte fassungslos, was Valentins krankes Hirn sich ausgedacht hatte. »Das ist doch verrückt«, flüsterte sie heiser.

»Durchaus nicht. Denn wenn in ein paar Minuten die Polizei auftaucht, wird sie dich im Drogenrausch neben Löwens finden, mit der Tatwaffe in der Hand.«

Andrea schüttelte ungläubig den Kopf. Valentin mußte sie über alles hassen. Kaltblütig hatte er den ahnungslosen Löwens erschossen. Allein zu dem Zweck, ihr seine Leiche unterzuschieben. »Das klappt nie und nimmer«, sagte sie.

»Ich merke schon, du hast den Stoff gar nicht genommen. Der Typ da muß unheimlich dumm gewesen sein.« Valentin wies verächtlich auf Löwens, der am Boden lag. »Entweder hat er nicht gemerkt, wie du ihn ausgetrickst hast, oder er dachte, er könnte mich aufs Kreuz legen. Beides nicht gerade Anzeichen von Intelligenz. Aber keine Sorge. Ich habe vorgesorgt.« Valentin zog eine Spritze hervor. »Im Knast habe ich gelernt, wie man die setzt. Ich werde schon aufpassen, daß du alles richtig machst.« Er drückte Andrea die Spritze in die Hand. »Fang an! Und keine Tricks diesmal.«

14.

Die Sache sieht nicht gut für Sie aus, Frau Jordan. Nicht für Sie und nicht für uns.«

Andrea saß im Zimmer von Gerichtspräsident Hanke. Der schwenkte unzufrieden mit der Tagesausgabe des *Berliner Kuriers* herum. »Die Presse hat sich natürlich sofort auf den Fall gestürzt.«

»Ich weiß.« Andrea seufzte. »Die Tatsachen sprechen gegen mich. Andererseits sind sie aber auch so absurd, daß sie kaum glaubhaft sind.«

»Eine Richterin, vollgepumpt mit Drogen, neben einem einschlägig Kriminellen mit schwerer Schußverletzung. Die Tatwaffe trägt die Fingerabdrücke der Richterin. – Ich finde, die Tatsachen lassen eine Menge glaubhafter Schlußfolgerungen zu. Und keine davon ist in irgendeiner Weise geeignet, Sie in ein gutes Licht zu setzen«, sagte Hanke. »Die Staatsanwaltschaft zieht, berechtigterweise, genau diese Schlüsse. Was würden Sie an deren Stelle tun?«

Die Antwort erübrigte sich. »Wie geht es Löwens?« fragte Andrea.

»Er hat das Bewußtsein noch nicht wiedererlangt. Hoffen Sie, daß er durchkommt. Er ist Ihr einziger Zeuge.« Hanke sah sie streng an.

»Ich könnte mich ohrfeigen, wenn ich daran denke, wie leichtsinnig ich war!« sagte Andrea kopfschüttelnd. »Ich dachte, ich könnte Valentin einmal seine Grenzen zeigen. Welch fataler Irrtum.« Sie senkte den Kopf.

»Dieser Irrtum kann Sie einiges kosten.« Hanke musterte sie genau. Er wußte nicht, was er glauben sollte. »Ich weiß nicht, wie lange ich meine Hand schützend über Sie halten kann.« Für eine Minute herrschte betretenes Schweigen. Hanke war sichtlich uneins mit sich. »Frau Jordan, ich habe eine schlechte Nachricht für Sie«, sagte er schließlich. »Die U-Haft konnte ich zwar von Ihnen abwenden, trotzdem muß ich Sie suspendieren, bis der Fall geklärt ist.«

Andrea war nicht überrascht. Alles andere hätte sie gewundert. Hanke konnte nichts anderes tun.

»Ich habe veranlaßt, daß die Ermittlungsbehörde sich eingehender mit der Waffe beschäftigt«, fuhr Hanke fort. »Sie soll deren Herkunft ermitteln. Und Sie, Frau Jordan, Sie lassen einen Test machen. Ich wünsche eine medizinische Untersuchung, aus der eindeutig hervorgeht, daß es sich um eine einmalige Drogeneinnahme gehandelt hat und Sie nicht abhängig sind.«

Andrea nickte. »Selbstverständlich.«

Hanke schüttelte den Kopf. »Warum sind Sie denn nicht zu mir gekommen, als die Sache mit Valentin anfing?« fragte er.

»Ich habe bei der Polizei mehrmals Anzeige gegen Unbekannt erstattet«, erwiderte Andrea. »Wobei ich meinen Verdacht eindeutig dargelegt habe. Die zuständigen Beamten nahmen mich nicht sehr ernst. Wie sollte ich annehmen, daß Sie es täten? Ich wäre nie auf die Idee gekommen, Sie mit der Sache zu behelligen.«

»Das wäre aber besser gewesen.« Hanke seufzte. »Sie sind nicht die erste Richterin, die es mit einem rachsüchtigen Verfolger zu tun hat. In Ihrem Fall geht der Mann nicht nur äußerst clever, sondern auch brutal vor. Er ist in seiner Besessenheit hochgradig gefährlich. Ich werde versuchen, Ihnen einen Beamten als Schutz beistellen zu lassen. Er soll sich vor Ihrem Haus postieren.«

»Was nützt das jetzt noch?« fragte Andrea resigniert.

»Eine ganze Menge. Ich gehe davon aus, daß Valentin nicht aufhört sie zu belästigen. Nicht, solange Sie noch auf freiem Fuß sind. Und wenn er weiter unerkannt bleiben will, hat er es so erheblich schwerer, sich Ihnen zu nähern. Das sollte Ihnen etwas Ruhe verschaffen.«

»Ruhe?« fragte Andrea zweifelnd.

»Sie wissen, was ich meine«, sagte Hanke. »Lassen Sie die Untersuchung machen. Dann gehen Sie nach Hause und bleiben auch dort. Sollte Valentin Sie kontaktieren, unternehmen Sie nichts. *Gar nichts*, verstehen Sie! Setzen Sie sich nur mit diesem Herrn in Verbindung.« Hanke reichte Andrea eine Visitenkarte. »Kommissar Thiele bearbeitet Ihren Fall. Ich habe ihm gesagt, daß mir Ihre Sache sehr am Herzen liegt. Er wird Ihnen helfen.«

»Danke für Ihre Unterstützung Herr Gerichtspräsident.«

Hanke nickte nur. »Glauben Sie mir, ich kann nachvollziehen, was Sie durchmachen.«

»Sie?« Andrea sah ihn erstaunt an. »Wollen Sie damit sagen ... Sie sind selbst schon einmal in so einer Lage gewesen?«

»Leider. Damals war ich noch Staatsanwalt und vertrat eine Anklage wegen zweifachen Mordes. Mir kam die Nachricht zu, daß in entsprechenden Kreisen ein Kopfgeld auf mich ausgesetzt würde, wenn ich nicht ein paar Beweise beiseite schaffte. Ich tat es nicht. Und vom Tag der Verurteilung an lebte ich in ständiger Angst.«

»Was ist dann passiert?«

»Einen Monat später, ich begann gerade zu hoffen, die Drohung sei nur ein Bluff gewesen, wurde ich angeschossen. Zwei Zentimeter höher, und es wäre ein Herzschuß geworden.«

»Auftragsmord?« fragte Andrea entsetzt.

»Sehr wahrscheinlich. Aber keine Chance, das zu beweisen.«

»Und weiter?«

»Nach sechs Wochen wurde ich aus dem Krankenhaus entlassen. Ich entschloß mich, meinen Beruf aufzugeben, in eine andere Stadt zu ziehen. Anderenfalls wäre das Risiko eines erneuten Attentates, in diesem oder einen anderen Fall, ständig gegenwärtig gewesen.«

»Was änderte Ihre Meinung?«

»Nichts. Ich ging. Aber nach zwei Jahren kam ich zurück. Nicht daß ich meine Angst besiegt hätte, falls Sie das denken. Nein. Ich war lediglich entschlossen, sie zu beherrschen statt mich von ihr beherrschen zu lassen. Aber es ist verdammt schwer, damit umzugehen.« Hanke machte eine nachdenkliche Pause. »Ich wünsche Ihnen, daß Sie die Sache bald überstanden haben. Aber Sie können nie sicher sein, daß so etwas nicht wieder passiert.«

Mit diesen wenig beruhigenden Worten im Gepäck verließ Andrea den Gerichtspräsidenten.

Sie rief im Krankenhaus an, um sich nach Gina zu erkundigen.

»Frau Gilbach kann das Krankenhaus voraussichtlich heute nachmittag verlassen«, teilte ihr die Schwester mit. »Der Doktor will im Anschluß an die Visite nur noch eine Nachuntersuchung machen. Für alle Fälle.«

»Danke.« Andrea war beruhigt, daß sich keine Komplikationen ergeben hatten. »Einen genauen Termin können Sie noch nicht sagen?«

»Nein. Das hängt vom Arzt ab. Wenn er zu einer Operation gerufen wird, kommt er erst später auf Station. Dann kann es auch früher Abend werden.«

»Ich komme auf jeden Fall vorbei«, sagte Andrea. Sie legte auf.

Gleich darauf wählte sie wieder.

Das Rufzeichen ertönte. »Kallis, Labor Gerichtsmedizin«, meldete sich eine Männerstimme.

»Jordan, Amtsgericht Tiergarten.« Andrea zog es vor, dem folgenden Anliegen einen offiziellen Anstrich zu geben. »Es geht um einen Test. Einen Drogentest. Machen Sie so etwas?«

»Wir testen alles, was Sie wollen.«

»Gut.« Andrea unterdrückte ein Seufzen. Sie mußte sachlich bleiben. »Wie lange dauert der Test, und welches Probenmaterial benötigen Sie?«

»Die gute alte Urinprobe ist am einfachsten. Und die Dauer des Tests hängt davon ab, auf welche Drogen untersucht werden soll und wie schnell Kapazität im Labor frei ist. Wenn es sehr dringend ist, machen wir es innerhalb vierundzwanzig Stunden.«

»Es ist dringend«, sagte Andrea. »Und es muß sichergestellt sein, daß die Proben nicht verwechselt werden können.«

»Das ist es immer«, sagte Herr Kallis indigniert. »Es sind zwei Personen dabei, die die Identität der Testperson und der Probe überprüfen.«

»Das ist gut«, sagte Andrea. Nicht, daß ihr nachher noch jemand vorwarf, sie hätte die Proben eines anderen eingereicht und wäre doch drogensüchtig.

»Können die Tests zwischen einmaligem und dauerhaftem Drogengebrauch unterscheiden?« fragte sie.

»Die Konzentration der Nachweismengen gibt darüber Aufschluß, ob ein einmaliger Gebrauch vorliegt oder ein dauerhafter«, entgegnete Kallis. »Wenn es um dauerhaften Gebrauch geht, brauchen wir auch ein paar Haare der Testperson. Ob sie vor sechs Monaten schon Drogen genommen hat, können wir im Urin nicht nachweisen.«

»Gut.« Andrea atmete tief durch. »Kann ich gleich vorbeikommen? Ich brauche das Ergebnis so schnell wie möglich.«

Nachdem Andrea in der Gerichtsmedizin gewesen war und mit Kallis vereinbart hatte, daß sie das Ergebnis am nächsten Tag bekommen würde, fuhr sie zu Gina.

Gina lag angezogen auf dem Bett. »Ich habe es gelesen«, begrüßte sie Andrea mit ernster Miene, noch bevor die sich nach ihrem Befinden erkundigen konnte. »Es ist hoffentlich übertrieben, was in der Zeitung steht.«

»Leider nicht«, seufzte Andrea. »Auch wenn ich immer noch hoffe, das Ganze ist nur ein böser Traum, aus dem ich jeden Moment erwache.«

Gina kniff Andrea in den Arm.

»Au!« schrie die auf.

»In Träumen spürt man Angst, keinen Schmerz. Du träumst nicht. Soviel ist sicher«, stellte Gina trocken fest.

»Das ist nicht witzig«, erwiderte Andrea leicht gereizt.

»Ich weiß«, sagte Gina. »Erzähl. Was ist schiefgegangen?«

Und Andrea erzählte. Zum Schluß meinte sie: »Das blödeste an der Sache ist, daß ich selbst schuld an dem Desaster bin.« Je länger sie darüber nachdachte, desto mehr festigte sich dieser Gedanke in ihr.

»Du kannst nichts dafür. Valentin hatte Löwens von Anfang an als Opfer eingeplant«, widersprach Gina.

»Ja, sicher. Aber vielleicht hätte ich es verhindern können, wenn ich ein wenig mehr Zeit darauf verwendet hätte nachzudenken. Es wollte mir nicht einleuchten, daß Valentin sich mit einem Mitwisser belastete. Der Schluß, daß er sich dieses Mitwissers entledigen würde, lag doch nahe. Löwens wußte nicht, worum es eigentlich ging. Aber ich wußte es. Hätte ich nur etwas mehr nachgedacht statt mich auf einen sehr fragwürdigen Sieg über Valentin zu freuen, wäre das alles vielleicht gar nicht passiert.«

»Das ist Unsinn.« Gina sah, wie sehr die Sache mit Löwens Andrea belastete, und wollte sie beruhigen. »Niemand, auch du nicht, kann die Gedanken anderer erraten. Schon gar nicht, wenn sie dermaßen abwegig sind wie Valentins Plan.«

»Das ändert nichts an der Tatsache, daß ich mich schuldig fühle«, wand Andrea mit gerunzelter Stirn ein. »Ich hoffe nur, daß Löwens bald aufwacht.«

»Wird er aufwachen?« fragte Gina bange.

»Er muß. Nur er kann den wahren Hergang des Vorfalls bestätigen«, sagte Andrea bedrückt.

»Glauben sie dir denn nicht? Schließlich bist du Richterin.« Gina konnte sich nicht vorstellen, daß irgend jemand Andreas Wort in Frage stellen konnte.

»Richter sind auch nur Menschen«, sagte Andrea. »Wenn unser Rechtssystem irgendeine Berufsgruppe von vornherein von einem Verdacht ausschließen würde, wäre das nicht gerade der Wahrheitsfindung dienlich – und es wäre ungerecht.«

»Das ist wahr.« Gina seufzte.

»Sie haben mich zum Drogentest geschickt und ermitteln bezüglich der Herkunft der Tatwaffe«, sagte Andrea. »Und das ist auch richtig so. Sie müssen alle Verdachtsmomente prüfen.«

»Drogentest?« fragte Gina. »Sie verdächtigen dich wirklich, drogensüchtig zu sein?«

»Sie müssen einen Beweis haben, um es ausschließen zu können«, sagte Andrea. »Ich würde als Richterin genauso handeln.« Sie gab ein trockenes Geräusch von sich. »Einen Nutzen hat die ganze Geschichte am Ende doch«, meinte sie in einem Anfall von Galgenhumor. »Entweder kriegen wir Valentin, und er wird aus dem Verkehr gezogen. Für vorsätzlichen Mord bekommt er lebenslänglich. Oder ich lande statt seiner im Gefängnis. Damit ist Valentin am Ziel seiner Wünsche, das ja wohl darin besteht, meine Karriere und mein Leben zu zerstören. So oder so, der Terror hat bald ein Ende.«

»Das hört sich an, als würdest du dich einfach damit abfinden, daß man dich für eine Tat verantwortlich macht, die du nicht begangen hast.« Gina sprang protestierend von ihrem Bett auf.

Dabei vergaß sie jedoch ihre Schnittwunde am Bauch. Kaum daß sie auf den Füßen stand, preßte sie stöhnend ihre Hand auf die Wunde.

»Vorsicht!« Andrea sprang hinzu und stützte sie.

»Es geht schon.« Gina winkte ab. Ihr fragender Blick musterte Andrea.

»Natürlich finde ich mich nicht so einfach damit ab«, antwortete Andrea. »Aber im Moment sieht es so aus, als ob ich als einzige für die Tat in Betracht käme. Zumindest aus der Sicht der ermittelnden Behörden. Niemand außer Löwens und mir hat Valentin an dem Abend gesehen. Ich bin sicher, Valentin hat für ein Alibi gesorgt. Und selbst wenn nicht, ist das auch egal. Er muß kein Alibi vorweisen, solange es keine Hinweise auf ihn als Täter gibt. Auch für seine

Belästigungen gegen mich gibt es nicht die geringsten Beweise. Damit scheint es völlig aus der Luft gegriffen, ihn mit der Tat an Löwens in Verbindung bringen zu wollen.«

Gina konnte es nicht fassen. »Ich kann nicht glauben, daß du aufgibst. Du doch nicht, Andrea!«

»Das habe ich nicht gesagt. Aber ich muß auch eine Niederlage in Erwägung ziehen. Ich bin es gewohnt, realistisch zu denken.« Andrea lächelte gequält. »Wenn Valentin schlau ist, und das hat er in der Vergangenheit ausreichend bewiesen, weiß er, daß er jetzt nichts mehr tun muß. Nur die Füße stillhalten und abwarten. Dann bin ich so gut wie erledigt.«

Gina öffnete die Tür zu ihrer Wohnung und sah sich einer aufgeregten Carmen gegenüber. Natürlich hatte auch sie Zeitung gelesen. »Weißt du, was mit Andrea ist?« überfiel sie Gina.

»Es geht ihr gut. Sie ist unverletzt«, beruhigte Gina sie.

»Ich bringe Andrea um, sobald ich sie in die Finger bekomme«, gelobte Carmen aufgebracht. »Sie hat weder angerufen noch auf meine SMS geantwortet!«

»Im Moment weiß sie wirklich nicht, wo ihr der Kopf steht«, verteidigte Gina Andrea. »Sie hat es einfach vergessen.«

»Offenbar hat sie nicht vergessen, mit dir zu sprechen«, beklagte Carmen sich weiter, aber schon etwas ruhiger. »Was ist denn eigentlich passiert?«

Gina erzählte ihr von Andreas Plan und seinem unheroischen Ende. Prompt stellte Carmen die Frage, die auch Gina die ganze Zeit im Kopf herumging: »Was, wenn Valentin Andrea das nächste Mal trifft?«

Gina schwieg betreten. Was sollte sie darauf antworten? Valentin wurde von Mal zu Mal unberechenbarer. Das wußten sie alle.

»Ich werde zu Andrea ziehen«, verkündete Carmen. »Nicht, daß ich mich bei dir nicht wohl fühle, Gina, ich danke dir, daß du mich so lange hier hast wohnen lassen, aber ich kann Andrea nicht länger alleinlassen. Sie ist ja eine Gefahr für sich selbst!«

»Versteh mich nicht falsch«, sagte Gina. »Ich fände es gut, wenn jemand bei Andrea ist. Aber sie wird es nicht zulassen.«

»Das ist mir egal. Dann kampiere ich vor ihrer Tür.« Carmens Entschluß stand unumstößlich fest. Sie begann ihre Tasche zu pakken.

Gina sah ihr teils erleichtert, teils beunruhigt dabei zu. Auch sie wollte nicht, daß Andrea in dieser Situation allein war. Andererseits brachte Carmen sich damit in Gefahr.

»Ich könnte auch morgen von einem Auto angefahren werden, oder ein Dachziegel fällt mir auf den Kopf«, sagte Carmen, während sie ihre Sachen zusammensuchte. »Das Leben birgt nun einmal Risiken. Das werde ich Andrea schon klarmachen.«

Gina zweifelte an der Zugkraft dieses Arguments. »Ich fürchte, du mußt dir etwas Besseres ausdenken, um Andrea zu überzeugen.«

Carmen blieb fest. »Wie gesagt. Dann kampiere ich vor ihrer Tür. Ich kann sehr stur sein, wenn ich mir erst einmal etwas in den Kopf gesetzt habe. Das weiß Andrea auch. Liegt in der Familie.« Carmen grinste. »Solltest du dir merken. Ich meine, was Andrea betrifft. Es ist nicht immer der richtige Weg, Rücksicht auf alles zu nehmen. Andrea muß man manchmal vor vollendete Tatsachen stellen.«

Zehn Minuten später stand Carmen mit gepackter Tasche vor Gina. »Ich fahre dann.«

Gina umarmte sie. »Paß auf dich auf. Und auf Andrea.«

»Das habe ich vor«, erwiderte Carmen.

Thiele war ein untersetzter, besonnen wirkender Mann um die fünfzig. Sein Haar, bereits vollständig ergraut, ließ ihn harmlos erscheinen. Ein Eindruck, der täuschte und schon so manchen Ganoven aufs Glatteis geführt hatte.

Andreas Unterhaltung mit Thiele begann mit einem Schock.

»Löwens ist in der Nacht gestorben«, teilte er ihr bedauernd mit, kaum daß sie saß.

Andrea schloß für einen Moment die Augen. »Ist er vorher …?«

Thiele zögerte die Antwort hinaus. Andrea Jordan genoß das Vertrauen des Gerichtspräsidenten, und sie war Richterin, aber für ihn war sie eine Tatverdächtige wie jede andere. Er beobachtete deshalb Andreas Reaktion genau, als er sagte: »Nein. Er ist nicht noch einmal aufgewacht. Der Beamte konnte keine Aussage mehr aufnehmen.«

»Verdammt«, fluchte Andrea leise.

Der Kommissar kratzte sich am Kinn. War das Bedauern echt? »Tja«, sagte er. »Jetzt bleibt uns erst mal nur die Tatwaffe.«

»Konnten Sie schon etwas herausfinden?«

»Die Techniker sind noch dabei, die Herkunft der Waffe festzustellen«, erzählte Thiele bereitwillig. »Die Seriennummer war natürlich unkenntlich gemacht. Nicht auf die übliche Methode, daß man versucht hat, sie rauszufeilen, sondern mit Säure. Dadurch sind auch die weiter unten liegenden Schichten des Metalls zerstört. Das Prägemuster ist stark angegriffen. Das Labor konnte keine vollständige Nummer mehr feststellen. Das zieht die Ermittlung in die Länge. Wir werden mehrere in Frage kommende Waffen überprüfen müssen.«

»Aber was immer Sie finden, die Waffe wird nicht auf Valentin zugelassen sein«, vermutete Andrea. »Sie haben doch sicher geprüft, ob er offiziell im Besitz einer Waffe ist?«

»Sie haben recht«, bestätigte Thiele. »Es war nie und ist keine Waffe auf seinen Namen registriert. Spätestens nach seiner Verurteilung hätte er seinen Schein sowieso abgeben müssen.«

»Dann wird es schwierig«, sagte Andrea. Das hatte sie schon vermutet.

»Wenn wir den Weg verfolgen können, den die Tatwaffe bis zu ihrem letzten Gebrauch genommen hat, finden wir vielleicht heraus, wer mit der Waffe in Kontakt gekommen ist«, sagte Thiele. »Das machen wir nicht zum ersten Mal.«

»Ich weiß«, sagte Andrea. »Entschuldigen Sie, wenn ich so dränge, aber … ich kenne diese Situation bislang nur von der Richterseite her. Ich war noch nie –« Sie brach ab. *Ich war noch nie die Verdächtige,* hatte sie sagen wollen. Aber es Thiele gegenüber auszusprechen fiel ihr schwer.

»Das ist mir klar«, sagte Thiele. »Ich würde mich an Ihrer Stelle auch nicht besonders wohlfühlen. Wenn man es immer von der anderen Seite her gewohnt ist …« Er räusperte sich. »Es werden viele

Waffen illegal aus dem Ausland eingeführt. Die Ballistik vergleicht deshalb parallel unsere Kugel mit allen im Computer gespeicherten Mustern von Geschossen dieser Waffenreihe, die in Zusammenhang mit Straftaten schon einmal aufgetaucht sind. Wurde die Waffe früher schon einmal benutzt, finden wir das auf diesem Wege heraus. Sie sehen, wir lassen nichts unversucht.«

Thiele machte eine Pause, in der er Andrea erneut eingehend betrachtete. Sein Bericht über die Ermittlungen schien sie nicht zu beunruhigen. Im Gegenteil. Andrea Jordan schien ehrlich an der Aufklärung interessiert. Ein Zeichen für ihre Unschuld? Oder für ihre Beherrschung?

Er hatte ihre Aussage mehrmals aufmerksam gelesen. Die Geschichte klang abenteuerlich. Andererseits: Die Frau wäre nicht das erste Opfer eines wahnsinnigen Verfolgers. So etwas gab es. Hin und wieder. Oder saß hier doch nur eine Mörderin, die ihre Entlarvung befürchten mußte?

Na gut, dachte Thiele, *testen wir einfach mal ihre Reaktion.* »Ich will Ihnen nichts vormachen«, sagte er deshalb. »Ich kann die Tatsache, daß die Tatwaffe Ihre Fingerabdrücke trägt, nicht ignorieren. Der Gerichtspräsident hat sich persönlich für Sie eingesetzt, aber das ist für mich ohne Bedeutung. Ich interessiere mich ausschließlich für die Wahrheit in einem Mordfall. Ich sehe die Sache rein objektiv.«

Andrea nickte verstehend. »Das ist Ihr Job.«

»Das heißt,«, fuhr Thiele unbeirrt fort, »die Ermittlungen können entweder bestätigen, daß Sie bis zu dem Tag, da Löwens erschossen wurde, nie mit der Waffe in Kontakt gekommen sind, oder auch nicht. Das kommt darauf an, ob wir den Weg, den die Waffe genommen hat, lückenlos rekonstruieren können. Unter Umständen können wir einen der Vorbesitzer, die wir ermitteln, mit diesem Valentin in Verbindung bringen. Oder mit Ihnen. Was auch immer, es wird mich der Lösung des Falles näherbringen. Mir ist es egal, welcher. Ich halte mich an die Fakten.« Er sah Andrea an.

»Dagegen habe ich nichts einzuwenden«, erwiderte Andrea. »Denn die Fakten werden meine Aussage bestätigen. Der Labortest zum Beispiel wird zeigen, daß die Konzentration der Droge in meinem Körper eine Abhängigkeit ausschließt.« Andrea lächelte.

Thiele dämpfte Andreas Optimismus in der Sache. »Nun ja. Das wäre in keinem Fall zu Ihrem Nachteil. Der Test allein nützt allerdings nichts.«

»Was ist mit den Anzeigen, die ich erstattet habe? Die Reifen, der Einbruch, der Autounfall? Die bestätigen meine Aussage doch auch. Oder habe ich alles selbst inszeniert, weil ich schon damals plante, Löwens zu töten, und meine Geschichte so untermauern wollte?« Andrea versuchte belustigt zu klingen. Doch es wollte ihr nicht so recht gelingen.

»Ich weiß es nicht. Sie haben keinen echten Beweis, daß Valentin sie bedroht hat. Sie können auch niemanden benennen, der etwas gesehen hat oder zumindest gehört, um ihre Version der Vorgänge zu bestätigen«, sagte Thiele mit Zweifeln in der Stimme und sehr bedeckt. Seine Augen hielt er dabei jedoch ununterbrochen auf Andrea gerichtet. »Alles, auch der nächtliche Überfall im Amtsgericht, könnte eine Reihe von Zufällen sein. Sie sind die einzige, die angeblich mit Valentin gesprochen hat und ihn zu Gesicht bekam.«

»Und was ist mit der Tatsache, daß Valentin bereits einmal wegen Stalkings verurteilt wurde?« erinnerte Andrea ihn. Irgendwann mußte sogar Thiele erkennen, daß einiges für sie sprach.

»Er hat seine Strafe abgesessen und läßt seine Ex-Freundin in Ruhe.« Thieles Stimme klang beinah gleichgültig.

Andrea wollte ihren Ohren nicht trauen. War der Mann begriffsstutzig?

»Wenn Sie ein Puzzle zusammenlegen, benötigen Sie auch nicht alle Teile, um das Bild zu erkennen«, sagte Andrea ärgerlich.

»Und das sagen Sie als Richterin? Ich dachte, gerade Sie legen Wert darauf, daß niemand ohne echten Beweis verurteilt wird«, fragte Thiele polemisch.

»Das tue ich auch. Aber als Richterin verschließe ich meine Augen auch nicht vor dem Offensichtlichen«, konterte Andrea.

Thiele lächelte. »Ich werde es mir merken.« Richterin Jordans Entrüstung nahm ihn für sie ein. Er stand auf. »Sie dürfen mir glauben, Frau Jordan, ich sage das alles nicht, um Sie zu ärgern. Ich muß aber immer auch die Argumente der Gegenseite im Auge behalten. Ich lasse mir nicht vorwerfen, einseitig zu ermitteln.«

»Im Augenblick hört sich das für mich aber sehr einseitig an. Einseitig gegen mich.« Andrea machte aus ihrem Herzen keine Mördergrube.

»Nun beruhigen Sie sich«, sagte Thiele besänftigend. »Ich wollte

Ihnen ein wenig auf den Zahn fühlen. Es hat mich eben nervös gemacht, als der Gerichtspräsident bei mir anrief und mir sagte, wer *nicht* der Täter ist.«

»Wie bitte?« Andrea blickte ihn verdutzt an.

»Ich entscheide das gern selbst, wissen Sie?« Thiele grinste.

»Und nun haben Sie sich entschieden?« fragte Andrea.

»Ich denke, ja.«

Andrea stieg müde die Treppe zu ihrer Wohnung hinauf. Auf dem letzten Absatz blieb sie überrascht stehen.

»Carmen!« rief sie erstaunt.

»Hallo, Andrea. Da bist du ja endlich.« Carmen erhob sich von der Stufe, auf der sie saß.

»Was zum Teufel machst du hier?« fuhr Andrea ihre Schwester ziemlich unwirsch an. »Warum bist du nicht bei Gina?«

»Wie sich gezeigt hat, kann man dich nicht alleinlassen«, erwiderte Carmen.

Andrea wollte widersprechen, doch Carmen schnitt ihr einfach das Wort ab. »Auch wenn du es nicht willst, ich bleibe hier bei dir. In oder vor deiner Wohnung. Das ist mir egal. Ich werde auf gar keinen Fall gehen.«

Andrea seufzte. »Aber wir waren uns doch einig ...« Weiter kam sie nicht.

Carmen unterbrach sie erneut. »Daß wir alle so vorsichtig wie nur möglich sind. Ja. Und was machst du? Gina hat mir erzählt, was passiert ist. Du hast sie doch nicht mehr alle! Valentin seine Grenzen zeigen? So ein blöder Plan! Das ging ja wohl gründlich daneben. Damit du nicht noch mal auf so eine Dummheit verfällst, bleibe ich lieber in deiner Nähe.«

Andrea schnaufte genervt. »Du bist ja noch schlimmer als Gina«, sagte sie und schloß die Wohnungstür auf.

»Da du es schon erwähnst: Über Gina sollten wir auch mal reden.« Carmen folgte ihrer Schwester in die Wohnung.

Sie gingen in die Küche, wo Andrea Kaffee aufsetzte.

»Hat sie dir den Floh ins Ohr gesetzt, daß du herkommen sollst?« fragte Andrea und klapperte laut mit den Tassen, um ihren Unmut abzureagieren.

»Du solltest mich kennen. Ich bin durchaus in der Lage, meine eigenen Entscheidungen zu treffen«, sagte Carmen. »Und was Gina betrifft: Wie lange willst du noch so weitermachen?«

»Was hat sie dir erzählt?« Andrea wandte sich brüsk ab.

»Nicht viel.« Ihre Schwester kannte das schon und ließ sich davon nicht aus der Ruhe bringen. »Aber das Wenige, das ich aus ihr herausbekommen habe, reicht mir völlig aus. Außerdem kann sie ihre niedergedrückte Stimmung nur schlecht überspielen. Und ich kann eins und eins zusammenzählen. Du weißt, wie Gina unter der Sache leidet.«

»Ich vielleicht nicht? Denkst du, ich fühle mich wohl dabei, zuzusehen ...« Andrea starrte sie wütend an.

»Zuzusehen?« unterbrach Carmen sie scharf. »Andrea, wach auf! Du siehst nicht nur zu. Du *tust* auch eine Menge. Das ist doch das Problem! Ob du es nun wahrhaben willst oder nicht, du kannst nicht von ihr lassen.« Es war ein Schuß ins Blaue.

Andrea starrte sie immer noch an. Warum mußte ihre Schwester sie ausgerechnet jetzt damit belästigen? Sie hatte wirklich andere Sorgen! »Ja, verdammt«, gab sie zu, »ich weiß! Und was soll ich deiner Meinung nach tun?«

Aha, Volltreffer, registrierte Carmen zufrieden. Darauf konnte man aufbauen! »Entscheide dich. So oder so. Aber laß Gina nicht in der Luft hängen.«

»Was meinst du, wie oft ich mir das schon gesagt habe«, seufzte Andrea. »Es vergeht kein Tag an dem ich meine Unentschlossenheit nicht verfluche. Ich verstehe mich selbst nicht. Ich weiß, ich sollte einen klaren Schlußstrich ziehen. Aber ich mag Gina. Ich kann mir nicht vorstellen, daß sie plötzlich einfach aus meinem Leben verschwindet.«

»Aber wer sagt denn, daß das die Lösung sein muß?« Carmen schüttelte den Kopf. Andrea war jetzt ja wohl völlig verdreht! »Warum wehrst du dich so gegen die andere Variante? Warum beraubst du dich selbst jeder Chance für eine neue Beziehung?«

»Wer redet denn von Beziehung?« Andrea schaltete sofort auf Gegenwehr. »Ich mag Gina, ja. Aber meine Gefühle für sie sind nicht dieselben wie für Maren. Eine Beziehung liegt außerhalb aller Möglichkeiten.«

Carmen ließ sich auf einen der Stühle fallen. »Schwesterchen, da liegst du total falsch. Nichts liegt außerhalb aller Möglichkeiten. Jedenfalls nichts, was mit Gefühlen zu tun hat. Aber das wirst du auch noch merken.«

»Wenn du dir da so sicher bist, brauchen wir diese Diskussion ja auch nicht weiter fortzusetzen«, versetzte Andrea eingeschnappt. Damit war für sie das Thema beendet.

Carmen hütete sich, dem ausgesprochenen Schlußwort noch eines hinzuzufügen. Das hatte bei Andrea keinen Sinn. Führte nur dazu, daß sie sich noch mehr verschloß.

Andrea rührte nachdenklich in ihrem Kaffee. *Carmen denkt, zwischen dir und Gina würde sich etwas anbahnen. Dabei weiß Carmen nicht einmal, was wirklich alles zwischen euch vorgefallen ist. Und was denkt Gina?*

Es brauchte nicht viel Phantasie, sich diese Frage zu beantworten. Gina machte sich Hoffnungen. Ohne Zweifel.

Das würdest du an ihrer Stelle auch. Zu allem Überfluß bist du selbst schuld daran, daß es so ist. Warum kannst du nicht die Finger von Gina lassen? Du sagst, du kannst keine Beziehung eingehen, du sagst, du willst dein Leben nicht ändern, du sagst, die Erinnerung an Maren steht all dem im Weg. Aber das fällt dir immer erst ein, nachdem du ... na ja, du weißt ja, was immer wieder passiert.

Das ist doch absurd! Wie sollen andere sich da zurechtfinden? Du findest dich ja selbst nicht zurecht. Was willst du, Andrea? Beantworte diese Frage!

Ich will ... meine innere Ruhe wiederfinden.

Und wie kannst du das?

Indem ich mein Leben wieder so einrichte, wie es war. Ohne Gina. Ganz einfach.

Ganz einfach?

Andrea seufzte. Da gab es nur ein Problem: Sie konnte sich Gina aus ihrem Leben nicht mehr wegdenken. Der Gedanke war ihr eben schon unbehaglich gewesen. Die täglichen Begegnungen mit Gina gehörten zu ihrem Tag wie eine liebgewonnene Gewohnheit. Aber diese Gewohnheit beunruhigte sie auch sehr. Sie befand sich in einem Zwiespalt. Einerseits genoß sie Ginas Gegenwart, andererseits jagte ihr dieses Gefühl Angst ein.

Du mußt dich entscheiden, Andrea. In dem Punkt hat Carmen absolut recht.

Entweder – oder.

So, wie es im Moment lief, konnte es auf gar keinen Fall weitergehen. Das war unfair gegenüber Gina. Und sie machte es auch nicht froh. Aber wenn sie sich nicht auf Gina einlassen konnte, kam nur eine Lösung in Betracht. Die einzige vernünftige Entscheidung. Eine, die ihr überhaupt nicht gefiel. Die sie aber dennoch treffen mußte. Und sie mußte den Schritt tun und Gina damit konfrontieren. Alles andere wäre falsch, würde das unausweichliche Ende nur vor sich herschieben.

15.

Gina konnte sich nicht erinnern, wann sie sich das letzte Mal so gefühlt hatte: Glücklich, aufgeregt, stolz.

Sie saß der mit Abstand attraktivsten Frau in diesem Lokal gegenüber. Die Frau lächelte sie an, wenn auch etwas rätselhaft, und das Essen schmeckte vorzüglich. Was wollte sie mehr?

»Ich dachte, du hättest die Einladung längst vergessen«, gestand Gina. In der Tat hatte es sie sehr überrascht, als Andrea anrief und sie daran erinnerte, daß sie verabredet waren.

»Wie kommst du denn darauf?« entgegnete Andrea. Sie fühlte sich unwohl in ihrer Haut. Wie sollte sie Gina sagen, was sie ihr sagen mußte?

Gina lächelte verlegen. »Na ja, es paßt irgendwie nicht zu unserem bisherigen … nennen wir es mal *Verhältnis*. Jetzt bekommt es zum ersten Mal einen Anstrich von – Romantik.«

Andrea seufzte. Ginas Worte bestätigten ihre heimlichen Befürchtungen. Um so mehr mußte sie Gina daran erinnern, wie die Dinge standen.

»Gina«, begann sie zaghaft. »Ich muß mit dir reden.«

»Dann tu es doch einfach«, sagte Gina arglos.

»Es wird dir nicht gefallen, was ich zu sagen habe«, warnte Andrea vorsichtig. Ihr Appetit schwand angesichts dessen, was kommen würde. Sie legte das Besteck zur Seite.

Gina blickte Andrea neugierig an. »Nun mach's nicht so spannend.«

Andrea holte tief Luft. *Los jetzt! Sag es!*

»Gina, ich fürchte, du verstehst das alles falsch. Ich weiß, es ist meine Schuld, daß unser Verhältnis zunehmend komplizierter geworden ist. Dir muß es scheinen, als bessere sich das gerade. Aber so ist es nicht.« Andrea hielt inne.

Auch Gina hatte ihr Besteck abgelegt und aufgehört zu essen.

Andrea sah ihr an, daß sie mit allem gerechnet hatte, aber nicht damit. *Nun sprich weiter, Andrea, und bleib nicht auf halben Weg stehen!*

Dann hättest du dir das andere auch sparen können. Sie fuhr fort: »Ich will nicht, daß du dir falsche Hoffnungen machst, Gina. Ich glaube, du denkst, wenn du nur lange genug wartest, dann werde ich meine Meinung über uns ändern. – Warte nicht. Das wäre vergebens.« Erneut hielt sie inne. Suchte nach den richtigen Worten. »Es ist nicht so, daß ich dich nicht mag. Das weißt du. Doch das ist nicht genug. Nicht genug für dich und nicht genug für mich. Deshalb ist es besser, wir gehen uns, zumindest eine Weile, aus dem Weg. Such dir eine Frau, die dir geben kann, wonach du dich sehnst.«

Ein tonnenschwerer Bleiklumpen lag plötzlich in Ginas Magen. Im Moment war sie unfähig sich zu rühren, erst recht, etwas zu erwidern. Ihre Gedanken schwirrten wild durcheinander. Hatte Andrea sie eingeladen, um ihr das zu sagen? Offensichtlich! Und sie meinte es ernst. Andrea wollte, daß sie sich nicht mehr sahen.

Langsam fand Gina die Sprache wieder, wenn auch sehr kläglich. »Warum auf einmal?«

»Es war falsch.« Andrea schüttelte betrübt den Kopf. »Ich hätte nicht mit dem Training bei dir anfangen dürfen. Ich wußte es und habe es trotzdem getan. Keine Ahnung, warum. Vielleicht dachte ich, wir könnten einfach Freundinnen sein.«

»Aber das können wir doch auch.« Ein Strohhalm! *Bitte, nimm mir den nicht auch noch weg!*

»Nein, das können wir nicht«, widersprach Andrea. »Selbst wenn du es mir nicht gesagt hättest, es ist nicht zu übersehen, daß du dich in mich verliebt hast. Das kann ich doch nicht ignorieren. Vielleicht könnte ich es, wenn du mir gleichgültig wärst. Aber das bist du nicht. Das ist ja das Problem! Du weißt, daß ich in deiner Nähe leicht ... erregbar bin. Und am Ende enttäusche ich dich, verletze deine Gefühle. So sind wir beide mit der Situation unzufrieden. Noch beklagst du dich nicht. Doch das wird sich über kurz oder lang ändern. Ich möchte mich nicht im Streit von dir trennen.«

»Aber trennen, das möchtest du dich?« fragte Gina erschüttert.

»Ja.« Andrea nickte traurig.

»Ist das dein letztes Wort?« fragte Gina tonlos.

»Glaub mir, das fällt mir nicht leicht. Doch es muß sein.« Andrea sah sie mit ernstem Blick an.

Gina schüttelte den Kopf, stand auf und ging ohne ein weiteres Wort.

Andrea sah ihr nach, dann auf das fast unberührte Essen auf dem Tisch. Seufzend ließ sie sich zurück in den Stuhl fallen. Deprimiert stellte sie fest, daß sie sich hundeelend fühlte und nicht im geringsten befreit. *Das wird sich sicher bald ändern,* tröstete sie sich. Sie hatte das Richtige getan!

Es klingelte Sturm.

»Was zum Teufel ...« Judith hastete zur Tür.

»Gina!« Judith sah betroffen auf ihre Freundin.

Noch vor zwei Stunden hatten sie miteinander telefoniert. Gina war aufgekratzt und glücklich gewesen, überschäumend vor Vorfreude auf den Abend mit Andrea. Jetzt stand Judith einem Häufchen Elend gegenüber.

»Was ist passiert?« Sie zog Gina in den Flur.

Gina setzte zum Sprechen an. Gleichzeitig drängten sich Tränen in ihre Augen. Sie hielt inne, um diese zu unterdrücken. Vergeblich.

Judith nahm sie in die Arme, führte sie ins Wohnzimmer, ließ sie sich auf die Couch setzen. Sie ging in die Küche, kam mit einer Flasche Kognak und zwei Gläsern wieder und goß Gina einen guten Schluck ein. »Nimm.«

Gina nahm und trank. »Ich könnte sie ... ach, ich weiß auch nicht, was«, sagte sie aufgebracht. »Und wenn *du* jetzt damit kommst, daß du mir das von Anfang an gesagt hast, erwürge ich dich!«

Judith hob abwehrend beide Hände. »Wie werd' ich denn?«

Gina trocknete sich die Tränen. »*Sie* hat beschlossen, daß es besser für *mich* ist, wenn ich mir eine andere Frau suche!«

Auch wenn Judith Andrea sonst nicht mochte, in diesem Punkt war sie absolut einer Meinung mit ihr. Doch sie unterdrückte wohlweislich die spontane Zustimmung, die ihr auf der Zunge lag. »Und was hast du beschlossen?« fragte sie nur.

»Mich zu betrinken«, sagte Gina und goß sich ein weiteres Glas von dem Kognak ein.

»Und danach?«

Gina seufzte. »Ich weiß es nicht.«

Daß nach einer halben Flasche Kognak ein ausgewachsener Kater folgt, das wußte Gina spätestens am nächsten Morgen, als sie aufwachte. In ihrem Kopf hämmerte ein kleines, munteres Männchen unaufhörlich gegen die Schädeldecke. Das Heben des Kopfes verursachte ein so starkes Schwindelgefühl, daß sie sich sofort wieder zurück aufs Kissen fallenließ. Sie stöhnte.

Es klopfte an der Zimmertür. Judith kam herein. Sie hielt ein Glas Wasser in der Hand, in dem zwei Aspirintabletten aufgelöst waren.

»Na? Schon wach?« Judith reichte Gina lächelnd das Glas. »Trink das. Dann geht es dir gleich etwas besser.«

Gina stützte sich auf den Ellenbogen und nahm das Glas dankbar an. Sie trank gierig, denn es quälte sie außerdem ein brennender Durst.

»Danke.« Sie reichte Judith das leere Glas. »Ich hatte schon ewig nicht mehr solche Kopfschmerzen«, stöhnte sie.

»Du hast ja gestern auch alles dafür getan«, grinste Judith.

»Ich war nun mal in Weltuntergangsstimmung«, sagte Gina trotzig. Ihre beste Freundin sollte das wohl wenigstens verstehen!

»Und jetzt? Ist es jetzt besser?« Judith hob die Augenbrauen.

»Nein. Das Leben ist trostlos.« Gina stöhnte erneut.

Judith legte eine Hand auf ihren Arm. »Das scheint dir nur im Moment so.«

Gina schniefte frustriert. »Aus verständlichen Gründen.«

»Ja.« Judith strich Gina tröstend übers Haar.

»Ich versuche erst mal aufzustehen.« Gina richtete sich langsam auf und stöhnte gleich wieder. Die Aspirin wirkten noch nicht.

»Möchtest du Kaffee oder Tee zum Frühstück?« fragte Judith.

»Frühstück?« Gina wurde sofort schlecht. »Mein Magen dreht sich schon beim Gedanken daran um!«

»Dusch erst mal und dann komm in die Küche. Der Appetit kommt bekanntlich beim Essen.«

»Wenn du noch einmal das Wort *Essen* erwähnst, bringe ich dich um!« Gina fluchte.

Judith lachte und ging.

Das Duschen dauerte länger als üblich, denn Gina mußte sich bei jeder Bewegung an der Wand festhalten. Der Boden schien unter ihr zu schwanken.

Langsam jedoch wirkten die Tabletten, und eine knappe halbe Stunde später saß sie mit Judith beim Frühstück. Das heißt, Judith frühstückte, und Gina sah ihr mit angewidertem Blick dabei zu.

»Ich kann das nicht länger mit ansehen«, stöhnte Judith. »Warum machst du nicht einfach ein paar Tage Urlaub? Wechsle die Umgebung. Dann kommst du auf andere Gedanken. Spanien, Griechenland. Eine Finca, weit weg von allem«, schlug sie vor.

»In der Einsamkeit zergrübele ich mir erst recht den Kopf«, hielt Gina entgegen.

»Dann eben Aktivurlaub. Tauchen auf Teneriffa. Was weiß ich. Du lernst neue Leute kennen.«

Gina seufzte. Ihr war weder nach Urlaub noch danach, neue Leute kennenzulernen. Ihr war nach gar nichts. Aber sie fühlte sich zu schwach, um ernsthaft Widerstand zu leisten. Außerdem, die Idee hatte auch etwas Gutes. Auf die Art kam sie ein paar Tage raus aus der Stadt, weg von dem, was sie belastete. So konnte sie vielleicht etwas Abstand gewinnen, sich wieder auf sich selbst besinnen. Schließlich gab es ein Leben vor Andrea. Warum sollte es keines nach ihr geben? *Du hast ja wohl genug Zurückweisungen eingesteckt!*

Gina holte tief Luft. »Du hast vollkommen recht. Ich werde es tun.«

»Ehrlich?« Judith war überrascht, daß Gina ihren Vorschlag so schnell annahm. Sie hatte sich auf eine längere Diskussion eingestellt.

»Ja. Ich will endlich wieder ein Leben haben, in dem auch ich eine Rolle spiele, nicht nur andere.«

»Gut gebrüllt, Löwin!« Judith lachte.

16.

Seit ihrem Gespräch im Restaurant hatte Andrea nichts mehr von Gina gehört. Das war jetzt eine Woche her.

Eine Woche, sieben Tage oder einhundertachtundsechzig Stunden.

Zeit genug, um ihr Leben, wenigstens, was ihre Gefühle für Gina betraf, wieder in den Griff zu bekommen. Reichlich Zeit, sich zu sammeln. Zumal sie suspendiert war.

Daran konnte es also nicht liegen, daß sie sich immer noch genauso schlecht fühlte wie an jenem Abend im Restaurant. Denn es hatte sich nichts geändert. Andrea hoffte jeden Tag, daß sich endlich die erhoffte Erleichterung einstellen würde. Aber nichts dergleichen geschah. Das machte sie zunehmend nervöser.

Sie starrte das Telefon an. Sie wartete auf Thieles Anruf. Er wollte sie auf dem laufenden halten, wie er bei den Ermittlungen vorankam. Gemäß Thieles Ratschlag vermied sie es, unnötig das Haus zu verlassen.

Andrea ertappte sich bei dem Wunsch, daß das Telefon klingeln und nicht Thiele am anderen Ende sein möge, sondern Gina. Schon komisch, dachte sie. Jetzt, da sie endlich die notwendige Distanz zu Gina geschaffen hatte, kam sie damit nicht zurecht.

Anfänglich hatte sie ihre andauernde Unausgeglichenheit der Tatsache zugeschrieben, daß Valentin ihr immer noch im Nacken saß. Erst wenn das vorbei war, würde wieder Normalität in ihr Leben einkehren. Je mehr Zeit verging, desto klarer wurde ihr jedoch, daß Valentin nichts mit dem Gefühl zu tun hatte, das sie bedrückte. Der Mischung aus Schmerz und Sehnsucht. Beim Gedanken an Valentin fühlte Andrea ganz anders. Ärger, Ohnmacht, Wut. Die ganze Skala von Widerwillen.

Das Telefon riß Andrea aus ihren Gedanken.

»Thiele hier«, meldete sich am anderen Ende der Kommissar.

»Ja«, antwortete Andrea. Irgendwo in ihrem Hinterkopf meldete sich leichte Enttäuschung darüber, daß es nicht Gina war.

»Wir haben eine Spur«, teilte Thiele ihr mit.
»Spricht sie für oder gegen mich?« fragte Andrea skeptisch.
»Eindeutig für Sie.« Ein freundliches Lachen am anderen Ende.
Andrea atmete tief durch. »Lassen Sie hören.«
»Die Tatwaffe wurde vor zwei Jahren bei einem Einbruch in einer Villa gestohlen. Dabei wurde eine Person schwer verletzt. Der Täter, ein gewisser Raunholt, sitzt noch ein. Das Diebesgut fand man bei ihm, die Waffe aber nicht. Er sagt, er habe sie weggeworfen. Und nun halten Sie sich fest: Valentin saß in derselben Vollzugsanstalt.«
»Sie meinen ...« Andrea konnte es kaum glauben. Wirklich ein Lichtstreif am Horizont?
»Valentin hat dem Mann die Waffe wahrscheinlich abgekauft. Raunholt hat ihm die Stelle verraten, wo er sie versteckt hatte.« Thiele klang fröhlich.
»Haben Sie Raunholt dazu schon vernommen?« *Nur nicht zu früh freuen, Andrea!*
»Ich bin auf dem Weg zu ihm«, sagte Thiele. »Und die Sache schaut gut aus. Raunholt hat in zwei Monaten einen Termin vor dem Bewährungsausschuß. Arbeitet er nicht mit uns zusammen, kann er seine Bewährung vergessen. Daß seine Loyalität zu einem Knastkumpel so weit geht, wage ich zu bezweifeln. Die Jungs reden zwar viel davon, genau genommen sieht aber jeder, wo er bleibt.«
Andrea hoffte, daß Thiele recht behalten würde. Aber als hätte sie es geahnt, folgte bereits eine Stunde später die schlechte Nachricht.
»Tut mir leid.« Thiele war deutlich zerknirscht am Telefon. »Aber Valentin hat Raunholt offenbar erfolgreich eingeschüchtert. Der Mann hat Familie draußen, eine Frau und einen fünfjährigen Sohn. Und offensichtlich Angst, daß den beiden etwas zustößt, wenn er den Mund aufmacht.«
Andrea war eigentlich nicht überrascht. Einschüchterung war Valentins Metier. Dennoch blieb die Tatsache unbestreitbar, daß die Tatwaffe aus einem Einbruch stammte, zu dem sie in keinerlei Verbindung stand. Wohingegen Valentin mit dem Einbrecher im selben Knast gesessen hatte. Immerhin ein kleiner Vorteil für sie.

Sie spielten Monopoly. Carmen besaß bereits drei Viertel aller Straßen und hatte sie mit Hotels bebaut, während Andrea gerade mal eine Straße und die Bahnhöfe ihr eigen nannte. Kurz gesagt: Carmen kassierte und Andrea mußte blechen.

Es entging Carmen nicht, daß Andrea überhaupt nicht bei der Sache war. Und im Gegensatz zu sonst, wenn sie die Spiele damit anreicherten, während des Verlaufes realistische Erweiterungen wie Bestechungen, Affären und Skandale einzuführen, verlief das Spiel heute ohne diese witzigen Einlagen und sehr schweigend.

Andrea wollte gerade vorschlagen abzubrechen, als das Telefon klingelte. Hatte Thiele weitere Neuigkeiten? Diesmal vielleicht sogar bessere? Andrea meldete sich.

»Deine Freundin, die Trainerin, wird einen schweren Unfall erleiden«, hörte sie eine ihr mittlerweile bekannte Stimme hämisch sagen.

»Wenn Sie ihr auch nur ein Haar krümmen, bringe ich Sie um, Valentin! Das ist ein Versprechen!«

Der Ausbruch war die Folge ihrer inneren Anspannung und geschehen, ehe Andrea sich dessen bewußt wurde. Gleich darauf wurde ihr klar, daß sie einen großen Fehler gemacht hatte.

»Oh, wie schön! Ich habe einen wunden Punkt getroffen! Hahaaaaa! Da macht es doppelt Spaß!«

Am anderen Ende wurde aufgelegt.

»O Gott!« stöhnte Andrea.

Carmen war während des Gespräches zu Andrea geeilt und sah sie erschrocken an. »Was ist?«

»Er will Gina etwas antun! Ich muß sofort ins Studio fahren, um sie zu warnen!«

»Frau Gilbach ist immer noch im Urlaub, Frau Jordan. Das habe ich auch dem Herrn gesagt, der vorhin nach Ihnen fragte. Hat er Ihnen das denn nicht erzählt?« Das Mädchen hinterm Tresen war sichtlich verwirrt.

Andrea zitterte vor Aufregung. »Wo ist Gina hingereist?« Wer der Herr war, brauchte sie nicht fragen, das konnte sie sich denken. Auch, was er gewollt hatte. Informationen. Und die hatte er prompt bekommen. Er hatte erfahren, daß Gina sie persönlich trainierte und daraus geschlossen, daß sie befreundet waren. Hätte er Zweifel gehabt, hatte sie selbst diese durch ihren unbeherrschten Ausbruch zerstreut.

»Ich weiß nicht, wo sie Urlaub macht«, sagte das Mädchen. »Aber wenn Sie Frau Mahler fragen, die kann Ihnen das sicher sagen. Sie ist hinten im Büro.«

»Ja, danke«, sagte Andrea.

Wahrscheinlich ärgerte es Valentin maßlos, daß sein Plan, ihr einen Mord unterzuschieben, nicht so reibungslos funktionierte, wie er sich das vorgestellt hatte. Er kanalisierte seinen Frust darüber in eine neue Gemeinheit. Diesmal zog er Gina mit hinein!

Andreas schlimmste Befürchtung war wahr geworden. Sie mußte Gina in jedem Fall warnen. Dazu mußte sie mit Judith sprechen. Die, wie sie wußte, nicht gerade ein Fan von ihr war.

Andrea seufzte und wappnete sich gegen das kommende, mit Sicherheit nicht angenehme Gespräch. Denn daß Judith es ihr nicht leichtmachen würde, daran zweifelte Andrea keine Sekunde.

Judith runzelte wie erwartet die Stirn, als sie Andrea eintreten sah. »Sie trauen sich wirklich eine Menge«, sagte sie mit deutlichem Groll in der Stimme. »Und Sie verschwenden Ihre Zeit, wenn Sie auch nur eine Sekunde annehmen, ich sage Ihnen, wo Gina ist.« Sie versuchte Andrea gleich allen Wind aus den Segeln zu nehmen. »Ginas Urlaub dient dem Zweck, daß sie sich von den Enttäuschungen, die sie durch Sie erlitten hat, erholen soll, auf andere Gedanken kommen. Es wäre der Sache überhaupt nicht dienlich, wenn Sie irgendeinen Kontakt mit ihr aufnähmen. Ehrlich gesagt, ich wünschte, es gäbe die medizinische Möglichkeit, bei Gina eine zeitlich begrenzte Amnesie für die Dauer Ihrer Bekanntschaft zu erzeugen. Habe ich meine Position in der Sache deutlich genug gemacht?«

»Mir war Ihr Standpunkt bereits klar, bevor ich hereinkam.« Andrea seufzte. Es war noch schwerer, als sie angenommen hatte. Und dabei mußte sie Gina helfen!

»Dann wußten Sie ja, wie zwecklos Ihr Versuch sein würde. Guten Tag!«

Die Aufforderung zum Gehen war nicht mißzuverstehen. Stattdessen ging Andrea zum Schreibtisch, hinter dem Judith immer noch saß.

»Ich habe Ihre Meinung vernommen und akzeptiere sie«, versuchte sie Judith zu beruhigen. »Leider hat sich die Situation jedoch verändert. Gina befindet sich ernsthaft in Gefahr. Valentin hat vor einer halben Stunde bei mir angerufen und Gina bedroht. Er hat irgendwie erfahren, daß wir beide uns nahestehen. Sicher kennt er nicht den wahren Zusammenhang, aber es reicht ihm schon, daß er Gina für eine Freundin von mir hält. Sobald Gina zurückkommt, befindet sie sich in Lebensgefahr. Bitte sagen Sie ihr also, Sie soll dort bleiben, wo sie jetzt ist, bis die ganze Angelegenheit vorüber ist, das heißt, bis zur Festnahme Valentins oder meiner Person.«

Judith schaute nun doch etwas verwirrt drein. Sie hatte fest damit gerechnet, daß Andrea sich verteidigen und alles daransetzen würde, Ginas Aufenthaltsort oder zumindest Telefonnummer zu erfahren. Sie war davon ausgegangen, daß Andrea gekommen war, weil sie es sich mal wieder anders überlegt hatte. Und nun das!

»Ähm, ja, das mache ich natürlich«, versicherte sie Andrea.

Andrea atmete erleichtert auf und nickte. »Im Fall, daß es positiv für mich ausgeht, werde ich Sie anrufen, und Sie können Gina sagen, daß sie zurückkommen kann. Anderenfalls werden Sie von meiner Festnahme sicher in der Zeitung lesen. In dem Fall besteht auch keine Gefahr mehr für Gina, weil Valentin sein Ziel dann erreicht hat.«

Andrea drehte sich um und ging zur Tür.

»Warten Sie!« rief Judith hinter ihr.

Andrea hielt inne, wandte sich um. »Haben Sie noch eine Frage?«

»Ja. – Was empfinden Sie eigentlich für Gina?« Judith musterte Andrea mit prüfendem Blick.

Andrea blinzelte irritiert. Dann erwiderte sie ruhig: »Das ist nicht die Frage.«

»Sondern?«

»Sind Sie der Meinung, man darf ein neues Versprechen geben, wenn man damit ein bereits gegebenes bricht?« fragte Andrea.

Judith schaute Andrea verständnislos an.

»Ich denke, es macht beide Versprechen wertlos«, fuhr Andrea leise fort. »Und ich habe Maren versprochen, daß ich sie immer lieben würde. Ich habe es versprochen, weil ich es fühlte. Ich fühle es immer noch.« Andrea zögerte. »Ja. Ich fühle auch etwas für Gina«, gab sie zu. »Zum ersten Mal seit Marens Tod empfinde ich wieder Zuneigung für eine Frau. Aber es gelingt mir nicht, dieses neue Gefühl mit dem alten in Einklang zu bringen.«

Judith war für einen Moment sprachlos. Aber so etwas dauerte bei ihr nie lange an. Sie stand auf und kam auf Andrea zu. »Vielleicht sollten Sie sich eines klarmachen«, sagte sie und sah ihr dabei in die Augen. »Das Versprechen, das Sie Ihrer Freundin gegeben haben, war ein Versprechen an eine Lebende, nicht an eine Tote.« Sie musterte erneut Andreas verschlossenes Gesicht. »Bestimmt hätte Maren sich dagegen gewehrt, wenn sie gewußt hätte, daß Sie sich dadurch nach ihrem Tod selbst im Weg stehen. In der Konsequenz werden Sie, wenn Sie damit nicht aufhören, immer allein bleiben. Und eines Tages sehr einsam sein.«

Andrea sah Judith erstaunt an. Soviel Einfühlungsvermögen hatte sie ihr nicht zugetraut.

»Schön, daß Gina Sie zur Freundin hat«, sagte Andrea aus einem Impuls heraus.

»Ich werde Gina Bescheid geben«, sagte Judith, und diesmal klang ihre Stimme weit wärmer als am Anfang. »Machen Sie sich keine Sorgen.«

Andrea seufzte. Die machte sie sich, das konnte sie gar nicht verhindern. Schließlich wußte sie, wozu Valentin fähig war. Und die Vorstellung, daß Gina ihm in die Hände fallen könnte ... Sie schüttelte den Gedanken schnell ab. Bloß nicht daran denken.

»Danke«, sagte sie zu Judith. »Bitte machen Sie ihr klar, daß sie auf keinen Fall herkommen darf. Auf keinen Fall!«

Judith nickte. »Ich werde mir Mühe geben«, sagte sie.

17.

In der vergangenen Woche hatte Gina versucht, weitestgehend alle Gedanken an zu Hause und an Andrea zu verdrängen. Die Gemütlichkeit der kleinen Bergpension, die Herzlichkeit der Wirtin und die ausführlichen Klettertouren, die sie unternahm, boten genau die Ablenkung, die sie brauchte.

Judiths Anruf riß sie aus ihrer Scheinwelt. Mit einem Schlag war alles wieder gegenwärtig. Besonders ihre Gefühle für Andrea. Und Gina fragte sich: Sollte sie sich wirklich hier verstecken und darauf warten, wie die Sache mit Valentin ausging? Andrea und Judith hielten es offenbar für das beste.

Eines wunderte Gina. Judith war während des ganzen Telefonates nicht einmal über Andrea hergefallen. Bisher war Andreas Name immer wie ein rotes Tuch für Judith gewesen. Nun ja, sicher war es die Sorge, die sie ihre Abneigung vergessen ließ. Doch die Sorge mußte nicht nur ihr, Gina, sondern genauso Andrea und Carmen gelten. Deshalb zweifelte Gina, ob es richtig sein konnte hierzubleiben.

Andreas Worte klangen ihr wieder in den Ohren: *Besser wir gehen uns aus dem Weg. … Ich möchte mich nicht im Streit von dir trennen.*

Das waren deutliche Worte. Deshalb war sie weggefahren. *Du kannst sowieso nichts für Andrea und Carmen tun,* sagte sie sich zum einen. *Was, wenn sie doch deine Hilfe brauchen?* zum anderen.

Gina fühlte sich ziemlich unwohl bei dem Gedanken, daß sie hier saß, während Andrea und Carmen Valentins Attacken ausgesetzt waren. Außerdem lastete auf Andrea immer noch dieser unsinnige Mordverdacht. *Und du jammerst über dein gebrochenes Herz.*

Natürlich konnte sie den beiden helfen. Allein durch ihre Anwesenheit.

Punkt eins: Valentin konnte keine Zeugen für seine Attacken brauchen. Wenn sie und Carmen in Andreas Nähe blieben, hatte er in dem Punkt schon mal sehr schlechte Karten. Das galt natürlich auch im Falle, daß Valentin gegen Carmen oder sie etwas unternehmen wollte.

Das war Punkt zwei: Sie schützten sich gegenseitig. Mit ihrer Anwesenheit konnte sie helfen, Valentins Spielraum noch weiter einzuschränken. Das war viel besser, als hier untätig herumzusitzen. Zumal sie Untätigkeit haßte.

An diesem Punkt ihrer Überlegungen angelangt war der Entschluß schnell gefaßt.

In wenigen Minuten hatte sie gepackt.

Es war Mitternacht, als sie losfuhr.

Am nächsten Morgen würde sie in Berlin sein.

Gina parkte auf der Straßenseite gegenüber von Andreas Wohnung, schaltete die Zündung aus und lehnte sich erschöpft in den Sitz zurück.

Ihr Rücken schmerzte von der langen Fahrt. Ihr Hintern fühlte sich platt an wie eine Flunder.

Wie schon die ganze Fahrt über kämpfte sie auch jetzt mit ihren gemischten Gefühlen. Sie würde Andrea wiedersehen. Ja. Aber wie würde die wohl reagieren?

Um allen Mißverständnissen vorzubeugen, mußte sie Andrea als erstes sagen, daß sie nicht gekommen war, um deren Entscheidung zu diskutieren. Sie akzeptierte sie. Es ging einzig und allein um Valentin! Wie sie sich *alle* vor ihm schützen konnten.

Wie auf ›Stichgedanken‹ traten Andrea und Carmen aus dem Haus. Gina stieg aus ihrem Wagen. Sie sah den beiden entgegen.

Andrea schien in Gedanken versunken. Sie ging deutlich langsamer als Carmen, die bereits die Straße überquerte.

Gerade als Gina Carmen zurufen und sie zu sich heranwinken wollte, sah sie, wie der dunkle Wagen, der bis eben noch gemächlich die Dreißigerzone passiert hatte, plötzlich beschleunigte.

Er hielt direkt auf Carmen zu. Noch zwei oder drei Sekunden, und der Aufprall würde unausweichlich folgen. Jetzt sah Carmen den Wagen auf sich zukommen. Und auch Andrea erfaßte die Gefahr. Sie schrie Carmen zu, sie solle laufen. Doch nichts geschah. Carmen stand wie angewurzelt.

Gina reagierte in Bruchteilen von Sekunden. Mit zwei langen Sätzen war sie bei Carmen, griff sie am Arm und riß sie mit sich.

Der Wagen brauste einen halben Meter neben ihnen vorbei.

Andrea lief hastig zu ihnen. »Ist alles in Ordnung? Habt ihr euch verletzt?«

»Mir geht es gut«, sagte Gina.

Carmen erwachte wieder zum Leben und begann zu zittern.

Andrea nahm sie in die Arme und hielt sie fest. »Ist gut, Carmen. Es ist vorbei. Ich rufe einen Krankenwagen.«

»Nein. Nein, bitte, bring mich nach oben. Ich will nach oben«, stammelte Carmen.

Andrea sah ratlos zu Gina. Die nickte. »Sie hat einen Schock. Sie braucht Ruhe. Konntest du die Autonummer erkennen?«

»Darauf habe ich überhaupt nicht geachtet«, sagte Andrea benommen.

»Ich leider auch nicht.« Gina biß sich auf die Lippe.

Carmen saß, in eine Decke eingewickelt und mit einem Glas Tee vor sich, auf der Couch. Andrea hielt ihre Hand.

Gina kam mit zwei Tassen Kaffee aus der Küche. Sie reichte eine davon Andrea. »Geht es besser?« fragte sie.

»Ja«, sagte Carmen. Ihre Stimme klang bereits wieder erstaunlich fest.

Andrea schwieg. Ihr Gesicht sah düster aus.

»Andrea?« fragte Gina besorgt.

Die sah auf. In ihren Augen funkelte es böse. »Was hast du dir dabei gedacht?« fuhr sie Gina wie aus heiterem Himmel an.

Gina war völlig perplex. »Wobei gedacht?«

»Warum bist du zurückgekommen? Du weißt doch, was hier los ist. Konntest du nicht bleiben, wo du warst?«

»Aber ...« Sie hatte mit keiner sehr freundlichen Begrüßung gerechnet, aber daß Andrea gleich so auf sie losgehen würde ...

Andreas Nerven lagen blank. »Hast du gedacht, es reicht nicht, wenn ich mir um Carmen und mich Sorgen mache? Dachtest du, aller guten Dinge sind drei?«

»Aber wenn ich vorhin nicht rechtzeitig ...« Immerhin hatte sie Carmen das Leben – oder zumindest einige ihrer Knochen – gerettet. War das denn gar nichts wert?

»Ich wäre schon mit der Situation fertiggeworden!« rief Andrea heftig.

Was du nicht sagst. Gina bezweifelte, daß Andrea hätte schnell genug reagieren können – und hatte sie ja auch nicht.

Carmen sah erstaunt zu Andrea. »Andrea, spinnst du? Warum schnauzt du Gina so an?«

»Ich will, daß sie dahin zurückfährt, wo sie herkommt«, stellte Andrea klar. »Dort ist sie in Sicherheit. Alles andere kann ich nicht verantworten.«

»Du mußt dich nicht verantwortlich fühlen für das, was ich tue«, hielt Gina ihr entgegen. »Ich treffe meine Entscheidungen selbst, und ich verantworte sie selbst. Ich werde nicht zurückfahren. Ich hätte keine ruhige Minute.«

»Gina!« Andrea seufzte. Ihre Stimme klang nur noch besorgt. »Sei doch vernünftig. Es nützt niemanden, wenn dir auch noch etwas passiert.«

Gina schüttelte den Kopf. »Andrea! Der Mann ist nun mal unberechenbar. Bleibe ich, kann es richtig oder falsch sein, fahre ich zurück, ebenso. Und da bin ich lieber bei euch.«

Andrea änderte ihre Argumentationsrichtung. »Judith wird mich lynchen, wenn ich das zulasse.«

»Laß Judith meine Sorge sein. Ich erkläre es ihr schon.«

»Ich glaube kaum, daß dir das gelingt.« Andrea seufzte.

»Auch Judith wird akzeptieren müssen, daß ich meine Entscheidungen nach meinem Dafürhalten treffe.«

»So stur kenne ich dich gar nicht.« Andrea sah Gina kopfschüttelnd an.

»Dann hast du gerade eine neue Seite an mir kennengelernt«, erwiderte die und grinste breit.

»Also gut«, gab Andrea widerwillig nach. »Warten wir eben zu dritt. Viel mehr können wir nicht tun. Wie wir gerade gesehen haben, war es keine gute Idee, die Wohnung zu verlassen. Aber die ist dank der neuen Alarmanlage ein Bollwerk. Hier kommt Valentin nicht unbemerkt hinein. Und wir gehen nicht hinaus. Ganz einfach.«

»Aber wir müssen essen. Was wird, wenn der Kühlschrank leer ist?« gab Carmen zu bedenken.

»Wir lassen liefern«, erwiderte Andrea. Dann schaute sie grübelnd zu Gina. »Ich habe lediglich das Arbeitszimmer für dich frei. Ich hoffe, du kannst auf einer Campingliege schlafen.«

»Klingt nicht sehr bequem. Lieber wäre mir eine Matratze, die ich einfach auf den Boden legen kann«, gestand Gina.

Andrea hob bedauernd die Schultern. »Damit kann ich leider nicht dienen.«

»Tja, dann. Ich hole schnell noch meine Sachen aus dem Auto. Manche müssen vielleicht gewaschen werden.« Sie stand auf.

Andrea runzelte die Stirn. »Was ist, wenn Valentin noch da draußen rumlungert?«

»Glaub ich nicht«, sagte Gina. »Wenn er schlau ist, wird er sich einen neuen Wagen beschaffen.«

Andrea blickte immer noch besorgt. »Ich komme mit runter.«

Gina schüttelte den Kopf. »Lieber nicht. Er ist garantiert weg. Mach dir keine Sorgen.« Sie ging hinaus.

Als sie die Wohnung verlassen hatte, räusperte Carmen sich umständlich.

»Was ist?« fragte Andrea. Ihre Augen durchbohrten ihre Schwester dabei.

»Nichts weiter. Ich wundere mich nur ein wenig. Erst so ein Ausbruch, und dann gibst du einfach nach?«

Andrea zuckte nur mit den Schultern. »Was sollte ich tun? Gina hat doch recht. Niemand weiß in dieser Situation, was richtig oder falsch ist. Wenn wir hier alle drei zusammen sind, ist das vielleicht das beste. Bleibt abzuwarten, wie uns das Aufeinanderhocken bekommt.«

»**A**ber Judith. Es ist für alle eine gute Lösung«, beruhigte Gina ihre aufgebrachte Freundin am anderen Ende des Handys. »Valentin kann unmöglich unbemerkt in Andreas Wohnung eindringen. Damit bin ich hier genauso sicher wie in den tiefsten Alpen. Und schließlich war es meine Entscheidung zurückzukommen.«

»Eine sehr dumme Entscheidung«, erwiderte Judith.

»Meine Entscheidung«, betonte Gina. »Und nach dem, was auf der Straße passiert ist, wohl eher die richtige. Gib dir keine Mühe.

Andrea ist es nicht gelungen, mich umzustimmen. Und dir wird es auch nicht gelingen. Ich will bei ihr sein.«

»Als was?« Judiths Stimme klang etwas spitz.

»Ach, Judith! Das ist doch jetzt nicht wichtig. Ob als Freundin oder einfach nur als Beistand. Was tut das schon zur Sache?« Gina seufzte. Über diese Dinge wollte sie im Moment wirklich nicht nachdenken. Es war so schon schwierig genug.

»Im Moment nicht so viel. Da hast du recht.« Judith schwieg einen Augenblick. »Aber was ist danach?«

»Erst einmal müssen wir die Sache alle heil überstehen«, wich Gina aus. »Und hoffen, daß es überhaupt ein *Danach* gibt, das Andrea frei und nicht im Knast verbringt. Oder hast du die Anklage vergessen?«

»Ich meine nicht Andrea, du Schaf, ich meine dich! Du erinnerst dich? Die Frau hat dir den Laufpaß gegeben. Und du rennst ihr immer noch hinterher.« Judith schnaufte.

»Das stimmt doch gar nicht«, wehrte Gina ab. Allerdings nicht sehr überzeugend.

»Schon mal was vom Jojo-Effekt gehört?« fragte Judith halb belustigt, halb ernst. Und ohne eine Antwort abzuwarten fuhr sie fort: »Der Rückfall nach dem Versuch, sich etwas abzugewöhnen. Hat zur Folge, daß die Abhängigkeit noch schlimmer wird. Gilt nicht nur für Raucher und Übergewichtige. Auch für Verliebte.«

Gina seufzte. »Und wenn? Ich kann nichts dagegen tun. Egal was wird, ich werde versuchen, Andrea eine Freundin zu sein. Falls du denkst, ich bin unglücklich damit, irrst du dich.« Das war wirklich nicht der richtige Zeitpunkt jetzt!

Judiths undefinierbares Schnaufen ließ ihren Unmut deutlich erkennen. »Wie du meinst«, sagte sie nur.

»Ich melde mich bei dir, sollte es etwas Neues geben«, sagte Gina. Sie schaltete ihr Handy aus und ging in die Küche.

Dort bereitete Andrea gerade das Mittagessen vor.

»Was sagt sie?« fragte Andrea, während sie die Kartoffeln schälte.

»Kannst du dir ja denken.«

»Ich habe dich erst verführt und anschließend um deinen Verstand gebracht. Oder umgedreht?« vermutete Andrea.

»So ähnlich. Judith ist sich sicher, daß ich eine selbstquälerische Ader habe.«

»Und? Hast du?« Andrea sah sie von der Seite an.

»Schon möglich. Ist wohl eine Interpretationsfrage.« Wenn sie das mit Judith nicht diskutiert hatte, würde sie es mit Andrea auch nicht tun. »Was gibt es denn zu essen?« lenkte Gina ab.

»Schnitzel, Kartoffeln, Gemüse aus der Dose.« Sie grinste. »Tut mir leid. Ich bin keine große Köchin. Das ist so ungefähr das Äußerste, was ich zustandebringe.«

»Ist doch ganz nett«, sagte Gina. »Kann ich was helfen?«

»Ich habe die Schnitzel schon paniert. Du kannst die Pfanne aus dem Eckschrank dort unten holen und sie braten.« Andrea wies auf den Schrank.

Gina nahm die Margarine aus dem Kühlschrank. Als das Fett in der Pfanne brutzelte, legte sie das Fleisch hinein.

Andrea hatte mittlerweile die Kartoffeln aufgesetzt und saß nun am Küchentisch. Sie beobachtete Gina, für die es nichts Wichtigeres zu geben schien als die Schnitzel in der Pfanne.

»Du wirst es kaum glauben, aber ich bin froh, daß du hier bist«, sagte Andrea in die Stille.

Gina drehte sich erstaunt um. »Ich hatte eher den Eindruck, du warst wenig begeistert von meinem Auftauchen.«

»Entschuldige. Ich fühlte mich überrumpelt. Deshalb habe ich wohl so schroff reagiert.« Andrea schüttelte bedächtig den Kopf. »Schon komisch. Ich dachte, wenn du nicht mehr da bist, würde ich mich besser fühlen. Ausgeglichener, freier. Es hat aber nicht funktioniert. Und das hat nichts damit zu tun, daß mir Valentin im Nakken sitzt.«

Andreas Geständnis führte bei Gina zu keiner sichtbaren Reaktion. Sie stand unbeweglich neben dem Herd. »Ach ja?« meinte sie lediglich zurückhaltend. Was wollte Andrea damit sagen? Hatte sie ihre Meinung geändert? Nein. Andreas Geständnis besagte nichts. Nichts außer der Tatsache, daß sie nach wie vor uneins mit sich selbst war.

»Was hast du erwartet, Andrea?« fragte sie. »Das mit einem Schlag alles wieder wird wie vor unserer ersten gemeinsamen Nacht?«

Andrea zögerte. »Ja«, sagte sie schließlich leise. »Ich habe es zumindest gehofft.«

Gina wandte sich stumm den Schnitzeln zu. Auch Andrea schwieg. Im Moment gab es nichts weiter zu sagen.

Nach dem Mittagessen stellten sie im Arbeitszimmer die Liege auf. Ginas Blick fiel auf die Bilder an der Wand.

»Das Zimmer war Marens Hobbyraum. Sie hat in ihrer Freizeit gemalt«, erklärte Andrea ruhig.

Gina schaute sich um. »Sie gefallen mir.« Sie trat an eines der Bilder heran und betrachtete es genauer. »Hat Maren auch ausgestellt?«

Andrea hielt in ihrer Bewegung inne. »Maren war auf dem Rückweg von einer Vernissage, als der Unfall passierte«, erzählte sie leise. »In der Nacht regnete es in Strömen. Der Fahrer des Wagens, der sie überholte, hatte es sehr eilig. Er schätzte die Entfernung und Geschwindigkeit des entgegenkommenden Wagens falsch ein. Der LKW auf der Gegenseite konnte nicht ausweichen. Für den Fahrer, der Maren überholte, reichte die Zeit weder zum Abbremsen noch zum weiteren Beschleunigen. Er wich nach rechts aus. Maren wurde von der Straße abgedrängt.«

Gina schluckte. »Wie schrecklich ... und sinnlos«, sagte sie beklommen.

Andrea ging nicht darauf ein. »Carmen will sich ein Video ansehen«, sagte sie. »Ich werde mich wohl dazusetzen. Hast du auch Lust?«

»Ich glaube, ich ziehe mich lieber mit einem Buch zurück«, erwiderte Gina.

»Wie du meinst.« Andrea verließ schnell den Raum.

Sie ist froh, daß ich nicht mitkomme, dachte Gina, als sie ihr hinterherschaute. *Jetzt, wo sie wieder an Maren denkt ...*

Gegen Abend klopfte es an die Tür, und Carmen schaute hinein. »Wollte nur mal sehen, was du so treibst.«

Gina hob lächelnd das Buch hoch, in dem sie las.

»Muß ja wahnsinnig spannend sein«, meinte Carmen. Sie trat ins Zimmer und schloß die Tür hinter sich.

Gina, die auf der Liege lag, setzte sich auf.

»Ich habe mich noch gar nicht bei dir bedankt«, sagte Carmen. Sie setzte sich neben Gina. »Hättest du nicht so geistesgegenwärtig reagiert, wer weiß ...«

»Danke lieber dem Zufall, der mich genau zum richtigen Augenblick hierher gebracht hat«, entgegnete Gina.

Carmen lächelte. »Dem auch. Aber vor allem dir.« Sie küßte Gina auf die Wange. »Du bist meine Lebensretterin, ob du willst oder nicht.«

»Oje. Das willst du jetzt aber nicht zum Thema der Woche erheben, oder?« Gina grinste schief.

»Keine Panik. Ich bin schon fertig.« Carmen stand auf. »Kommst du? Abendbrot ist fertig.«

Diese Liege war die Hölle!

Gina warf sich frustriert auf den Rücken. Seit Stunden wälzte sie sich von einer Seite auf die andere. Schlaf konnte man das nicht nennen. Dabei hätte die anstrengende Nachtfahrt und die reichliche Aufregung vom Tage eigentlich genügen müssen, ihr einen tiefen Schlaf zu bescheren. Trotz Campingliege. Aber denkste!

Gina stand auf und trabte in die Küche, wo sie ein Glas Wasser nahm. Sie setzte sich an den Küchentisch und trank langsam. *Ein Kognak wäre mir lieber,* dachte sie dabei. Doch um schlafen zu können, hätte sie wohl eine ganze Flasche gebraucht.

Sie seufzte. Nichts zog sie zurück auf ihre Folterbank. Doch schließlich war das Glas leer. Die Alternative zur Folterbank, ein Wasserbauch, behagte Gina ebensowenig. Also ging sie zurück. Im Wohnzimmer stieß sie mit Andrea zusammen.

»Du kannst wohl auch nicht schlafen?« fragte Andrea.

»Wie gesagt: Campingliegen sind nicht mein Fall«, erwiderte Gina.

»Das tut mir leid. Ich würde dir gern mehr Komfort bieten.« Sie schaute sich im Wohnzimmer um. »Vielleicht solltest du es mal mit der Couch probieren?«

Gina schaute auf das Möbelstück. Darauf hätte sie auch selbst kommen können. Sie klopfte sich eines der Kissen zurecht.

»Ich hole dir deine Decke«, sagte Andrea.

Als sie wiederkam, schlief Gina bereits. Andrea deckte sie sorgfältig zu und hockte sich neben das Sofa. Behutsam strich sie über Ginas Wange. »Schlaf gut«, flüsterte sie zärtlich. Sie ertappte sich dabei, daß sie sich wünschte, Gina in den Arm zu nehmen. Sie nur zu halten. Wie es wohl wäre, diesem Wunsch nachzugeben? Ganz bewußt. Nicht nur für einen unkontrollierten Augenblick der Leidenschaft. Wie es wohl wäre, dieses Gefühl der Zärtlichkeit nicht nur zuzulassen, sondern sich daran zu stärken?

Nein! Andrea schreckte irritiert vor ihren eigenen Gedanken zurück. Das konnte sie niemals wieder. Aber wenn es so unmöglich war, warum stellte sie sich dann immer wieder solche Fragen? Warum empfand sie so für Gina? Warum ging es nicht einfach vorbei wie ein Schnupfen? Warum brachte Gina ihr Leben so durcheinander? So viele *Warum*.

Es war Ginas Zurückhaltung, die ihr so gefiel, deren Rücksicht. Selbst wenn es für Gina bedeutete, ihre eigenen Interessen in den Hintergrund zu stellen oder diese gar zu verleugnen. Was nicht hieß, daß sie keinen eigenen Willen besaß. Das konnte man nun wirklich nicht behaupten! Gina handelte oft sehr emotional. Doch gerade das machte sie so liebenswert.

Liebenswert? So, so. Andrea fiel auf, wie sie sich endlos in ihren Gedanken verhedderte. Judiths Worte kamen ihr in Erinnerung. Verhinderte ihr Festhalten an ein altes Versprechen, ihre Erinnerung an Maren, daß sie sich dem Leben wieder öffnen konnte? Das mochte durchaus richtig sein. Aber diese Erkenntnis nützte nichts, solange sie innerlich fühlte, was sie fühlte. Allerdings brachte Gina diese Gefühle sehr durcheinander. Mehr als einmal!

Was bedeutete das nun? – Andrea zögerte den nächsten Gedanken hinaus. Er zog das Unfaßbare in Betracht: Verblaßte die Erinnerung an Maren? Rückte die unmerklich in den Hintergrund, um Platz für etwas Neues zu machen? Wollte sie das nur nicht wahrhaben? Wehrte sie sich deshalb so vehement gegen jedes Anzeichen eines aufkommenden Gefühles für Gina? Fragen über Fragen.

18.

Sie frühstückten. Carmen aß mit gesundem Appetit. Gina trank nur Kaffee. Sie war noch zu müde, um zu essen. Andrea beobachtete Gina unauffällig. Glaubte sie. Aber Carmen entgingen Andreas Blicke nicht. Sie lächelte in sich hinein. Wann würde Andrea wohl endlich selbst merken, was so offensichtlich war?

Es klingelte an der Tür.

»Ich gehe«, sagte Andrea und stand auf.

Der Blick auf die Kamera neben der Tür zeigte Andrea einen uniformierten Beamten, der draußen stand. Andrea öffnete.

»Frau Jordan?« fragte der Mann.

»Ja.«

»Ich soll Sie zum Kommissar aufs Revier bringen.«

Andrea griff zur Jacke. Während sie sich anzog, fragte sie: »Hat Thiele etwas gegen Valentin gefunden?«

Der Beamte zuckte mit den Schultern. »Ich habe keine genaueren Informationen. Erhielt über Funk nur den Auftrag.«

»Einen Moment«, bat Andrea und ging schnell in die Küche zu Carmen und Gina. »Ein Beamter. Ich werde zum Revier gebracht. Schätze, ich bin in einer bis eineinhalb Stunden wieder da«, informierte sie die beiden.

»Ist gut«, sagte Carmen.

Gina schaute nur müde drein. Die Stunden auf dem Sofa hatte sie geschlafen wie ein Stein. Nur war die Nacht viel zu kurz gewesen.

Andrea ging zurück in den Flur, wo der Beamte wartete. »Kann losgehen.«

Kurz darauf saßen sie im Wagen. Andrea blickte abwesend aus dem Fenster. Sie fragte sich, was wohl passiert war. Wenn Thiele sie extra abholen ließ, mußte es ziemlich wichtig sein. Sonst hätte er sie ja einfach anrufen können.

Andrea registrierte die vorbeiziehenden Bilder der Straßen. »Das ist aber nicht der Weg zum Revier«, fiel ihr nach einiger Zeit auf.

»Ich muß noch in die Apotheke. Meine Frau ist furchtbar erkältet.«

Andrea schaute wieder auf die Straße. Da! Da war eine Apotheke gewesen! »Sie sind daran vorbeigefahren«, sagte sie. »Am besten, Sie wenden an der nächsten Ampel.«

Der Mann nickte. Plötzlich ein schnappendes Geräusch. Die Zentralverriegelung. Andrea zuckte zusammen. »Was soll das?«

»Sicherheitsvorkehrung.«

Sie fuhren über die Ampelkreuzung hinaus, ohne zu wenden. »Wollen Sie mich veralbern?« fragte Andrea. »Was ist hier los?« Ein mulmiges Gefühl breitete sich in ihrem Magen aus. »Wer sind Sie?«

»Rate mal!« Der Mann hatte plötzlich seine Haare in der Hand. Oder besser das, was Andrea für seine Haare hielt. Eine Perücke! Es folgten der Bart und zwei gummiähnliche Läppchen, die er von seinen Nasenflügeln abzog. Dann fummelte er in seinem Mund herum, zog eine Teilprothese heraus. Die eben noch vollen, hoch liegenden Wangen, fielen nach unten. Nun war auch Valentins Stimme wieder die, die sie kannte. »Na? Wer bin ich?«

Andrea saß in ihrem Sitz wie angenagelt.

»Die Überraschung ist gelungen, was?« Valentin lachte.

Andrea konnte darauf nichts erwidern. Die Stimme versagte ihr. Sie fluchte innerlich: *Warum hast du dir nicht seinen Ausweis zeigen lassen?* Aber für derartige Selbstvorwürfe war es zu spät.

»Du sagst ja gar nichts.«

»Kriegen Sie denn nie genug?« fragte Andrea matt.

Valentin feixte. »Denkst du wirklich, deine Schuld ist schon abgegolten?« Er starrte Andrea mit haßerfüllten Augen an. »Bisher konntest du verhindern, daß ich deine Schwester erwische. Auch wenn beim letzten Mal nur Glück im Spiel war. Um weitere Störungen meiner Pläne zu vermeiden, bringe ich dich an einen Ort, wo du mir nicht in die Quere kommen kannst. Und dann habe ich nur noch ein Problem.« Erneutes Feixen. »Ich weiß nicht, wen ich zuerst erledigen soll: deine Schwester oder deine Freundin. Vielleicht werden auch beide deine Arroganz ausbaden müssen.«

Andrea lief es kalt den Rücken hinunter. Sie zweifelte keinen Augenblick, daß Valentin seine Drohung ernst meinte. »Sie kommen nicht an sie heran. Die Wohnung wird rund um die Uhr von Beamten bewacht«, log Andrea.

Valentin zeigte sich wenig beeindruckt. »Zum einen stimmt das nicht. Und zum anderen, selbst wenn es stimmt, bin ich an dich nicht auch herangekommen?«

Er lenkte den Wagen in eine Nebenstraße und stoppte vor der Garage eines Einfamilienhauses. Mittels Fernbedienung öffnete er das Tor und fuhr hinein.

»Keine Zeit für lange Plaudereien«, sagte er. »Ich muß mich beeilen, bevor die beiden anderen unruhig werden, weil du nicht wiederkommst. Darf ich um dein Handy bitten? Wir wollen doch nicht, daß du während meiner Abwesenheit Dummheiten machst.«

Er hielt Andrea fordernd seine Hand hin. Andrea gab ihm das Telefon. Valentin bedeutete ihr sitzenzubleiben. Er selbst stieg aus und schloß den Wagen ab.

»Niemand wird hören, wenn du um Hilfe rufst«, klang seine Stimme gedämpft zu ihr.

Er ließ lächelnd das Handy auf den Boden fallen und schaltete das Licht aus. Das Garagentor schloß sich hinter ihm. Was blieb, war absolute Dunkelheit und Stille.

Es klingelte an der Wohnungstür. *Warum nimmt Andrea nicht ihren Schlüssel?* wunderte Carmen sich. Sie ging zur Tür. Aber es war nicht Andrea, die draußen stand, sondern ein Beamter. Carmen befiel sofort Unruhe. Das konnte nur heißen, daß etwas passiert war.

»Ich komme im Auftrag von Kommissar Thiele«, sagte Valentin in neutralem Ton. Er hatte sich nicht die Mühe gemacht, seine Verkleidung wieder anzulegen, da er wußte, daß keine der beiden Frauen ihn bisher zu Gesicht bekommen hatte. »Leider haben sich die Verdachtsmomente gegen Ihre Schwester bestätigt.«

»Was soll das heißen?« fragte Carmen.

»Sie wurde vorläufig festgenommen.«

»Was?« Carmen starrte ihn fassungslos an.

»Wenn Sie ein paar Sachen zusammenpacken und sie ihr bringen wollen, fahre ich Sie«, bot Valentin an.

»Ja. Ja natürlich. Warten Sie.« Carmen schloß die Wohnungstür. Sie überlegte, ob sie Gina wecken sollte, die auf dem Sofa schlief. Dann entschied sie sich dagegen und schrieb nur schnell einen Zettel. Gina sollte erst einmal ihr Schlafdefizit ausgleichen. Von der schlechten Nachricht erfuhr sie früh genug. Andreas Tasche war schnell gepackt.

Gina wachte auf. Ein Blick zur Uhr zeigte, es war Mittag. Sie blickte sich irritiert um. Es war so still. Nichts in der Wohnung rührte sich. Sie richtete sich ruckartig auf. Ihr Blick fiel auf den Zettel auf dem Tisch.

»Das glaube ich nicht!« rief sie laut, nachdem sie ihn gelesen hatte. Andrea festgenommen? Carmen von einem Beamten abgeholt und auf dem Weg zu ihr? Aber Andrea sagte doch, daß Thiele im Begriff war, Beweise gegen Valentin zu finden. Was war passiert, daß sich das Blatt so plötzlich gewendet hatte?

Sie griff zum Telefon. Es dauerte eine Weile, bis man sie mit Thiele verband. »Sind Sie verrückt geworden?« rief sie in den Hörer.

Schweigen am anderen Ende. Dann eine deutlich verwunderte Stimme: »Wer spricht denn da? Und worum geht es?«

»Gina Gilbach. Ich bin eine Freundin von Frau Jordan. Warum haben Sie sie festnehmen lassen?«

Wieder Pause. Diesmal noch länger. Schließlich die Frage: »Wie kommen Sie darauf, daß Frau Jordan festgenommen wurde?«

Gina stockte der Atem. »Sie haben doch einen Beamten geschickt, der Frau Jordan abholen sollte. Und dann ihre Schwester.«

»Aber keineswegs.« Thiele wirkte noch verwunderter.

»Wer war dann ...« Gina brach ab. Wie ein Blitz durchfuhr sie die Erkenntnis: »Valentin. Er hat die beiden in seiner Gewalt.«

»Was sagen Sie da?« fragte Thiele alarmiert.

Ginas Gedanken überschlugen sich. »Heute morgen war ein Beamter hier und hat Frau Jordan abgeholt. Angeblich sollte er sie zu Ihnen aufs Revier bringen«, berichtete sie aufgeregt. »Später kam noch einmal jemand, der Andreas Schwester abgeholt hat. Unter dem Vorwand, Andrea sei festgenommen und brauche ein paar persönliche Sachen. Ich habe den Mann beide Male nicht gesehen. Aber wenn es niemand von Ihren Leuten war, kann es nur Valentin gewesen sein.«

Thiele schnaufte. »Ich fürchte, Sie haben recht.«

»Sie müssen die beiden suchen lassen!« rief Gina aufgeregt.

»Ich leite sofort eine Fahndung ein.« Thiele wirkte besorgt. »Allerdings kann ich Ihnen nicht viel Hoffnung auf Erfolg machen.«

Gina gab Thiele ihre Handynummer für den Fall, daß er doch etwas erreichte, und legte auf. Einen Moment verharrte sie regungslos.

Dann fluchte sie. »Verdammt.«

Da saß sie nun und konnte nichts anderes tun als warten. Noch dazu auf das Ergebnis einer ziemlich aussichtslosen Fahndung. Das konnte doch nicht alles sein! Sie mußte irgend etwas tun! Gab es denn niemanden, der Valentin kannte? Seine Gewohnheiten? Seine Verstecke? Gut. Valentin war ein Einzelgänger. Aber auch er hatte eine Mutter, einen Vater, eine ... eine Ex-Freundin! Ja, das war es! Wenn jemand etwas über Valentin wußte, dann seine Ex-Freundin.

Gina griff erneut zum Telefon. Thiele war unterwegs. Sie hinterließ ihm eine Nachricht. Und nun? Wie kam sie an den Namen und die Adresse der Frau?

Na, genau wie Thiele – aus der Akte! Zu jeder Verhandlung gab es eine Akte. Die Frau war Zeugin in Valentins Prozeß gewesen. *Leider hast du aber nicht die Befugnisse des Kommissars. Wie also kommst du an diese verdammte Akte?*

Stefan wunderte sich nicht wenig, daß ihn die Frau gerade nach diesem Fall fragte. Dennoch. Die Vorschriften waren klar. »Die Details der Gerichtsakten sind der Öffentlichkeit nicht zugänglich. Wenn Sie Informationen zum Fall suchen, das Archiv ist im Nebengebäude im ersten Stock«, erklärte er freundlich.

Gina nickte. Sie hatte befürchtet, daß es Schwierigkeiten geben würde. »Die Verhandlung damals war doch öffentlich?« fragte sie. Ungeduld schwang in ihrer Stimme.

»Ja.«

»Na also«, sagte Gina. »Dann verraten Sie mir doch kein Geheimnis, wenn Sie mir den Namen der Frau nennen.«

»Aber ich darf nun einmal keine Informationen aus den Akten herausgeben.« Stefan blieb fest.

»Hören Sie.« Gina zwang sich, so ruhig wie möglich zu bleiben. »Es ist sehr wichtig! Frau Jordan und ihre Schwester sind von Valentin entführt worden. Dessen Ex-Freundin kann vielleicht einen Hinweis geben, wo man nach ihnen suchen kann. Sie kennt Valentin.«

Jetzt kam Bewegung in Stefan. »Warum sagen Sie das denn nicht gleich? Ich habe vor kurzem erst mit der Frau gesprochen. Ich weiß, wo sie wohnt. Kommen Sie!«

Gina, perplex über die plötzliche positive Wendung des Gespräches, schaute Stefan überrascht an.

Der stand schon in der Tür. »Kommen Sie!« wiederholte er drängend.

Eilig liefen sie die Treppen des Gerichtsgebäudes hinunter.

»Wie lange wird die Fahrt dauern?« fragte Gina bange.

»Zwanzig Minuten. Noch ist glücklicherweise nicht Feierabendzeit.«

Es dauerte aber doch länger. Der Grund für die Verzögerung war eine Baustelle. Gina schlug fluchend auf das Lenkrad.

»Das hilft jetzt auch nicht«, meinte Stefan ebenso nervös.

Endlich ging es weiter. Gina fuhr entsprechend Stefans Anweisungen, bis er das Kommando zum Halten gab. »Hier ist es.«

Sie stiegen aus. »Dritter Stock«, sagte Stefan, eilte auf eine der Haustüren zu und die Treppe hinauf.

Auf ihr Klingeln rührte sich zunächst nichts.

»Bitte! Mach auf«, flüsterte Gina.

Stefan drückte erneut auf den Klingelknopf. Einmal, zweimal. Schließlich hörten sie, wie sich hinter der Tür etwas bewegte.

Gina atmete erleichtert auf.

»Entschuldigung, ich habe geschlafen«, sagte die Frau, die jetzt vor ihnen stand. Dann erkannte sie den jungen Referendar. »Sie schon wieder?« fragte sie mit deutlicher Ablehnung in der Stimme.

»Wir müssen uns entschuldigen, daß wir Sie noch einmal stören.« Stefan lächelte. »Aber es ist wirklich wichtig.«

Die Frau zögerte.

»Dürfen wir reinkommen?« fragte Stefan.

Die Frau nickte.

Stefan und Gina folgten ihr in die Küche und setzten sich. Stefan übernahm weiterhin die Führung des Gespräches. »Valentin hat in den letzten Wochen meiner Chefin, der Richterin aus seinem Prozeß, das Leben zur Hölle gemacht«, begann er. »Ihnen brauche ich nicht erzählen, zu was er alles fähig ist.« Er machte eine Pause. Ließ der Frau Zeit, sich zu sammeln. Die Erwähnung Valentins setzte ihr immer noch sichtlich zu.

»Diesmal ist er sogar soweit gegangen, einen Mann zu erschießen und zu versuchen, diesen Mord Frau Jordan unterzuschieben. Aber damit nicht genug. Nun hat er sie auch noch entführt. Und ihre Schwester. Er ist völlig außer Kontrolle geraten. Wenn wir ihn nicht schnell finden, kann das für Frau Jordan und ihre Schwester den Tod bedeuten.«

»Wie soll ich Ihnen dabei helfen? Ich habe keinen Kontakt mehr zu ihm. Und ich lege auch nicht den geringsten Wert darauf.« Die Stimme der Frau zitterte.

»Ja.« Stefan wippte ungeduldig mit dem Fuß. »Aber Sie kennen ihn. Haben Sie vielleicht irgendeine Idee, wo er sich aufhalten, wo er die beiden Frauen festhalten könnte?«

»Nein.« Die Frau schüttelte den Kopf.

Die Antwort kam schnell. Zu schnell.

Stefan blieb ruhig. »Lassen Sie sich Zeit. Denken Sie nach.«

Gina ging das alles zu langsam. »Während wir hier sitzen, bringt Valentin vielleicht gerade eine von beiden um. Nur um sich an dem Leid der anderen zu ergötzen«, sagte sie brutal. »Sollte sich später herausstellen, daß Sie uns etwas verschwiegen haben, bekommen Sie erhebliche Schwierigkeiten. Das garantiere ich Ihnen.«

Stefan zog die Augenbrauen hoch. Ob das der richtige Weg war, die Frau zur Mithilfe zu bewegen?

»Wenn Sie denken, Sie können mir drohen, liegen Sie falsch«, erwiderte Valentins Ex-Freundin auch prompt. »Die Probleme, die Sie mir machen können, sind nichts im Vergleich mit denen, die Valentin mir macht, wenn er erfährt, daß ich ihn verraten habe.«

Gina verstand ihre Angst nur zu gut. Trotzdem. Sie brauchten die Hilfe dieser Frau. »Wollen Sie sich ihr Leben lang von ihm einschüchtern lassen?« fragte Gina deshalb. »Ich verspreche Ihnen, wenn er diesmal erwischt wird, bekommt er lebenslänglich. Vorsätzlicher Mord und Entführung. Da kommt er nicht mehr raus. Aber dazu müssen wir ihn finden!«

Die Frau zündete sich eine Zigarette an und zog nervös daran. Ihre Angst war deutlich spürbar. »Es gab da ein, zwei Plätze, wo er immer herumhing«, kam es zögernd.

Gina atmete auf. »Ja?«

»Er ging jeden Tag mindestens zwei Stunden in seinen Boxclub. Und dann gab es da noch diese Garage, die er gemietet hatte, wo er ewig an was rumschraubte.«

»Wissen Sie, wo sich dieser Club und die Garage befinden?« fragte Gina.

»Ja.« Die Frau nannte zwei Adressen.

Gina schrieb mit. Dann verabschiedeten sie sich eilig.

Zurück im Auto versuchte Gina noch einmal, Thiele zu erreichen. Vergeblich.

»Wir müssen uns aufteilen«, wandte sie sich an Stefan. »Einer nimmt den Boxclub, einer die Garage.«

»Na, dann ist der Boxclub wohl meine Aufgabe«, stellte Stefan lakonisch fest. »Sie wären da ganz sicher am falschen Platz. Mehr als platte Witze und dumme Kommentare bekämen Sie nicht zu hören. Die Umkleide und Duschen könnten Sie auch nicht inspizieren.«

»Dann fahre ich zur Garage«, stimmte Gina zu. »Sollten Sie in dem Club etwas finden, rufen Sie mich sofort an.« Sie schrieb ihre Handynummer auf einen Zettel. »Unternehmen Sie nichts. Nicht, wenn es nicht unbedingt notwendig ist.«

»Das gilt aber auch für Sie.« Stefan riß eine Ecke des Zettels, den Gina ihm gegeben hatte, ab und schrieb ebenfalls seine Nummer auf. »Ich nehme mir ein Taxi zum Club«, sagte er dabei.

»Gut.« Gina sah ihn eindringlich an. »Und passen Sie auf. Valentin ist gefährlich.«

»Ich weiß«, sagte Stefan. »Passen Sie auch auf sich auf. Und übrigens: Ich heiße Stefan.« Er lächelte sie kurz an.

»Gina«, erwiderte sie. »Danke für Ihre Courage, Stefan.«

19.

Die Fahrt zum Boxclub endete vor einem roten Ziegelsteingebäude. Stefan bezahlte den Taxifahrer und stieg aus. Da das Gebäude in einem Industriegelände lag, vermutete Stefan, daß in ihm eine oder mehrere Firmen ihren Sitz hatten. Merkwürdig, daß nur vereinzelt Autos in der Nähe parkten. Stand das Gebäude leer? Dann gab es diesen Boxclub hier vielleicht auch nicht mehr?

Stefan schaute sich suchend um. Er entdeckte das Schild auf der Stahltür, einige Meter rechts vom Haupteingang des Gebäudes. *Black Panthers* stand darauf. Die Tür ließ sich öffnen. Sie führte in einen Keller. Diffuse Beleuchtung sorgte für gerade einmal soviel Licht, daß die Stufen der Treppe erahnbar waren. Stefan tastete sich vorsichtig ins Dunkel hinab. Das Ganze wirkte unheimlich. Er erwartete jeden Moment von einer barschen Stimme angefahren zu werden. Dies war jedenfalls kein Club, der Neugierige einlud.

Die Treppe endete an einer weiteren Tür, hinter der Stefan dumpfe Geräusche hörte. Vorsichtig drückte er die Klinke hinunter, schob die Tür auf. Lärm empfing ihn. Offenbar fand ein Trainingskampf statt. Zwei Boxer im Ring traktierten einander. Einige Männer standen um den Ring herum und feuerten die Akteure an: »Los, Manne! Die Rechte! Beinarbeit, Tiger! Vorwärts, linker Haken!«

Niemand beachtete Stefan. Der schaute, ob er Valentin unter den Männern, die am Ring standen, ausmachen konnte. Er kannte Valentins Bild aus dessen Akte. Aber Fehlanzeige.

Die Gesichter der Boxer im Ring erkannte Stefan nicht. Einer der Männer hatte dunkles Haar. Wie Valentin. Aber ob er es war?

Stefan dankte der Vorsehung, daß die Umstände so überaus günstig für ihn waren. Da alle ihre Aufmerksamkeit dem Kampf zuwandten, konnte er sich unauffällig ein wenig umsehen. Womöglich gab es einen abgelegenen Raum, wo Valentin seine Geiseln versteckt hielt, ohne daß es jemand merkte.

Die Gegend war vornehm. Das Grundstück, zu dem die Garage gehörte, machte allerdings eher einen ungepflegten Eindruck. Sicher sehr zum Ärger der Nachbarn.

Gina sah sich aufmerksam um. Die Straße lag menschenleer da. Sie ging die Auffahrt zur Garage hoch, klopfte gegen das Tor.

Zunächst zögernd, dann lauter rief sie: »Andrea? Carmen?« Nichts rührte sich. »Valentin! Machen Sie auf! Ich weiß, daß Sie da drinnen sind! Ich habe die Polizei benachrichtigt! Die werden in fünf Minuten hier sein!«

War Valentin wirklich in der Garage und hörte sie, würde er irgendwie reagieren müssen! Aber nichts geschah.

Gina bückte sich. Wenn man den Filmen im Fernsehen glauben durfte, ließ sich das Tor irgendwie nach oben schieben.

Wahrscheinlich, weil diese Tore auch nicht abgeschlossen waren. Wie das hier! Gina konnte es ohne viel Mühe anheben.

Die Garage war leer. Verdammt! Und nun? Stefan rief auch nicht an. Also sah es bei ihm wohl ähnlich mau aus. Was konnte sie jetzt noch tun?

Sie wollte gerade enttäuscht kehrtmachen, als ihr Blick auf etwas fiel, das am Boden lag. Ein kleiner, metallener Gegenstand. Ein Handy. Gina hob es auf. Ihr Herz klopfte schneller. Andrea besaß so ein Handy!

Sie griff hastig nach ihrem Telefon und wählte Andreas Nummer. Das kleine Gerät in ihrer Hand spielte eine Klingelmelodie. Es *war* Andreas Handy! Sie war also hier gewesen! Aber wo war sie jetzt?

Valentin hatte Andrea am frühen Vormittag geholt. Wahrscheinlich hatte er sie danach hier eingesperrt. Dann hatte er Carmen geholt. Und dann? – Mußte er beide Frauen an einen Ort bringen, wo er sie verstecken konnte, ohne Gefahr zu laufen, daß jemand beim ersten ungewöhnlichen Geräusch die Polizei informierte.

Ein Ort, wie zum Beispiel ein Boxclub einer war …

Stefan ging den schwach beleuchteten Gang entlang, vorbei an einem leeren, offenstehenden Büro. Die nächste Tür gehörte zum Umkleideraum. Er wollte ihn gerade betreten, als er das Geräusch eines zuschlagenden Schrankes hörte. Erschrocken sprang er in den hinteren Teil des Ganges, der nicht ausgeleuchtet war. Auf eine Begegnung mit einem mißmutigen, einen Kopf größeren Muskelpaket konnte er gut verzichten. Die Statur des Mannes, der jetzt aus dem Umkleideraum kam, stand Stefans Befürchtungen in nichts nach. Der Mann wandte sich direkt in Richtung Halle zu seinen Kumpels.

Stefan atmete erleichtert auf und betrat den Umkleideraum. Er ging zwischen den Schränken entlang, sah sich um. Hier gab es keine Möglichkeit, jemanden zu verstecken. Nicht die kleinste Besenkammer. Er kehrte um.

In der Halle lief der Kampf der Boxer auf vollen Touren. Die Zurufe der Umstehenden waren deutlich lauter und erregter als zuvor. Stefan erspähte einen zweiten Gang, nicht weit entfernt. Um nicht aufzufallen ging er so ruhig wie möglich auf diesen zu.

»Was bist'n du für einer?« hörte er da plötzlich eine Stimme hinter sich.

Stefan blieb stehen. Den Bruchteil einer Sekunde saß ihm der Schreck in den Gliedern. Dann besann er sich, setzte ein Grinsen auf und drehte sich um.

»Hallo. Ich suche Thomas. Kannst du mir sagen, wo ich ihn finde?«

Die Augen des Riesen musterten Stefan mißtrauisch. »Wer soll'n das sein? Thomas?«

»Kumpel von mir. Mittelgroß, dunkles Haar, Thomas Valentin. Ist öfter hier. Kennst du ihn?«

»Ach, du meinst Tiger! Bist du blind? Der kämpft doch gerade.«

»Echt? Hab ihn gar nicht erkannt. Na ja, der Gesichtsschutz. Ist ja kein Wunder.«

»Komm mit«, sagte der Riese.

Stefan folgte ihm – notgedrungen.

Stefans Bewacher wurde sofort von dem Geschehen im Ring mitgerissen. Den jungen Mann an seiner Seite hatte er schnell vergessen.

Stefan tastete sich langsam rückwärts, in Richtung des Ganges, den er noch nicht untersucht hatte. Der war nicht sehr lang und endete an einem Lastenaufzug. Laut Bedientafel gab es drei Stockwerke. Den Keller, in dem er sich befand, das Erdgeschoß, wahrscheinlich mit dem Zugang zur Straße, und ein Obergeschoß. Das gehörte sicher nicht zum Boxklub, sondern zu den Gewerbeflächen. Wenn die Räume leerstanden, ein ideales Versteck!

Stefan drückte auf den Knopf. Ratternd setzte sich der Aufzug in Bewegung. Stefan betete, daß die Jungs im Club nicht auf den Lärm aufmerksam wurden. Aber der Kampf schien gerade seinem Höhepunkt entgegenzugehen. Das Rufen und Grölen erfüllte die ganze Halle. Da achtete niemand auf das Ächzen des alten Aufzuges. Die gelbe Lampe zeigte jetzt an, daß die Kabine angekommen war.

Stefan trat aus dem Fahrstuhl. Vor ihm lag eine weiträumige Halle. Ein ehemaliges Großraumbüro, wie er aus den paar übriggebliebenen alten Aktenschränken und Tischen schloß. Er ging unentschlossen durch den Raum. Hier gab es nichts zu finden. Das war leicht zu überblicken. Und nun? Wieder runter in die Halle? Zu diesen Muskelpaketen? Danach gelüstete es ihn nicht sehr. Es gab sicher einen anderen Ausgang. Eine Treppe, über die er direkt nach draußen kam. Stefan schaute sich um.

Da war es ja. Eine Tür zu einem Treppenaufgang. Und – wie auf Bestellung – eine Toilette. Doch Stefan prallte von der geschlossenen Tür ab.

»Schitt«, brummte er. »Alles steht offen, nur die Klos schließen sie ab.« Einen Treppenabsatz weiter unten gab es noch eine Toilette. Stefan drückte die Klinke. Sie gab nach. »Na also, geht doch«, seufzte er erleichtert.

Bereits wieder auf dem Weg nach unten, blieb er plötzlich stehen und stutzte. *Eine Toilette abgeschlossen, die andere offen? Also man sollte denken, entweder oder. Oder? Na ja, andererseits, es gab tausend Gründe, warum die eine Tür verschlossen war und die andere nicht. Ein technischer Defekt. Ein schusseliger Hausmeister. – Zwei Gefangene hinter einer verschlossenen Tür!*

Stefan machte auf dem Absatz kehrt. Eilig lief er die Stufen hinauf und klopfte an die verschlossene Toilettentür. »Frau Jordan? Sind Sie da drin?«

Er lauschte. »Frau Jordan! Ich bin es. Stefan.«

Andrea erkannte die Stimme ihres Referendars sofort. Noch nie hatte sie sich so gefreut, ihn zu hören. Auch wenn ihr schleierhaft war, wie er hierher kam. Hauptsache, er war da!

Valentin hatte sie und Carmen vor geraumer Zeit in dieser engen Toilette eingesperrt, an Händen und Füßen mit einem schmerzhaft ziehenden Klebeband gefesselt, den Mund ebenfalls verklebt. Trotz aller Bemühungen war es ihnen nicht gelungen, sich der Fesseln oder wenigstens der Knebel zu entledigen. So saßen sie und warteten auf das Unvermeidliche: Valentins Rückkehr. Da der kleine Raum, in dem sie eingesperrt waren, kein Fenster hatte, umgab sie absolute Dunkelheit. Sie hatten jedes Gefühl für die Zeit verloren.

Als sich die Schritte auf der Treppe näherten, dachten sie, es wäre soweit: Valentin kam zurück. Sie wagten nicht, sich zu bewegen, als sie die Geräusche vor der Tür hörten. Dann entfernten sich die Schritte wieder. Was bedeutete das? Valentin ging? Dann erneute Schritte, diesmal eiliger. Plötzlich Stefans Stimme. Andrea, die auf dem Boden saß, streckte ihre Füße aus und stieß sie gegen die Tür. Einmal, zweimal, dreimal.

Stefan hörte das Klopfen. Für den Moment stand er wie erstarrt. Doch das währte nur kurz. Dann kam Bewegung in ihn. »Frau Jordan! Sie sind da drin? Wie geht es Ihnen?«

Aber es antwortete nur ein wiederholtes Klopfen.

Stefan verstand.

Er musterte die Tür. Einen Versuch war es wert. So kräftig er konnte warf er sich mit der Schulter dagegen. Und stöhnte auf. »Verdammt tut das weh«, fluchte er. *Nun ja, der Mensch hat schließlich zwei Schultern.* Mit verbissenem Gesicht warf er sich ein zweites Mal gegen die Tür.

Das Schloß krachte. Stefan fiel in vollem Schwung nach vorn, direkt auf Andrea.

»Hallo, Chefin«, ächzte er, während er sich aufrappelte. Eilig zog er erst Andrea und dann Carmen die Klebebänder vom Mund.

»Danke«, sagte Andrea. Sie zitterte.

Stefan versuchte, auch das Klebeband an ihren Händen zu entfernen. Da er kein Taschenmesser hatte, mußte er sich mit den Zähnen behelfen. Sobald ihre Hände frei waren, half Andrea Carmen, während Stefan sich an Andreas Fußfesseln zu schaffen machte.

Als das geschafft war, atmeten sie alle erst einmal erleichtert auf.

»Können Sie aufstehen?« fragte Stefan und reichte Andrea seine Hand.

Sie versuchte es, fiel gleich wieder um und stöhnte. Ihre Füße waren eingeschlafen. Sie biß die Zähne zusammen. »Geht schon«, sagte sie grimmig.

Mit Stefans Hilfe stand sie endlich wieder auf ihren eigenen Füßen. Sie sah sich hastig um. »Laßt uns so schnell wie möglich von hier verschwinden.«

Sie liefen die Treppe hinunter. Die Tür nach draußen war jedoch verschlossen.

»Dann müssen wir durch den Boxclub gehen«, meinte Stefan. »Valentin kann uns vor den Augen seiner Kumpels eigentlich nichts tun.«

Andrea und Carmen sahen ihn unsicher an. Valentin zu begegnen versetzte sie beide in Panik.

Hoffentlich fällt uns noch was anderes ein, dachte Andrea. Das Zittern in ihrem Innern nahm wieder zu.

In diesem Moment klingelte Stefans Handy. Schnell nahm er ab.

»Stefan! Wo sind Sie?« klang es aus dem Hörer.

»Gina!«

Andrea und Carmen schauten ihn schlagartig an.

»Ich bin hier draußen – vor dem Club«, sagte Gina. »Hier ist ein ziemlich mitgenommenes Schild an der Wand mit der Aufschrift *Black Panthers.* Ist es das?«

»Ja.« Stefan sprach leise. »Ich habe die beiden gefunden. Wir sind noch im Gebäude, kommen aber gleich raus. Warten Sie auf uns.« Er schaltete ab.

Gina fiel eine tonnenschwere Last vom Herzen. *Er hat sie gefunden!* Und offensichtlich waren alle gesund und unversehrt.

»Der Fahrstuhl ist da«, sagte Stefan, schob die Tür auf – und blieb wie angewurzelt stehen.

Er starrte in den Lauf der Pistole, die auf ihn gerichtet war. Dann wanderte sein Blick nach oben zu Valentins vom Boxkampf geschwollenem Gesicht.

»Man sagte mir, daß jemand nach mir sucht.« Valentin machte mit der Pistole eine auffordernde Bewegung, daß die drei zurücktreten sollten. »Also wollte ich mal nach dem Rechten sehen.«

»Ich habe die Polizei informiert. Sie wird jeden Augenblick eintreffen«, sagte Stefan. Valentin sollte glauben, daß Flucht die einzige Alternative für ihn war.

»So clever siehst du aber gar nicht aus«, feixte Valentin.

»Das ist kein Bluff. Wir werden draußen erwartet«, sagte Andrea. Triumphierend setzte sie hinzu: »*Er* hat nämlich ein Handy!«

Valentin kniff die Augen zusammen. Der letzte Satz beunruhigte ihn doch sichtlich. Schweiß trat auf seine Stirn. Seine Augen bekamen einen gehetzten Ausdruck.

»Dann werde ich euch jetzt einfach alle erschießen«, sagte er gepreßt. »Alle bis auf dich, Richterin. Du sollst mit der Schuld leben!«

Ginas Ungeduld wuchs. Wo blieben die drei nur? Sie müßten doch längst hier sein, wenn alles glattgelaufen war!

Ihr Handy klingelte.

»Thiele hier. Was ist los?« klang seine tiefe Stimme aus dem Apparat.

»Kommen Sie sofort in die Krachtstraße. Wir haben Frau Jordan und ihre Schwester gefunden. Im Boxclub *Black Panthers*. Aber es gibt Probleme. Ich gehe jetzt hinein.«

»Warten Sie ...«, rief Thiele.

Gina hörte ihn nicht mehr. Sie unterbrach die Verbindung.

Eilig lief sie auf das Gebäude zu.

Andrea fühlte, wie die Situation eskalierte. Anstatt Valentin zum Aufgeben zu bewegen, hatten sie ihn in Panik versetzt. Er war außer Kontrolle. Jeden Moment konnte er schießen. Sie überlegte fieberhaft, wie sie ihn beruhigen oder zumindest von den anderen beiden ablenken konnte.

»Valentin!«

Valentins Augen sprangen zu ihr hin. Es war klar, daß die anderen nur Beiwerk waren. Nur sie war ihm wichtig.

»Ist Ihnen schon mal in den Sinn gekommen, daß, selbst wenn Sie mir nahe stehende Menschen bedrohen oder gar töten, Sie ihr Ziel nicht erreichen können?« fragte Andrea mit kühler Stimme – was ihr einiges an Kraft abverlangte.

Valentin sah sie hämisch an. »Was willst du mir weismachen?«

Andrea zuckte die Schultern, als ob sie das alles gar nichts anginge. »Ich bin kein besonders emotionaler Typ. Das haben Sie mir doch selbst vorgeworfen. Was, wenn ich gar nicht fähig bin, Ihren Verlust nachzuempfinden?«

Valentin stutzte.

»Das kann ich mir in meinem Beruf nicht leisten«, fuhr Andrea unbeeindruckt fort. »Mit Gefühlen habe ich nichts im Sinn. Sie können umbringen, wen Sie wollen. Ich werde einfach wieder zur Tagesordnung übergehen.«

Valentin starrte sie an. Es war ihm anzusehen, daß es in ihm arbeitete. Sie war ein gefühlloses Luder, diese Richterin. Das hatte er ja schon immer gewußt. Aber daß sie so gefühllos war ...

»Ihre einzige Chance, sich wirklich an mir zu rächen, ist, *mich* zu töten«, sagte Andrea jetzt. Sie hoffte, daß Valentin so konfus war, daß er ihr glaubte.

Und scheinbar wirkten ihre Worte. Valentin richtete seine Waffe jetzt allein auf sie.

»Wenn Sie jetzt abdrücken, tun Sie anderen wie Ihnen einen guten Dienst.« Andrea versuchte Valentins Aufmerksamkeit auf sich festzuhalten. »Wer weiß, wie vielen Sie den Schmerz, der Ihnen zugefügt worden ist, ersparen können.«

»Andrea!« Carmen schrie auf.

Andrea blickte zu Carmen und bedeutete ihr mit den Augen, sie solle sich in Sicherheit bringen. Auch Stefan gab sie unauffällig ein entsprechendes Zeichen.

Aber keiner von ihnen rührte sich. »Andrea, hör auf damit«, bat Carmens ängstliche Stimme.

Valentins Atem ging immer schneller. Es war ihm anzusehen, wie er mit sich rang. Einerseits drängte es ihn, Andrea zu erschießen. Andererseits fürchtete er sich vor dem *Danach*. Denn gab er seinem Drang nach, verlor er seinen Lebensinhalt. Dann hatte er kein Opfer mehr, dem er nachstellen konnte. Das war sein Dilemma.

Andrea bemerkte Valentins Zögern. Wenn nicht jetzt, wann dann war der richtige Zeitpunkt für eine Gegenwehr? Mit einer blitzschnellen Bewegung griff sie nach der Waffe.

Aber sie hatte Valentin unterschätzt. Der wich überraschend schnell aus.

Ein Schuß krachte.

Andrea sackte zusammen.

Gina stieß die Tür zur Boxhalle auf. Mit lauten Krachen fiel sie hinter ihr ins Schloß. Erschrocken fuhr Gina zusammen. Um dann zu erkennen: Dieses berstende Geräusch stammte niemals vom Zufallen einer Tür. Das war ein Schuß! Einige der Männer, die in der Halle trainierten, hielten inne. Auch sie hatten das ungewöhnliche Geräusch bemerkt.

Gina zog hastig ihr Handy hervor und wählte Stefans Nummer. Es klingelte. Einmal, zweimal ... fünfmal. Er nahm nicht ab.

»Verdammt!« fluchte Gina. Wo waren die drei? Was passierte da?

Sie sprach einen der Boxer an, der sein Training unterbrochen hatte. »Wo kam das her?«

Der Mann zuckte mit den Schultern. »Keine Ahnung. Klang aber eindeutig wie ein Schuß.«

»Gibt es hier irgendwo einen ungenutzten Raum, ein mögliches Versteck für jemanden, der eine Geisel verstecken will?« fragte sie mit gehetzter Stimme.

Der Mann sah sie verblüfft an. »Eine Geisel? Was für einen Blödsinn erzählst du da, Mädchen?«

Gina biß die Zähne zusammen, daß ihre Kiefer weiß hervortraten. »Paß auf – *Junge* ...«, quetschte sie drohend hervor. »Mein Sinn für Humor ist heute sehr begrenzt. Also – gibt es da was?« Sie starrte ihm wild ins Gesicht.

»Der erste Stock?« meinte der Mann verdattert. »Eine leerstehende Büroetage.«

»Wie komme ich dorthin?« fragte Gina.

Er hob seinen Arm. »Mit dem Lastenaufzug dahinten.«

Gina lief in die angedeutete Richtung und erreichte den Aufzug. Trotz mehrmaligen Drückens des Knopfes setzte sich der jedoch nicht in Bewegung.

Sie rannte zurück, durch die Halle, die Treppe zur Straße hinauf. Außer Atem kam sie draußen an, schaute sich um. Da! Die Tür! Die mußte zu besagter Büroetage führen. Sie lief hin. Natürlich verschlossen!

Sie atmete tief durch. Dann ein kräftiger Tritt. Die Kunststoffscheibe zerbarst. Schnell schlug Gina die gefährlichsten Splitter aus dem Rahmen und krabbelte durch das Loch. Hinter sich, auf der Straße, hörte sie die Sirene eines Polizeiwagens lauter werden. Das war Thiele mit seinen Leuten.

Aber Gina wollte nicht warten, um womöglich Zeit mit umständlichen Erklärungen zu vergeuden.

Sie lief die Treppe hinauf.

Entsetzt blickten Carmen und Stefan auf Andrea, die leblos am Boden lag.

Carmen sank neben ihrer Schwester auf die Knie. »Andrea!« flüsterte sie.

Auch Valentin schien schockiert. Die Dinge liefen aus dem Ruder. Er war nicht mehr Herr der Lage. Er empfand keine Befriedigung seiner Rache. Das war eine unerwartete Situation für ihn.

Carmens Hände berührten zitternd Andreas Bauch, aus dem das Blut sickerte. »Rufen Sie einen Krankenwagen!« schrie sie Valentin an.

»Schnauze«, schrie der zurück. »Wer hier wen ruft, bestimme immer noch ich.«

Jetzt löste sich auch bei Stefan die Erstarrung. »Sind Sie total verrückt? Sie verblutet doch!«

»Und wenn schon«, erwiderte Valentin hysterisch. »Ihr beide kommt jetzt her. Na los!« Er unterstrich seine Worte mit einer eindeutigen Geste der Waffe.

Carmen ignorierte ihn. Sie beugte sich noch weiter zu Andrea hinunter, flüsterte beruhigende Worte in ihr Ohr.

Stefan stand wie angewurzelt.

»Na los!« Valentins Stimme überschlug sich. »Oder soll ich euch auch eine verpassen? Denkt ihr, ich tue das nicht?«

Stefan beugte sich zu Carmen. »Bitte! Kommen Sie. Er meint das ernst«, sagte er eindringlich und zog Carmen hoch.

Die erhob sich widerstrebend.

Stefan stützte sie. *Sicher hat Gina die Polizei gerufen,* dachte er, *nachdem sie den Schuß hörte und ich mich nicht gemeldet habe.* Es konnte nur noch wenige Minuten dauern, dann würde Hilfe kommen. Und war da nicht eben ein Geräusch aus dem Treppenhaus zu hören? Offenbar war er der einzige, der es bemerkt hatte. Aber er war sich sicher. *Ich muß Zeit gewinnen!*

Valentin deutete in Richtung des Fahrstuhls. »Los. Rein da.«

»Wollen Sie uns *so* durch den Club führen?« fragte Stefan und wies auf Valentins Pistole. »Meinen Sie nicht, die Männer dort unten werden Fragen stellen?« Natürlich wußte er, daß Valentin seine Waffe vor den Blicken anderer verbergen und sie beide trotzdem in Schach halten konnte. »Außerdem gäbe es dann eine Menge Zeugen für unsere Anwesenheit hier. Und zwar in Ihrer Begleitung! Das kann doch nicht in Ihrem Interesse sein.«

Stefan gab von sich, was ihm gerade einfiel. Er wollte verhindern, daß Valentin ihn und Carmen durch irgendeinen Hinterausgang an einen anderen Ort verschleppte. Daß Valentin eventuelle Zeugen in Kauf nahm, bezweifelte er nicht. In seiner Lage kam es darauf nicht mehr an.

»Laßt das meine Sorge sein«, blaffte Valentin erwartungsgemäß. »Macht ihr nur das, was ich sage, dann geht schon alles klar.«

»Wir können doch Frau Jordan nicht einfach hier liegen lassen!« wandte Stefan ein.

»Doch, das können wir! Und genau das tun wir jetzt auch!« Valentin schob die beiden zum Aufzug.

»Aber was nützen wir Ihnen, wenn Frau Jordan stirbt?« Stefan gab nicht auf.

»Schnauze, Mann!« brüllte Valentin. »Du hast ja keine Ahnung. Die kratzt ab und weiß nicht, was aus euch wird. Das ist die perfekte Rache.« In seinem Hirn hatte Valentin sich innerhalb weniger Minuten eine neue Phantasie zurechtgelegt, die ihn wieder handlungsfähig machte. Zielstrebig und rücksichtslos.

Stefan wagte keinen weiteren Einwand. Mit einer erneuten Eskalation der Situation wäre ihnen nicht gedient. Zögernd bewegte er sich zum Fahrstuhl.

»Das hat keinen Sinn, Valentin!«

Valentin fuhr herum.

»Unten wartet bereits die Polizei«, rief Gina vom anderen Ende der Halle. »Geben Sie auf!«

Entsetzt bemerkte sie Andreas Gestalt, die bewegungslos am Boden lag.

Von ihrem unerwarteten Auftauchen überrascht verharrte Valentin in der Tür des Aufzugs. Das war der Moment, in dem Stefan blitzschnell reagierte. Ein Fußtritt gegen Valentins Hand. Die Waffe flog durch den Raum.

Valentin drehte sich mit wutverzerrtem Gesicht zu Stefan und rammte seine Faust in dessen Magen, so daß er zusammensackte.

Die Sekunden, in denen Valentin seiner unbeherrschten Wut nachgab, verschafften Gina den entscheidenden Vorteil. Schnell war sie bei der Waffe und hob sie auf.

Als Valentin seinen Fehler bemerkte, war es bereits zu spät. Die Enttäuschung über den Verlust des bereits sicher geglaubten Sieges über seine Widersacher brannte in ihm, blendete jeglichen Sinn für Gefahr völlig aus seinem Bewußtsein aus. Weder die Waffe in Ginas Hand noch das Poltern auf der Treppe, das die herannahenden Beamten ankündigte, schien er zu registrieren. Rasend vor Wut ging er auf Gina zu, packte ihren Hals, drückte zu.

Selbst Ginas jahrelange Erfahrung auf dem Gebiet der Selbstverteidigung konnte diesem blinden Haß keine wirkungsvolle Abwehr entgegensetzen. Erst das Eingreifen der Beamten, die Valentin von ihr wegrissen, verschaffte ihr wieder Luft zum Atmen.

Taumelnd lief sie zu Andrea.

Wie versteinert starrte sie auf das Blut, das einen großen, klebrigen Fleck auf Andreas Brust bildete und sich teilweise auch am Boden neben ihr ausbreitete.

Carmen kauerte neben ihrer Schwester.

Stefan, immer noch etwas unsicher auf den Beinen, kam nun auch zu ihnen.

»Sie kommt durch. Sie schafft das«, flüsterte Carmen immer wieder beschwörend, wie um sich selbst zu überzeugen.

21.

Die Nachricht des Arztes war niederschmetternd.

»Der Blutverlust ist enorm. Der Schuß hat eine Arterie getroffen. Hat sie wahrscheinlich zerrissen.« Er räusperte sich besorgt. »Es wäre besser, Frau Jordan erst zu stabilisieren, weil sie so geschwächt ist. Doch dafür ist keine Zeit. Wir müssen sofort operieren. Die Chancen stehen fünfzig zu fünfzig.«

Carmen setzte sich auf den nächsten Stuhl.

Gina, kalkweiß im Gesicht, wandte sich an den Arzt. »Wie lange wird die Operation dauern?« fragte sie.

»Das ist schwer zu sagen. Eine Stunde, zwei.«

»Wir warten hier«, sagte Gina.

»Natürlich. Wenn Sie möchten«, nickte der Arzt. »In der dritten Etage befindet sich eine Cafeteria. Dort können sie etwas zu essen und einen Kaffee bekommen. Das würde Ihnen allen sicher guttun.«

»Ich glaube nicht, daß mir jetzt danach ist«, meinte Gina. Ein Blick in die Gesichter der beiden anderen zeigte ihr, daß es denen ähnlich ging.

Der Arzt entfernte sich. Es begann eine Zeit des Wartens, in denen sich die Minuten wie Stunden hinzogen. Niemand von ihnen sprach. Alle waren sie zu angespannt, um eine Unterhaltung über alltägliche Dinge zu führen. Und über die Chancen des Gelingens der Operation zu spekulieren, dazu waren sie erst recht nicht aufgelegt. Die Prognose war düster genug.

Nach zwei Stunden sprach Gina eine der vorbeikommenden Schwestern an. Die wußte nichts über Andrea, versprach aber, sich zu erkundigen. Kurz darauf kam sie zurück. »Die Operation dauert noch an. Sie müssen sich leider weiter gedulden. Der Chefarzt kommt zu Ihnen, sobald die Operation vorbei ist.«

Gina seufzte. Bedeutete das nun Gutes oder Schlechtes? Dauerte es so lange, weil es ein sehr komplizierter Eingriff war, oder gab es Komplikationen? Mit jeder Minute nahm Ginas Unruhe zu.

Dann stand der Chefarzt plötzlich vor ihnen. Sie hatten ihn gar nicht kommen sehen, weil sie alle drei in Gedanken versunken waren. Ein Blick auf die Uhr verriet Gina, daß seit dem Gespräch mit der Schwester eine weitere Stunde vergangen war.

»Sie hat es geschafft«, verkündete der Professor lächelnd. »Sie kommt jetzt auf die Intensivstation. Besuche sind frühestens in zwei Tagen möglich. Frau Jordan braucht unbedingt absolute Ruhe.«

»Aber wir können Sie doch wenigstens kurz sehen?« fragte Carmen erleichtert.

Der Arzt zögerte. »Also gut, aber nur einer von Ihnen. Und nur ganz kurz.«

Gina nickte Carmen zu. Die folgte dem Chefarzt.

Ginas innere Anspannung löste sich. Der Alptraum war vorbei, Valentin festgenommen. In ihrer aller Leben würde nun bald wieder der normale Alltag einkehren.

Im selben Moment wurde Gina klar, was das noch bedeutete. Auch Andrea würde, sobald sie genesen war, ihr altes Leben wieder aufnehmen. Zu dem sie, Gina, nicht gehörte.

Denk nicht daran! Nicht jetzt!

Jetzt zählt nur eines: daß Andrea gesund wird.

Zwei Tage später stand Gina an Andreas Krankenbett. Eine Vielzahl Schläuche und Kabel verbanden Andrea immer noch mit den verschiedensten Apparaten. Sie war wach, aber sehr schwach. Schon bei der Begrüßung bemerkte Gina, daß Andrea das Reden schwerfiel.

Gina erzählte von den Ereignissen der vergangenen beiden Tage. »Stefan ist der Held der Woche. Die Zeitungen überschlagen sich förmlich, um ein Interview mit ihm zu bekommen. Hoffentlich steigt ihm die Berühmtheit nicht zu Kopf.« Sie lachte.

Andrea lächelte schwach zurück.

»Na, jedenfalls ist nicht mehr die Rede von der drogensüchtigen Richterin, die ihren Dealer erschossen hat.« Gina grinste. »Davon will keiner mehr etwas wissen. Valentins Psyche wird jetzt in den Schlagzeilen von allen Seiten beleuchtet. Sowohl von echten Experten als auch von solchen, die sich selbst dazu erklären.«

Gina erzählte dieses und jenes. Andrea hörte ihr zu. Sie genoß es, Ginas Stimme zu hören, in ihr Gesicht zu sehen und dabei an nichts zu denken.

Nach etwa zwanzig Minuten stand Gina auf. »So, dann gehe ich mal wieder. Ist sowieso besser, wenn ich nicht so lange bleibe. Der Arzt sagte, du brauchst viel Ruhe. Ich habe ihn gefragt, ob ich dir etwas zu lesen mitbringen kann, aber er meinte, das strengt dich noch zu sehr an.«

»Warte«, bat Andrea. Die Augen wurden ihr schon wieder schwer. Ja, es wäre wirklich zu anstrengend für sie gewesen, zu lesen. Sie blieb ja kaum eine halbe Stunde am Stück wach. Aber sie wollte nicht, daß Gina schon ging. »Bleib bitte.«

Gina setzte sich. Andrea seufzte dankbar. Ginas Gegenwart tat ihr gut. Einen Menschen neben sich zu wissen, der ihr vertraut war. Nicht nur Schwestern und Ärzte. Sicher, sie alle waren sehr freundlich, blieben aber doch Fremde. In Ginas Nähe konnte sie sich entspannen. Trotz der Ansammlung beunruhigender Apparate um sich herum.

Das war aber nicht der einzige Grund, warum Andrea nicht wollte, daß Gina ging. Es gab noch einen zweiten. Ginas Besuch unterschied sich von dem Carmens, die bereits heute morgen dagewesen war, in einer wesentlichen Sache. Nämlich in der Frage, wann sie Gina wiedersehen würde. Und vor allem, wie lange noch.

Als Carmen sich verabschiedet hatte, hatte Andrea ihr ruhig nachgesehen. Carmen würde morgen wiederkommen. Und übermorgen und die anderen Tage. Und bei ihrer Entlassung aus dem Krankenhaus wäre Carmen ebenso da wie den Rest ihres Lebens.

Auch Gina würde morgen wiederkommen, nahm sie an, und übermorgen. Aber was war dann? Würden die Abstände zwischen ihren Besuchen länger werden? Und was war nach dem Krankenhausaufenthalt? Wie würde ihr Verhältnis zueinander dann aussehen?

Vor zwei Tagen, als Andrea aus der Narkose erwacht war, hatte ihr erster Gedanke Gina gegolten. Das überraschte Andrea selbst am meisten, denn es lag sehr lange zurück, daß eine Frau – abgesehen von Carmen, aber die zählte in diesem Fall ja nicht mit – ihr Denken derart beherrschte. So sehr, daß sie, nach all dem, was vorgefallen war, all dem Terror, der Angst und Gefahr, nicht einfach nur dachte: *Gott sei Dank, es ist vorbei.* Nein! Sie wachte auf und ihre lückenhaften Erinnerungen versetzten sie in Sorge um Gina.

Andrea erinnerte sich, daß Gina in den Club gekommen war und mit Valentin in einen Kampf geriet. War Gina dabei verletzt worden? Oder war noch Schlimmeres geschehen? Da sie anfangs zu schwach war, um zu sprechen, quälte Andrea diese Sorge mehrere Stunden. Bis sie einen der Ärzte fragen konnte und der ihr sagte, daß alle anderen Beteiligten wohlauf waren.

Doch die Angst, die Andrea während dieser Stunden der Ungewißheit gequält hatte, der Gedanke, Gina könne etwas zugestoßen sein, schnürte ihr die Kehle zu.

Ja, gestand Andrea sich an diesem Punkt endlich ein. *Ich liebe Gina.*

Dennoch blieb eine Frage offen: War diese Liebe stark genug, um nicht immer wieder von Zweifeln befallen und auf Dauer von diesen zernagt zu werden?

Darüber nachzudenken hatte sie in den nächsten Tagen alle Zeit der Welt.

22.

Andrea erwartete ihre Entlassung aus dem Krankenhaus mit gemischten Gefühlen.

Für diesen Tag hatte sie sich vorgenommen, mit Gina zu reden. Darüber, daß sie herausfinden wollte, wie es sich anfühlte, sich ganz aufeinander einzulassen. Ob ihre Erinnerungen an Maren stärker waren oder ihr Gefühl für Gina.

Lange hatte Andrea überlegt, wie sie es anstellen konnte, sich darüber klarzuwerden. Dabei war die Antwort so einfach: Sie mußte es einfach ausprobieren! – Wenn Gina noch wollte.

»Finde einen Vorwand«, hatte sie am Tag zuvor Carmen gebeten. »Dir ist irgend etwas dazwischengekommen. Du kannst mich nicht abholen.«

Carmen unterdrückte ein Grinsen. »Gina soll dich abholen?«

»Ja.« Andrea sah sie mit offenen Augen an. »Ja, bitte. Schaffst du das?«

»Wird schon schiefgehen«, sagte Carmen. Sie lächelte.

Gina kam gegen Mittag. »Bist du fertig?« fragte sie.

Andrea nickte.

»Na dann los.«

Gina wollte Andrea ihre Tasche abnehmen, doch die lehnte lächelnd ab. »Ich bin kräftig genug, keine Angst.«

Während der Fahrt redete Gina nicht viel. Sie erkundigte sich nur allgemein nach Andreas Befinden, fragte, was der Arzt gesagt hatte, wie lange sie noch zu Hause bleiben müsse. Dann verebbte die Unterhaltung.

Andrea sah Gina immer wieder an, versuchte zu ergründen, warum sie so wortkarg war. Es machte Andrea nervös.

Was sie nicht wissen konnte: Gina hatte diesem Tag mit ebenso gemischten Gefühlen entgegengesehen wie Andrea. Ging sie doch davon aus, daß sie Andrea in Zukunft nur selten oder gar nicht zu Gesicht bekommen würde. Um sich ihre Enttäuschung darüber nicht anmerken zu lassen, schwieg sie lieber.

Erst als sie vor Andreas Wohnung den Wagen anhielt, brach sie das Schweigen. »Da sind wir«, sagte sie, holte Andreas Tasche aus dem Kofferraum und reichte sie ihr. »Ich rufe dich an.«

»Kommst du nicht mit rein?« fragte Andrea überrascht.

»Nein, ich muß gleich weiter ins Studio«, erwiderte Gina und schickte sich an, in den Wagen zu steigen.

»Aber ich ... ich wollte ... ich dachte, wir trinken ein Glas Wein zusammen. Auf meine Genesung.« Andrea war fest davon ausgegangen, daß Gina sie wenigstens in ihre Wohnung bringen würde.

»Ein anderes Mal.« Gina stieg ein.

Und nun? Andrea fühlte ein Zittern in den Beinen und mußte sich am Auto abstützen. *Dann sprichst du eben später mit ihr. Morgen. Was ist so schlimm daran?* Nichts, außer daß sich gerade ein Gefühl der Verlorenheit in ihr ausbreitete und sie förmlich unter sich begrub.

Gina sah bestürzt, wie sich Andrea, aschfahl im Gesicht, ans Auto lehnte. Schnell stieg sie wieder aus und lief um den Wagen herum. Sie griff nach Andreas Arm. »Was hast du? Ist dir schlecht?«

Andrea erwiderte nichts. Zu sagen, daß es ihr gut ginge, wäre gelogen gewesen. Den Grund für ihre Schwäche zu erklären war sie aber auch nicht in der Lage.

»Sollen wir zurück ins Krankenhaus fahren?« fragte Gina besorgt.

»Nein, nein. Es geht schon wieder.« Andrea winkte ab.

»Ich komme lieber doch mit rauf«, sagte Gina, schloß das Auto ab und nahm Andreas Tasche.

Diesmal protestierte Andrea nicht.

Sie gingen die Treppe hinauf, wobei Gina Andrea weiterhin besorgt musterte und ihr nicht von der Seite wich. In der Wohnung setzte sie die Tasche im Flur ab und blieb abwartend stehen.

»Mußtest du nicht ins Studio?« fragte Andrea zaghaft, verwundert darüber, daß Gina offenbar zögerte zu gehen. Zuvor hatte sie es doch noch so eilig gehabt. »Es geht mir gut«, sagte sie mit einem schwachen Lächeln. »Ich lege mich jetzt hin. Dann bin ich bald wieder fit.« Sie fühlte, daß allein der Weg hierher sie doch mehr erschöpft hatte, als sie angenommen hätte.

»Ich muß ... ich muß nicht unbedingt ins Studio«, sagte Gina.

Andrea hob die Augenbrauen. »Aber du sagtest doch ...«

Gina blickte verlegen auf den Boden. »Es war nur ein Vorwand«, sagte sie.

»Ein Vorwand?« Andrea schluckte die Enttäuschung samt dem Kloß im Hals hinunter. Wenn Gina Ausreden verwendete, um nicht mit ihr zusammensein zu müssen ...

Gina sah sie etwas unglücklich an. »Ich wollte nicht mit raufkommen, weil ich ... ich möchte nicht, daß du denkst, ich erwarte so etwas von dir. Oder irgend etwas anderes.«

Andrea machte zwei Schritte auf Gina zu. »Das weiß ich doch«, sagte sie zärtlich, als sie vor ihr stand.

Gina machte automatisch einen Schritt zurück. »Nur ist es so, daß du nicht besonders gut darin bist, dich zurückzuhalten«, sagte sie sichtlich nervös. »Und ich bin, wie du ja weißt, nicht gerade gut darin, dir zu widerstehen. Da wir das wissen, müssen wir es ja nicht unbedingt heraufbeschwören, nicht wahr?«

»Ich liebe dich«, sagte Andrea. Auf einmal war sie sich völlig sicher.

Gina erstarrte.

»Ich liebe dich«, wiederholte Andrea.

Gina versuchte sich zu fangen und schüttelte in komischer Verzweiflung den Kopf. »Na bitte, da haben wir es ja. Es geht schon wieder los«, wehrte sie ab.

Andrea lächelte. Sie war selbst schuld. Mit ihrem Hin und Her hatte sie Gina dazu gebracht, daß sie ihr nicht mehr traute. Das war ihr gutes Recht.

Sie strich sanft über Ginas Wange. Gina zuckte zusammen.

»Ich meine es ernst«, sagte Andrea leise. »Ich liebe dich.« Sie schluckte. »Ich möchte mit dir zusammensein.«

Gina atmete tief durch und seufzte angestrengt. »Ja ja, das weiß ich. Das kommt immer wieder mal bei dir vor. Die Wochen im Krankenhaus waren recht enthaltsam. Da wundert es mich nicht, daß du so etwas sagst. Und natürlich auch fühlst.« Sie wandte ihren Kopf ab.

Andrea versuchte ihren Blick einzufangen. So etwas Ähnliches hatte sie erwartet. Nun mußte sie die Arbeit nachholen, die sie sich bisher geweigert hatte zu tun. »Das hat nichts mit dem Krankenhaus zu tun«, sagte sie ernst. »Jedenfalls nicht so wie du denkst.« Auch sie atmete tief durch. »Ich hatte eine Menge Zeit zum nachdenken«, fuhr sie fort, »mir über meine Gefühle klarzuwerden.«

»Deine Gefühle sind meistens recht eindeutig«, sagte Gina abwehrend. »Du willst Sex – und du liebst Maren.«

Andrea seufzte. Gina hatte zuviel mit ihr durchgemacht, sie wollte sich schützen. »Du mußt so reagieren, ich weiß«, sagte sie. »Es ist meine Schuld. Ich habe so viele Fehler gemacht. Du bist keine Frau für ... so etwas.« Sie sah Gina eindringlich an. »Du bist eine Frau, die eine Partnerin für eine ernst gemeinte Beziehung sucht, nicht nur für gelegentliche Abenteuer. Und ich bin das auch. Zumindest war ich es früher. Ich möchte, daß es wieder so wird. Mit dir ...« Sie trat erneut auf Gina zu und versuchte ihre Miene zu deuten.

Gina schwieg. Das alles klang sehr verlockend. Nur war es so verschieden von dem, was Andrea ihr bisher erzählt hatte, daß sie es nicht glauben konnte. Konnte Andrea in einem einfachen Denkprozeß, wenn er auch über mehrere Wochen angedauert haben mochte, ihre Einstellung so grundlegend ändern? Existierten all ihre Erinnerungen, all ihre Zweifel mit einem Mal nicht mehr? Nein. Das konnte Gina sich beim besten Willen nicht vorstellen. »Warum denkst du plötzlich, daß du bereit bist neu anzufangen?«

»Die Frage enthält bereits die Antwort. Ich denke, daß ich bereit dazu bin. Ich will es«, erwiderte Andrea fest. »Ich will endlich in der Gegenwart ankommen. In ihr leben, glücklich sein. Die Vergangenheit ist eine Erinnerung. Eine sehr schöne Erinnerung. Sie umfaßt aber mehr als die Zeit mit Maren. Sie umfaßt meine Kindheit, meine Jugend, meine Erfolge und Niederlagen. Ich möchte das gern mit dir teilen. Alles.«

Gina konnte es immer noch nicht glauben. Und schließlich blieb die Frage: Selbst wenn Andrea das alles so sehr wollte, konnte sie es auch?

Was ist mit dir, Gina? Bist du zu feige, für dein Glück ein Risiko auf dich zu nehmen? Hat dir schon einmal eine Frau mehr angeboten als Andrea gerade?

Die Antwort war ein klares *Nein.*

Andrea nahm Ginas Gesicht in ihre Hände. Zärtlich küßte sie Ginas Mund, strich mit den Daumen über ihre Wange. »Ich liebe dich«, wiederholte Andrea sie erneut.

In ihren Augen lag ein seltsamer Ausdruck, den Gina nicht zu deuten vermochte. Erwarten, Hoffnung ... Angst? Dann begriff sie: Andrea wartete darauf, daß sie ihr etwas sagte. Nämlich genau die drei Worte, die Andrea ihr zuvor immer wieder gesagt hatte.

Andreas Unsicherheit überzeugte Gina mehr als alles andere. Eine

Welle von Zärtlichkeit überflutete sie für diese Frau, die so souverän und doch so zerrissen war. Nie zuvor hatte Gina sich so danach gesehnt, Andrea in den Arm zu nehmen. Was lag da näher, als genau das zu tun?

»Ich liebe dich auch. Das weißt du doch«, flüsterte sie. Sie spürte, wie Andrea sich in ihren Armen entspannte.

Die Erleichterung in Andreas Stimme war überdeutlich, als sie sagte: »Ja, aber es zu wissen und es im richtigen Moment zu hören sind zwei völlig verschiedene Welten.«

Dem hatte Gina nichts hinzuzusetzen. Außer einem innigen Kuß, den Andrea nach den langen Wochen der Trennung gierig aufnahm. Und das war erst der Anfang.

... jedoch das ENDE dieser Geschichte.

Hat Ihnen das Buch gefallen?
Schreiben Sie vielleicht selbst Romane oder Geschichten?
Dann senden Sie sie uns zu, an folgende Adresse:

el!es-Verlag
Postfach 1405
D – 79504 Lörrach

Oder über unsere Internetseite:
www.elles.de ⇨ Verlag ⇨ Manuskripte einreichen

Wenn Sie in Zukunft regelmäßig über Neuerscheinungen des el!es-Verlages informiert werden wollen, lassen Sie sich in unseren Verteiler eintragen:
www.elles.de ⇨ Verlag ⇨ Verteiler